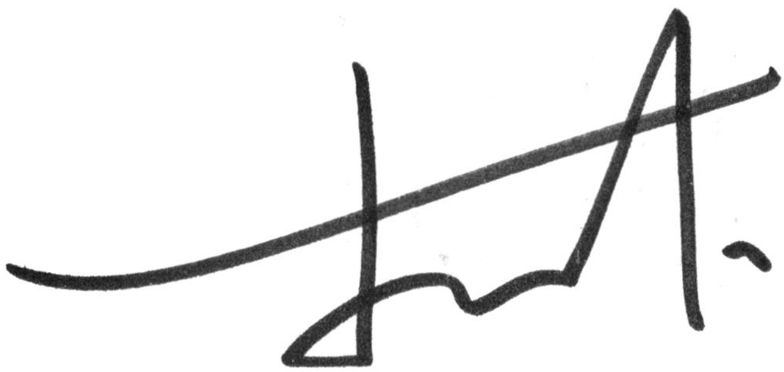

我在梦里拯救你

木小木
~著~

江苏凤凰文艺出版社
JIANGSU PHOENIX LITERATURE AND ART PUBLISHING

目录

Contents

第一章
一见钟情

初春的阳光柔和地笼罩大地，将明媚洒向每个角落；枝头冒出了新绿，花儿舒展着身姿，一阵风过，扬起柳絮，惹来花香，岚城结束漫长的冬季，惺忪睁眼。

公园里晨练的老人气定神闲地打着太极，年轻的男孩女孩悠哉地慢跑；街上的行人渐多，或行色匆匆，或怡然自得。

公交站附近的早餐店飘着香气，门口排起了长队，栩如笙将自己的早餐护在胸前，从人群中挤了出来。这是一张青春的脸庞，眉目清秀，顾盼生辉，即便穿着一身职业装，也掩盖不住一身的朝气。

她抬手看了看手表，公交车还有五分钟抵达。等公交车的间隙，她匆匆吃完了自己的早餐，一个豆沙包和一杯豆浆。

公交车“嘎吱”一声停在了她的面前，她也因此抢到了早高峰宝贵的座位。乘客源源不断地拥进车厢，人与人之间的缝隙越来越小，直到司机喊了一声“不要再上了，等下一班”，车门缓缓关上。

栩如笙看着挤成沙丁鱼的乘客，无比庆幸自己能够有个座位，这无疑给她第一天上班开了个好头。

公交车上的移动电视里正在重播晨间的新闻："昨夜九点半，一辆踏春回岚的校车，在阳明路高架桥发生车祸，由于车轮打滑，车子在拐弯处撞坏护栏，险些掉下高架桥。我台提醒，该段道路为连续弯道，请广大观众朋友出行注意安全。接下来，请看前方发来的报道。"

栩如笙被这条新闻吸引住了，因为她昨晚梦到过类似的车祸，想不到这世界上竟然还有这么巧合的事情。

画面中，校车司机劫后余生，心有余悸："对面一辆车，打着远光灯，我被灯光晃了下眼，一时没看清路，加上当时下了雨，路上有些积水，车轮打滑，差点儿冲下了护栏。"

记者耐心安抚："看来当时情况很惊险，能不能和我们说说，你是怎么冷静处理，救了这一车学生的呢？"

司机有些茫然："车子撞坏护栏的时候，我感觉有人在车子后面拉住了我们，车子就慢慢被拖回路上。"

记者见司机有些精神恍惚，便转移了目标采访学生："小朋友们，能不能告诉姐姐，当时发生了什么？"

一群小学生叽叽喳喳抢着说。

"有一个天使姐姐，她救了我们！"

"不对，是一个超人！"

"是喝酸奶的神奇女侠！我都看到了！"

"哎呀，你们都错了，是美国队长啦！"

记者被吵得头大，匆匆结束了采访："好，这就是现场情况。"

栩如笙看完新闻有些诧异，车祸的所有细节都和她在梦中所看到的一模一样——

在梦里，她从家中离开，去便利店买了一杯酸奶。回家的路上，她听到有人呼叫，便循着声音而去，用超乎常人想象的速度第一时间赶到现场。

她到达的时候，只见一辆校车在高架桥上摇摇欲坠，车上的师生一片惊慌。

她能清晰地听到孩子们害怕的哭声。她看着悬空半个车身，心里异常焦急。

眼看着车子再一次晃动，她下意识地拉住了车子。令她诧异的是，她居然轻而易举将校车拖回了高架桥。

几个小学生一把鼻涕一把眼泪地从后车窗看到了她的“壮举”，笑着挥了挥手，以示感谢。

看着他们破涕为笑的表情，她也忍不住心情好了起来，喝着酸奶朝他们微笑。

栩如笙难以置信地看着新闻，无法将这一切归于“巧合”。

她脑中闪现过一个大胆的想法——她获得了预知的能力！

但冷静一想，事故发生的时间，似乎和她做梦的时间相差无几，那怎么能算得上是预知呢？

还等不及栩如笙把事情理清楚，车子就到站了。为了方便实习，她在公司附近和朋友合租，从公交站到公司，不过五个站点。

IDEA电子科技是岚城数一数二的大公司，一般应届毕业生很难收到面试邀请，栩如笙是由系里老师推荐的，经过层层筛选，留到了最后。

据说，这家公司的总裁是个男神，年纪不大，颜值很高，见过他的女人无不芳心暗许，奈何总裁眼高于顶，连个绯闻对象都没有……

但令人欣喜的是，人事部的人都很温柔体贴，甚至有人殷勤地要帮她办理入职手续，不过栩如笙却不敢让前辈代劳，她询问了入职流程后，表示可以自己办理。

“那你今天就把自己的入职手续办妥，明天一早我带你到相关部门报到。对了，工作证在总务部办理，一般需要三到五天，你可以要求加急，因为工作证的用处很大，有餐卡、图书卡、公交卡的功能，要是总务部的人拒绝你，你就说是我要求加急；还有，食堂在二楼，饭点人比较多，你可以稍微早一点过去，另外……”

和她说话的是人事部的前辈，三十五六岁的样子，大家喊她“林姐”。林姐热心地和栩如笙交代了许多需要注意的细节。

“好，谢谢林姐。”

在人事部所有人炙热目光的注视下，栩如笙疑惑地离开人事部，确切地说，她有些适应不良，这家公司对新人未免也太过热情了。

然而，没一会儿，另一个新人周简蕴从人事部嘟囔着出来：“倚老卖老，都什么态度？看我回头怎么收拾你们！”

栩如笙无辜地眨眨眼，隔壁那才是新人待遇啊，她一来不是关系户，二来也没什么资历，人事部为何要如此殷勤？

但栩如笙并没有太过于纠结此事，毕竟这份工作环境好、工资高，总裁还帅，能够进来就已经是赚到了，她简直不能再满意了。

入职手续的办理比栩如笙预计的更加顺利，人事部给了她一天时间，但是她只花了半天就办理好了。她把文件表格之类的相关材料收拾好，准备回家休息。

栩如笙进了电梯，还没来得及按下楼层，就发现自己的丝袜被刮破了，联想到进电梯前看到的盆栽，看来十有八九是被那盆栽的树枝刮到了。

栩如笙只好用文件袋遮住大腿，生怕被人看到，故而电梯门一开，也没看是几楼，她就急匆匆地走出去，寻找洗手间换备用丝袜。

奈何找了一圈，洗手间没找到，只找到一间更衣室。

果然是柳暗花明啊，她急不可待地冲进更衣室，一抬头，愣住了……

她眼前站着一个男人，还是个清风霁月的男人。她对上他的眼，他的眼睛像黑洞一样，莫名吸引着她，仿佛那里藏了一条银河。她的心脏忍不住在胸腔狂热地跳动，这个男人绝对是她的菜！

大长腿，高颜值，自带气场，衣品极佳，腹肌结实……嗯？腹肌？

他似乎正在穿衣服，扣子才扣到腹部，露出大片小麦色的腹肌。

沈山南也怔住了，他不过进来换身衣服，却没想到一个转身，看到一个女人正垂涎欲滴地盯着自己，他惊讶得忘记了扣扣子。

栩如笙上下打量了他几眼，对他的身材、相貌都表现出极大的满意。她的目光最后落在他捏着扣子的手上，他的手指骨骼分明，修长白皙，实在是……太诱惑了。

她尴尬地笑了笑，拿文件袋遮住自己的眼睛，背过身去说道：“我……什么都没看到。”

沈山南这才反应过来，迅速整理好衣着。

“这间是我的更衣室。”他眉头微微皱起，口气里明显带着一丝不悦。

栩如笙喜形于色，没想到上班第一天就碰到一个长得好看、声音也好听的男人，对于她这样的声控，充斥着荷尔蒙的男低音，足以撩拨得她心跳如雷。

等下……他的更衣室？

“啊？”她转身问道，“这间是男更衣室吗？门上没写啊，对不起对不起，我以为这是女更衣室。”

门上确实没写着“男更衣室”，因为这一间更衣室只有沈山南可以用。

沈山南冷冷道：“演得跟真的似的，别白费劲儿了，我对你没有兴趣。”

这天雷滚滚的台词……是从霸道总裁文里搬出来的吗？

栩如笙扯了扯嘴角：“你可能误会了，我是真的走错了而已……”

“哦，这样。”沈山南学着她的样子，也扯了扯自己的嘴角，满是不屑，毕竟在这栋楼里没人不知道，顶楼是他的地盘，“走错了”这种借口实在太粗糙。

一个月前，有一个清纯的女孩闯进他的办公室，说是迷路了，找他问路，问一条去他心里的路；一周之前，有一个妖娆的女人跟着他进了厕所，说是眼神不好，没看清楚厕所上的性别标识；今天这个“走错了”莫不是要走进他的心里？

栩如笙耸耸肩，男神长得好看，但是脑子似乎不好，怕是看多了霸道总裁文：“好吧，终归是我不对，我道歉，对不起，看了不该看的，那……我先走了。”

“你不是说你什么都没看到吗？”沈山南在她身后咬牙切齿，

“等下，什么叫不该看的？”

栩如笙心虚却佯装淡定地离开更衣室，下楼找到了洗手间。

在女洗手间内，她的心还是抑制不住地狂跳，冷静下来，她才发现自己竟然忘记问他要联系方式!

但栩如笙转念又想，这栋楼几乎都是IDEA的，那刚才碰到的男人，十有八九是这里的员工，找起人来，应该不难。

“舒默说我今年会开桃花，原来是真的呢……啊！丝袜！”

她随手推开一个隔间，将门反锁好，从包里拿出备用的丝袜，正要换上，却听到有人聊天。

女同事A：“听说了吗？总裁助理又换人了。”

女同事B：“这次又是什么原因？”

女同事A：“听说是因为穿了一条总裁不喜欢的裙子。”

女同事B：“我只能深表同情，每天24小时待命就算了，还要顾及总裁的各种禁忌，能待满两周，已经很不错了。所以人事部又新招人了吗？”

女同事A：“听说新助理今天早上已经来报到了，希望这次的能待长久一点，不然到时候从各部门抽调的话，我们也很危险不是吗？”

女同事B：“我们的总裁啊，除了颜值高，身材棒，家世好，工作能力强，真的是没有任何优点了。”

女同事A：“那请问，一个除了颜值高，身材棒，家世好，工作能力强，没有任何优点的男人追求你，你能接受吗？”

女同事B：“如果是我们总裁的话，倒是可以接受。”

听到这里，栩如笙在心里为下一任总裁助理默哀了三秒。

金色的夕阳暖洋洋地洒进飘窗，给房间镀上一层温暖的金黄，窗边的白色纱帘轻轻摇动，柳絮在阳光中飞舞，像蝴蝶般灵动。

斜靠在床上的栩如笙关掉视频，合上电脑，摸摸自己的小腹，觉得有些不舒服，被大姨妈支配的日子果然不好过，她打算随意吃点，然后早早地睡觉。

一盘茄汁意面、一杯桂圆红枣茶，加上一个形单影只的栩如笙，构成了《晚餐》这幅画。这种时候，她十分怀念外出采风的舒默，虽然舒默是个死宅，工作又忙，不会做饭，也不会泡茶，但只要栩如笙在家，舒默不管多忙，都会离开房间和她一起吃晚饭。

晚餐过后，栩如笙连碗筷都不想洗，草草洗漱，躺上了床。

她想起在公交车上看到的新闻，心里十分疑惑。这到底是怎么样的巧合，才能梦见一个现实中正在发生的事故？

如果说不是巧合的话，她似乎也找不出更合理的解释，毕竟预见这种事情，只是科幻片中的情节吧。

夜幕降临，街上星星点点亮起了灯，岚城的夜生活开始了。月辉洒满房间的每一个角落，栩如笙伴着月色，安然入梦……

待她再次恢复意识，人却是身在公司。

奇怪，她不是在家里睡觉吗，怎么会在这里？

同事们早已下班，连巡逻的保安都不见踪影，空荡荡地只剩一个壳子。

她想起白日里见到的那个男人，便想趁此机会找找线索。她细细察看每个部门门口的人员公示栏，寻找某人的信息。

公司的走廊空旷幽静，只有她的脚步声在回荡。她从低层往高层走，最后在总裁办的公告栏前停住，喃喃自语道："总裁办也没有，只剩顶楼没去了，顶楼是什么部门呢？"

她四下看了看，空荡荡的一个人都没有，于是她兴致勃勃地往电梯间走去，想想马上就可以知道自己一见钟情的男人的名字了，还可以把他的照片拍下来，竟然还有些小兴奋。

然而，栩如笙还没走到电梯间，就听到了求救声，声音有些闷，似乎是从一个密闭的空间传出来的，而且这个声音她很熟悉。

"是他！"栩如笙立马反应过来。

她循声而去，最后在电梯门口停住脚步，电梯只有一半露出地面："有人吗？"

栩如笙的话很快就得到了回应，被困电梯的沈山南喊道："有！

我被困在电梯里面了！”

她下意识地四下寻找合适的工具，但连个锤子都没找到，于是她只能徒手掰门，但意想不到的是，她才开始使力，电梯门就轻易被掰开了……

栩如笙眨眨眼，她震惊于电梯的质量如此恶劣，而沈山南的表情同样诧异。

但看到沈山南的那一刻，她已经将震惊抛之脑后了，她救了自己仰慕的男人，按照偶像剧的情节发展，接下去就是以身相许了！

“来，我拉你上来。”她趴下身，将手伸进电梯里。

沈山南明显迟疑了下，才拉住她的手。

栩如笙感受着手中的温度，忍不住嘴角上扬，她轻而易举将沈山南从电梯里拉出来后，却迟迟没有松手。

沈山南试图抽回自己的手，奈何力气不敌她，自己费了九牛二虎之力，她却纹丝不动。沈山南不悦地道：“松开。”

“啥？”她一时没反应过来。

沈山南将目光落在两人交织的手上：“松开手。”

“哦哦。”

沈山南的表情从生气到郁闷，再从纠结到释然，最后慢条斯理地说道：“看在你帮了我的分上，我就不计较今天的事情，但是我希望你不要再做这种事了。”

“嗯嗯。”她如小鸡啄米般点头，你长得好看你说了算。

嗯？“这种事”是什么事？她思考着，难道是指徒手掰电梯吗？这种事确实不适合女孩子，他说得倒也没错。

沈山南欣慰地点点头，理了理衣服，转身而去。

栩如笙恋恋不舍地看着他的背影，过了好一会儿，连背影都看不见了，她才记起忘了问他要联系方式，便疾步追了上去，却没想到跑出了超乎常人的速度。

她不明所以地往身后看了一眼，起点距离她现在的位置有一百来米，而她不过花了“一眨眼”的时间而已……

“你怎么还跟着我？”

沈山南低沉迷人的声线将她从诧异中唤回，她眨眨眼，无辜地道：“我只是来问你的电话号码而已……”

她觉着，自己方才救了他，要一个联系方式也不算过分，即便这搭讪搭得有些明显，他也不好拒绝才是。

“我很感谢你救了我，但是并不代表我认可你的行为，你要知道，你的行为对我造成了极大困扰。”沈山南似乎在克制自己的情绪。

栩如笙歪着脑袋，认真思考这一番话。然而，明明每个字她都听得懂，可是组合在一起却令人费解。她的行为怎么了？她又怎么让他困扰了？她喜欢眼前这个男人，为什么又让他感到困扰？

沈山南大度道：“不要再跟着我了，我也不计较今天的事情，你走吧。”

她没动，只是疑惑地看着他。

沈山南叹口气：“我走。”

说罢便转身离开。

待他消失在她的视线中，她才恍然大悟，他误会她了，从更衣室到电梯间，他以为她是变态跟踪狂！

“哎，你误会我了！我不是变态！”

奈何人已走远，空有回音在漆黑寂静的走廊回响，吓得她一个激灵，也顾不上去顶楼一探究竟，赶紧溜了出去。

要不说她速度快呢，从十几层走楼梯到一层，也不过用了十多秒，她再次被自己的速度震惊了，百思不得其解。

栩如笙恍恍惚惚地离开公司，街上霓虹闪烁，人来人往，每个行人的方向都很明确，唯独她在迷茫，她觉得自己今晚很不正常！

就算电梯质量不佳，她徒手掰开电梯门也未免夸张了点；而她的行动速度，仿佛是设置了一百倍快进播放；先前高架桥车祸的那个梦，所有的细节都和现实对上号，她甚至记得，自己在梦中拉回来的那辆校车的车牌号和新闻中报道的一模一样。

栩如笙怎么想都觉得不对劲儿，这一切根本不合理。

街边橱窗中的木质沙漏，流沙一点点落下。她突然灵光一闪，或许可以验证一下自己心里的想法。她拿出手机，打开秒表，开始计时的同时，往家里的方向跑。

她身边的事物飞速倒退，林荫道上的落叶被她带出的一阵风扬起，行人甚至没感觉到有人经过身边，只有扬起的裙摆证明她的存在。

栩如笙走进家门，看了眼秒表，一分五十九秒。

她愣住了。

这是一种什么样的速度？她可以用这种速度参加奥运会吗？除了速度，她还有哪些能力？

栩如笙艰难地咽了一下口水，然后带着一种视死如归的气势，缓缓走向冰箱，双手抱住冰箱两侧，只不过稍稍用力提起——冰箱离地了。

她难以置信地松开手，“咚”的一声，冰箱掉落，她赶忙将冰箱扶正，心疼地检查冰箱是否摔坏了，要是冰箱坏了，舒默可能会打断她的腿。

“大晚上的，楼上的小姑娘在做什么？这么大动静？要不要上去看看？”是一个中年妇女的声音。

一个男人的声音却表示：“我们不要多管闲事啦。”

这两个声音她都熟悉，是楼下的住户，平日里在小区碰到，还会打个招呼。

栩如笙赶紧摸了摸自己的耳朵，好像没有变异，幸好幸好。

不过，她嗅了嗅，家里为什么会有一股玫瑰花香味，难道是舒默回来了？

“老公，你今天为什么要送我花？”

“今天是我们结婚纪念日啊，你忘记啦？那我可要生气了。”

“啊……我还以为你忘记了，老公——”

栩如笙赶紧捂住耳朵，屏蔽少儿不宜的声音，但捂住耳朵还是可以隐约听到一些动静，她只好走向窗户，将窗户关上。

但她却惊讶地发现，小区楼下的花圃里躺着一枚一块钱硬币，她住在七楼，竟然能在晚上看到地上的一枚硬币！

栩如笙摇摇头，不可置信地跌坐在沙发上，她不明白，她的身体发生了什么变化？一夕之间她仿佛获得了超能力——力气大，听力佳，视力好，速度快，嗅觉灵敏，难道她是葫芦娃转世？

“完了，我会不会被抓去解剖做研究？大家会不会认为我是个怪物？”

栩如笙在客厅走了一圈又一圈，她不是超级英雄，她也担负不起拯救世界的使命，她怕死啊，蜘蛛侠和蝙蝠侠终归是电影里的人物，放到现实中，大家未必能接受。

在之后的一小时内，栩如笙又反复试验了几次，证实了自己的超能力，如此一来，她更慌张了……

翌日。

阳光明媚，又是一个天朗气清的好天气，树梢的鸟儿不厌其烦一遍又一遍地叫唤；风轻抚着城市，带着青草和泥土的芬芳；即将开始早高峰的马路上有些拥堵，汽车喇叭声此起彼伏。岚城迎来新的一天。

阳光溜进栩如笙的卧房，她床头的闹钟在晨光中响了一遍又一遍。她从被窝里伸出手，“啪”的一声将闹铃关掉。

约莫过了十分钟，栩如笙伸了个懒腰，懒洋洋地从被窝里探出脑袋。

清醒后，在床边坐了一会儿，细细想着昨夜发生的事情，久久才松了口气：“原来只是做梦啊……”

但不知何故，她的后脑勺有些疼，她摸摸自己的后脑勺，有些疑惑。

栩如笙烤了两片吐司，热了一杯牛奶，作为早餐。

公交车如期而至，栩如笙并没有昨天的好运气，她不但没抢到座位，还被挤到车厢中间，根本够不到扶手，要不是人多，一刹车她准能滑出十米开外。

好不容易熬到站了，结果人太多，她挤到车门口就费了好大力气，好在公交车司机把门多开了会儿，否则她一准坐过站。

栩如笙气喘吁吁地下车，心里感慨：搭个公交车和打仗似的。

但这也证实了昨夜的一切都只是梦，她是个正常人，她连挤公交车都累成这样，怎么可能徒手掰电梯。

这么一想，她瞬间轻松了许多。但这个结论在她到达公司的那一瞬间被推翻。

她在等电梯时发现今天等电梯的人比昨天多了许多，一看才知道，三部电梯中有一部出故障了，所以人们都集中在正常运行的电梯前。

而从旁人的聊天得知，电梯的故障原因是电梯门被掰开，电梯卡在了十五楼和十四楼的中间……

栩如笙心虚地左顾右盼，这是怎么回事？难道昨晚上的一切不是做梦？她是真的到了公司，掰开电梯门，救了男神？

她本以为都是做梦，却没想到"梦想成真"了，要是大家发现是她掰开的电梯门，会不会把她当怪物？会不会把她送到奇怪的地方去解剖？

"小栩？"

"啊？"栩如笙听到有人喊她，侧身一看，原来是林姐，"林姐早啊。"

林姐笑了笑："一大早的，你发什么呆呢？"

"哦，我昨天没睡好，有点没精神。"栩如笙随口找了个理由。

电梯门打开，同事们有序进入。

"年轻人要早点睡，不要总熬夜。"林姐关心道。

栩如笙点点头应承下来。

"一会儿啊，我带你去报到。"

说起报到，栩如笙从被录用到现在，都不知自己被分配到哪个部门，更奇怪的是，她问同事，大家都避而不谈，这气氛着实诡异。栩如笙好奇地问道："林姐，我分在哪个部门了啊？"

林姐避开栩如笙的眼神，支支吾吾道："一会儿你就知道了。"

大家陆陆续续出了电梯，只剩林姐和栩如笙，她看了眼楼层，只有十六楼亮着灯。

出了电梯，她竟觉得这个楼层有些熟悉，跟着林姐走了一会儿就发现，这个地方她昨天来过，她就是在十六楼误闯男更衣室，偶遇男神的！

所以这里到底是什么部门?

这个楼层设计十分简单，办公室、会议室、更衣室、休息室、茶水间各一间，除此之外，就没了……

由于结构简单，采光良好，整层楼视野十分开阔。

栩如笙对这样的办公环境十分满意，难道她未来要在这里办公?

“林姐，我听说十五楼是总裁办，那这十六楼是……”栩如笙小心翼翼地试探。

林姐笑容灿烂：“十六楼是总裁的办公室，你的职位是总裁助理，我给你打包票，你这个职位是所有实习岗位中工资最高、待遇最好的，你要好好珍惜这个机会。”

“总裁办公室？”栩如笙震惊了，那她昨天遇到的男神莫不是总裁？！那个传闻中的总裁？她昨天还在庆幸自己不是伤心欲绝大军中的一员，今天就……

“新助理？”

这个声音栩如笙已经相当熟悉了，她抬头，果然眼前之人就是她的男神。

林姐恭敬地说道：“总裁好，您的新助理，栩如笙。”

沈山南将目光转移到栩如笙身上后，再也挪不动了，不是因为惊艳，而是震惊。昨天跟踪了他一天的大力女流氓居然混进了公司，还是他的新助理！这个跟踪狂不简单啊！

沈山南自认不是个忘恩负义之人，昨晚栩如笙将他救出电梯，他就决定不追究她的责任，但是现在看来还是有必要追究一下。

“辞退。”沈山南掷地有声地扔出两个字。

栩如笙很震惊，她是总裁的救命恩人，但是总裁却要辞退她。

比她更震惊的是林姐，因为人事部已经尽力了，总裁对助理的要求实在是挑剔，他这个月已经换三个助理了，招一个符合要求的人不容易啊：“不是……总裁，栩如笙A大毕业，学业成绩优异，工作能力更是得到了校领导的肯定，面试我们公司的时候，综合成绩第一，您能告诉我您哪里不满意吗？”

“她……”沈山南一时语塞。

因为他不能留一个私生饭在身边啊！栩如笙跟踪他，对他耍流氓，尽管昨晚她救了他，但是被一个女人单手拎出电梯这种事情他要怎么说？

栩如笙觉得，总裁肯定是因为昨晚的事情误会她了，连忙解释道：“昨天晚上我——”

她话还没说完，就被沈山南捂住了嘴巴。

林姐震惊地看着二人，不明所以。

沈山南权衡了利弊，决定将栩如笙暂时留下，把私生饭放在自己眼皮子底下看着，总比她偷偷摸摸跟踪自己来得强：“留下吧。”

说罢放开栩如笙，转身进了办公室。

栩如笙大口吸气：“要被憋死了，我们的总裁是有暴力倾向吗？”

“瞎说什么呢？在电子科技这个行业里，就没有比我们总裁更好的老板了。”林姐拍拍她的后背说道，“走，我带你去总裁办，你先熟悉一下总裁的日常习惯。”

“好啊好啊。”

栩如笙十分愉悦，作为一名应届毕业生，总裁助理这个职位她十分满意，更何况，这个总裁就是她的菜！每天就这颜值，都足够下饭了。

然而——

“你说这是什么？”总裁办公室里传出栩如笙的声音。

栩如笙震惊地指着桌上的一摞笔记本：“这些都是沈总的禁忌？这……一、二、三……十二本！十二本注意事项！”

“这是第十三本，给你的，以后你发现什么注意事项就记在上面，方便下一个总裁助理的交接。”总裁办负责人尤特助递上本子。

栩如笙接本子的手都是颤抖的：“好……”

尤特助交代道："有几个比较重要的细节我先声明下，走路声音、开关门声音、电话铃声、说话声音等不要太大，因为沈总喜欢安静，这也是沈总单独在一层楼办公的原因；黑咖啡要不甜不淡、不冷不热，杯沿要擦干净；每天一早要把沈总办公室用湿布擦一遍，沈总不喜欢粉尘，其他区域由保洁人员打扫；不要穿藏青色、深棕色的衣服，沈总讨厌这两种颜色；会议记录要分门别类记在不同笔记本上，当然电子版也要有一份；还有……"

栩如笙欲哭无泪，在心里嘀咕道：说好的几个细节，却滔滔不绝讲了十来分钟……

"好了，差不多就是这些重点了，其他的注意事项你回去翻笔记本吧。"尤特助结束了他的"演讲"。

栩如笙悲催地点点头："我能问问沈总一般多久换一个助理吗？"

他摸摸下巴，这个问题有点难度："看情况。最快一天，最久三个月，因为受不了沈总而申请调动或辞职的和沈总不满意辞退的各占一半吧。"

栩如笙抚额，她大概知道为什么人事部的前辈个个都对她殷勤了，敢情是担心她跑了，招不到人。

"好好干，我看好你。"尤特助见她面有难色，鼓励道。

她却幽幽地吐出一句："我并不看好我自己……"

尤特助忍住笑："还有，你的办公室本来在总裁办，但是刚才沈总特别交代，在十六楼给你加一张办公桌，以后你在十六楼办公。"

"啊……"

栩如笙觉得，沈山南可能是要报复她，毕竟在他眼里，她是一个跟踪狂，将敌人放在自己看得到的地方，他才安心吧。为了日后不饱受折磨，她觉得有必要找个合适的机会把这个事情解释清楚。

但是比起解释误会，她似乎忘记了什么重要事情？是什么呢？

"啊！"

电梯监控视频！

尤特助被她吓得手里的文件散落一地："怎么了，怎么了？"

“尤特助啊，我想起来我有一份文件落在人事部了，我去取一下马上回来。”栩如笙随口找了个理由离开。

栩如笙以丢钱包为由，进入监控室，查看视频，却发现昨晚的监控视频已经被删除了，这让她喜忧参半。

令人欣慰的是，不会再有人看到她徒手掰电梯门、瞬间移动的视频；愁的是，必定已经有人看到了视频，而这个人极有可能就是删除视频的人。

这可怎么办？

栩如笙心里惦记着视频的事情，忧心忡忡，心不在焉。她翻看完几本《总裁大人禁忌录》，心思便开始有些飘忽。而沈山南一早上都没离开过办公室，也没吩咐过什么事情，办公室静悄悄的，她甚至怀疑他在里面睡着了。

栩如笙尝试厘清昨天发生的事情，从前晚开始，发生的一切堪称匪夷所思——她在梦里力气大，听力佳，视力好，速度快，嗅觉灵敏，甚至可能还隐藏了其他未知能力。

最令她震惊的是，她的梦连接着现实，她在梦中的一举一动都在现实中呈现，阻止车祸的发生是真实的，徒手掰电梯门救沈山南也是真实的，入了梦之后的世界，全部是真实的……那个唯一不真实的，是她本人。

入梦后，梦中的自己可以自由行动，仿佛梦游一般，但却又不是梦游，梦游之人怎么会如此清醒？

也就是说，她在梦里无所不能！她可以在梦里为自己谋利，也可以在梦里帮助弱势群体，这么一想，竟然生出了一丝责任感，自己仿佛成了电影中拯救世界的英雄。

正想得入神，电话铃声突然响起，吓了她一跳：“你好。”

“送一杯咖啡到我办公室。”

是沈山南的声音。

栩如笙挂了电话，乖乖地去了茶水间，刚推门而入，忍不住

“哇”的一声。这茶水间堪比咖啡店，装修简约大气，饮品种类一应俱全，配套的桌椅也十分精致。

栩如笙谨记尤特助的提醒，找出黑咖啡，用热水冲泡后，加入两颗方糖，再搁在凉水中一分钟，达到“不冷不热”的温度。

五分钟后，一杯香气四溢的黑咖啡出现在沈山南办公桌上。

然而——

“这是什么？”沈山南浅啜一口后，拧着眉，嫌弃地问道。

栩如笙眨眨眼，无辜道：“黑咖啡啊。”

沈山南放下杯子：“咖啡机坏了吗？”

“咖啡机？哦，应该是没有坏，怎么了？”栩如笙记得茶水间不只有咖啡机，还有酸奶机、搅拌机、榨汁机、冰沙机、豆浆机、料理机、茶具，甚至还有烤箱和微波炉。

沈山南双手交叉托着下巴，审视栩如笙：“咖啡机没坏，你为什么给我喝速溶咖啡？”

栩如笙心里“咯噔”一下，完了，上司吩咐的第一件事办砸了。她根本没想到，他所谓的“咖啡”指的是“现磨现煮黑咖啡”：“沈总……我不会煮咖啡……”

沈山南挤出一丝假笑：“栩如笙，你是草履虫吗？煮咖啡都不会你当什么助理？”

栩如笙歪歪脑袋，草履虫？草履虫是单细胞动物，所以……沈总在说她没脑子？

栩如笙自知理亏，扯了扯嘴角：“给我十五分钟。”

不蒸馒头争口气，她就不信自己学不会。

上网查找了相关教程后，她撸起袖子准备大干一场，结果却发现，茶水间的咖啡研磨器竟然是手动的，除此之外，都还算顺利，磨好后，放一大勺咖啡粉，加水，开煮，前后不过十来分钟就搞定了。

她端着成品到沈山南的办公室，像一个亟待表扬的小学生等待老师的夸奖，然而——

沈山南喝了一口就放下了杯子：“口感苦涩，浓度不均，我说你草履虫怕是高估你了。”

栩如笙委屈巴巴地说道：“我现磨现煮的……”

“我只说一遍，要是下次还犯同样的错误，你就去整理仓库。研磨的时候动作小一点，研磨后的颗粒大小要均匀，煮咖啡水要用92℃到96℃之间的过滤软化后的自来水，不准用矿泉水，记住了吗？”沈山南说罢将咖啡杯推离自己的座位，将目光放回文件上。

“啊？”栩如笙大脑飞速运转，努力记住沈山南所说的，因为她不想去仓库，“记住了！”

“至于为什么，我建议你买本书来看，不要当一只花瓶。”沈山南抬头看了栩如笙一眼，“不好意思，口误了。你离花瓶还有一大截的距离，所以多充实点内涵，毕竟你连当花瓶的资格都没有。”

栩如笙挤出一丝微笑：“多谢沈总提点。”

总有一天她要把沈山南的嘴巴给撕了！明明五官如此好看，但是不论是看人的眼神还是说话的嘴巴，都让人恼火。

“不用谢，重新煮一杯咖啡。”

栩如笙带着那杯失败的黑咖啡咬着牙离开沈山南的办公室，按照他的要求重新煮了一杯咖啡。

午休时间，栩如笙特意去了公司的图书室，找到了相关书籍，才明白了沈山南的要求是何意。

研磨动作过大或过快，会产生摩擦热，发热会使芳香成分飞散；研磨的颗粒大小不一会使得煮出来的咖啡浓度不均；煮咖啡的水温如果过高，煮出来的咖啡会有焦煳味儿，因为96℃以上的温度可以把咖啡中的油质破坏，口感又苦又涩；而矿泉水里所含的矿物质会影响咖啡的口感，没经过过滤的自来水含有杂质、氯气和漂白粉。

“讲究真多……”栩如笙对着书感慨道。

看完书，她觉得沈山南只是讲究了些，倒也不是太可恶，更何况对着他那张“倾国倾城”的脸，她着实是恨不起来。

第二章

大魔王爱上兔斯基

栩如笙在IDEA工作的第五天，趁着沈山南接待客户的空当，她顶着两只熊猫眼造访了人事部。

她看到林姐的一瞬间犹如见到了亲人：“林姐！救我！”

林姐面露微笑，这种场面她是见惯了的，因为每一任总裁助理都是这么过来的：“小栩啊，这个点你怎么来了？”

“林姐，我能申请调岗吗？”栩如笙真的是快哭出来了。这五天，她度日如年，沈山南简直就是个变态，当然，这话她是不敢公然说的，毕竟工作还是要保住。

林姐尴尬而不失礼貌地笑笑，拍拍栩如笙的肩膀：“小栩啊，你这个岗位是所有实习岗位中最好的，你怎么就想着调岗呢？”

“林姐……我为什么调岗，人事部不是应该最清楚吗？为了配合沈总，我天天穿平底鞋没关系，但是他竟然要求我走路不要出声！难道让我用飘的吗？去洗手间的时候开关门不能有动静！他嫌弃我办公室打扫得不够彻底，说是阳光照进来的时候，可以在阳光中看到粉尘。我给他煮的咖啡，他每一杯几乎都只喝一口，一会儿嫌冷一会儿嫌热。他不让我穿波点和条纹的衣服，说是晃得他头晕。还有啊，他要求我24小时待命，他大晚上睡不着就打电话骚扰我！林姐啊……你让我调岗吧，我保证，到了新岗位，我一定和机器人一样，努力工作！”

这几天，栩如笙被沈山南折磨得几乎精神崩溃，她喜欢IDEA，喜欢男神，她也想留下来工作，但绝不是当沈山南的助理！

林姐叹了口气：“这一时间我们人事部也找不着合适的人替换你。要不这样，你忍忍，不出一个月，总裁一定会要求换新助理，给我们一个月时间招人，到时候我让新人顶上，你调岗到其他部门。”

“可是——”栩如笙还想说什么，却被手机铃声打断，来电显示：大魔王。

她刚按下接听键，就听到沈山南的声音：“栩如笙，上班时间你竟然旷工，赶紧给我回来整理资料。”

“好……”

于是，栩如笙带着一腔怨念回到十六楼。

沈山南往她怀里塞了一摞文件：“这是今天的客户带来的项目资料，你把有用信息提炼出来整理成文档，我明天一早要看。”

“啊？”栩如笙看了看怀里的文件，这些材料光是看完都要花上一天，怎么可能来得及明早前整理好，“沈总，这项工作大概需要三天……”

沈山南笑道：“那这样好了，三天后，你和这些材料一起辞职吧。”

“哈哈哈，沈总说笑了，一天就够了！明早前我肯定会把整理好的文档发您邮箱。”栩如笙露出一个极为“灿烂”的微笑。

沈山南点点头：“嗯。煮一杯咖啡送到我办公室。”

“好的，沈总。”

待沈山南转身进了办公室，栩如笙脸上立马换上生无可恋的表情，小声嘟囔道：“每次都只喝一口，还要我一天煮三次……”

“栩如笙，我耳朵挺好使的，建议你不要在背后说我坏话。”沈山南的声音从办公室传出来。

她尴尬地摸摸自己的刘海："我马上去磨咖啡。"

栩如笙一边磨咖啡一边想，自己实在是不争气，即便沈山南这几日这么折磨她，她对这个大魔王也恨不起来，一旦看到他的脸，所有的不愉快都会烟消云散。

然而沈山南却似乎有意把她往死里整，看来有些误会还是要解开的，否则她可能撑不到一个月调岗就自动辞职了。

栩如笙充分酝酿了情绪，整理了思路，组织了语言，然后端着咖啡敲响了沈山南的门。

"进来。"

她将咖啡端端正正地放在他的办公桌上，然后立在一旁。

沈山南浅啜一口，竟然觉得今天的口感还不错，看来栩如笙这个私生饭不只有力气大这一个不知道是不是优点的优点，学习能力也很强，不过几天时间，咖啡就煮得像模像样了。

他头一回没有挑剔咖啡，并且喝了第二口，喝完咖啡抬头，却发现栩如笙一直没走："有事？"

栩如笙用力地点点头。

沈山南看了看时间，距离下一个行程还有些时间："说吧。"

她深吸一口气："沈总，我觉得你可能对我有点误会，我从来没有跟踪过你。那天我闯进更衣室是因为我的丝袜破了，我一时间找不到洗手间，我那时候还不知道十六楼是你的办公区域；电梯出故障那次，真的只是巧合，我听到了你的呼叫，所以才出现的；至于这个工作，我是A大推荐过来的，这个推荐工作从今年二月就开始了，这一个多月经过层层筛选，我才得到了实习机会。"

"所以？"沈山南的食指轻轻叩着桌面。

"所以这一切都是误会，我不是跟踪狂，更不是你的粉丝，我真的是来认真工作的！"栩如笙一口气说完。

并且本来打算认真追求你。

她在心里补了一句。

沈山南默不作声，栩如笙以为他的内心没有一丝波动，然而，他想的是：竟然不是我的粉丝？怎么可能不是我的粉丝？为什么不是我的粉丝？现在的局面岂不是很尴尬？

栩如笙见他许久都不说话，便试探地问道："沈总，你相信我了吗？"

沈山南故作镇定，质疑道："大晚上的你来公司做什么？而且一个正常人怎么能做到徒手掰开电梯门？"

"呃……"栩如笙一时语塞，她总不能说自己做梦来到公司，"我白天把钱包落在公司了，所以晚上过来找；至于电梯，我真没有掰电梯门，它自己突然就打开了，可能是故障的问题吧。"

沈山南带着怀疑的目光打量她，一米六五的身高，体重目测不会超过九十五斤，四肢纤细，确实不像是个力气很大的人，何况那日，电梯确实出故障了。

栩如笙回以坚定而真诚的眼神。

沈山南摆摆手："行了，我知道了，你工作去吧。"

栩如笙立即反应过来，沈山南这是相信她的解释了，误会终于解开了，她的春天要来啦！

栩如笙借着沈山南相信她的这股劲，打算加班加点把他交代的工作做完，午餐和晚餐都在员工食堂草草解决，下班后也没和同事一起走，而是回到十六楼加班。

而大魔王沈山南却轻飘飘扔给栩如笙一句"做不完不许回家"后，自己下班了！

起初栩如笙还有干劲，但一个小时后，她开始有些恍惚，拍了点冷水在脸上，恢复了精神，继续加班；两小时后，她已经喝掉了四杯咖啡；三小时后，她的眼皮有些重；四小时后……

栩如笙趴在堆积如山的文件中睡着了。

下一瞬，栩如笙从天而降，出现在自己的家里。

她无奈地抚额："完了，我睡着了。"

按照之前的情况，现在的她是梦里的她。

她觉得有必要把自己的本体叫醒，毕竟工作还没做完，于是她只剩最后一个选择了，去公司在梦里加班，或者把自己弄醒回公司。

出门前，她鬼使神差地从舒默的房间里拿了一个兔斯基面具。

事实证明，面具是有用的。

栩如笙刚走出小区不远，就在一个监控盲区看到一个男人持刀抢劫一个年轻女孩。男人晃了晃刀子，月光下的刀刃闪着白光，女孩一步步后退，十分害怕。

“把钱拿出来，我就放你走。”他压低嗓音威胁道。

女孩战战兢兢地打开包。

栩如笙戴上面具，大喝一声：“住手！”

歹徒和女孩都愣住了。

栩如笙走上前去，挡在女孩面前：“你一个大男人，有手有脚的，不去工作赚钱，竟然抢劫，要不要脸啊？”

歹徒本被“住手”二字震慑住，却被栩如笙的兔子面具逗乐了，再加上听声音判断，加入战局的是一个年轻女子，便有恃无恐，甚至觉得自己运气不错，多冒出来一个人他可以多抢一些钱。

“我说小姑娘，你想英雄救美的话，好歹戴个像样的面具，你戴个卡通面具就出门，这大晚上的，你逗我呢？”歹徒嘲笑道。

栩如笙第一反应是，要是舒默知道有人说她最喜欢的兔斯基不像样，她一定会和人家拼命，与其等舒默拼命，不如自己先替她解决眼前这个社会败类。

歹徒见栩如笙不说话，就想逗弄她，便伸手要去摘她的面具，栩如笙握住那人的手腕，轻轻用力往后掰。

“欸！疼疼疼！”歹徒大喊。

栩如笙翻了个白眼：“不好意思哦，头一次英雄救美，控制不好力道。”

说罢，她往歹徒膝盖踢了一脚，歹徒瞬间跪地：“疼疼疼！”

“我说小哥哥，你想抢劫的话，好歹练点像样的功夫，你啥也不会就出门，只知道喊疼疼疼，这大晚上的，你逗我呢？”

这一番似曾相识的话，逗得栩如笙身后的女孩忍不住“扑哧”一声笑出来。

栩如笙扭头，乍一看，那女孩五官精致，身材凹凸有致，一头栗色长卷发，让她着实惊艳了一把，细一看，这女孩怎么有些面熟？认真一看，竟是她前几日在人事部门口碰到的另一个IDEA的新人——周简蕴。

她有些心虚，要是被对方认出自己，那可就尴尬了：“那啥，妹子啊，你赶紧回家吧，外面不安全。”

周简蕴笑笑：“我不能留你一个人，我们一起把他送到公安局吧，也算为民除害了。”

栩如笙哭笑不得，一个差点儿被抢劫的女孩，居然说不能留她一个人在现场：“这个……我还有点急事。这样吧，我帮你把人绑起来，你报警吧，你去路边人多的地方等警察来。”

栩如笙说干就干，在附近垃圾桶翻出来些绳子，把人五花大绑扔给了周简蕴。还没等周简蕴反应过来，栩如笙就已经从她面前消失了。

周简蕴忍不住感慨一声：“跑得真快啊……”

另一边，栩如笙靠着飞毛腿远离了现场，摘下面具，大口喘气。待呼吸平复后，她看了面具许久，脑袋里闪过一个大胆的想法。

月色皎洁，岚城某别墅区内安谧祥和，风吹树动，带出一阵清香。路灯昏黄，将灯下的长椅拉长，草丛里的蟋蟀此起彼伏地吟唱。如此良辰美景，却有一处极不和谐。

栩如笙躲在了沈山南卧房的窗外，观察着大魔王的一举一动。

他似乎刚洗完澡，裹着睡袍，头发湿漉漉的，边擦头发边打开投影仪。

他的卧房装修风格简单大方，只有必要的沙发家具，连台电视都没有；床正对的白墙上，缓缓落下一张幕布，他将吊灯关掉，打开昏黄的台灯。

屋内的气氛一派祥和，然而幕布上的画面渐渐清晰，栩如笙不禁感慨，沈山南果然品位很独特——他看的是《奥特曼》……

栩如笙忍住笑，继续在窗外观望，但是屋内似乎有些不对劲。

只见沈山南耳朵贴在门上，画面静止了一分钟后，他走到床边，拿起遥控器，将视频暂停，然后打开床头柜的抽屉，取出一把匕首。

栩如笙看到这儿大概明白了，一定是沈山南家里进贼了，他听到了动静，准备“战斗”。果然不出所料，沈山南刚关上抽屉，门就被一脚踹开。

那歹人戴着黑色口罩和鸭舌帽，手持……一把手枪，枪口正对沈山南。

栩如笙倒吸一口凉气，在武器上，沈山南处于下风；看体格，沈山南还是略输一筹。她琢磨要不要进去帮忙。

正想得出神，一道注视的目光锁定了她，歹徒发现她了……

歹徒似乎被吓了一跳，差点儿把枪掉了。沈山南察觉到异常，顺着歹徒的目光看去，只见栩如笙正朝他招手。

但明显沈山南也被吓了一跳，栩如笙有一瞬间的失落。

她自我安慰，如果有个人戴着面具大晚上在自己窗户外偷窥，她可能已经吓晕过去了，更何况，这里是二楼，是个人都会吓到。这么一想，心里就舒坦多了。

她试探性地敲了敲窗户，发现窗户质量上乘，便用了三分力气将窗户玻璃击碎，然后单手撑住窗沿，纵身一跃进了屋内。

栩如笙拍了拍手上的玻璃碴，发现沈山南和歹徒面面相觑，十分震惊的模样，对此她竟然有些雀跃，不可一世的大魔王也有被震慑住的时候。

“你们在干吗呢？”栩如笙刻意改变了一点音色，试图打破沉默。

歹徒反应过来，将枪口指向栩如笙：“给你两个选择，要么你从哪里进来，就从哪里出去；要么我给你一枪。”

栩如笙淡定自如地走到沈山南身边，拍拍他的肩膀以示安慰，然后对歹徒说：“可我哪个都不想选，我是来救他的。”

沈山南怪异地看了栩如笙一眼，这个戴着兔子面具的女人，他根本就不认识，但是从目前的局面来看，她和自己是同一阵线的。

“你觉得你打得过我？”歹徒恶狠狠地质问。

“打不过啊。”栩如笙理直气壮地回道，“我压根儿就没想和你打。”

栩如笙笑笑，她的计划是带着沈山南逃跑，这会儿和歹徒说话不过是为了吸引他的注意力。

说话间，她已经悄无声息地靠近沈山南，一只手扶住了沈山南的腰。沈山南恼羞成怒地瞪了她一眼，但下一秒，他只剩下惊叹。

他被栩如笙扛在肩上，她毫无压力地以超越正常人的速度和力量带着他跳出了窗户，没一会儿就跑出了别墅区。

沈山南被颠得有些难受，更何况他一个大男人被一个女人扛在肩上跑，这未免太丢面儿了：“你放我下来，我自己能跑。”

栩如笙猛地停下脚步，地上扬起一阵灰尘，她将沈山南放下：“那好吧。”

她回头一看，歹徒也已经追出来了，便催促沈山南：“赶紧跑，他追过来了。”

奈何栩如笙速度太快，沈山南才跑出五十米，她自己却已经在几百米开外。她扭头一看，沈山南的速度慢得和乌龟一样，只好折返，不由分说，一把将他抱起，继续狂奔逃命。

沈山南欲哭无泪，早知道最后的结局是公主抱，他宁可接受被扛在肩上。

但他想到这种危险之际，一个素不相识的女人愿意为他挺身而出，心里不由得生出几分感激，努力说服自己，忘记公主抱一事。

“你是谁？”沈山南问道，“你叫什么名字？我们认识吗？”

栩如笙低头看了一眼沈山南：“你话真多。”

栩如笙忙着逃命，沈山南却还有空撩妹。

沈山南头一回被人呛，尴尬得不知如何接话，他还从未遇见过这样的情况：“我不是那种不懂知恩图报的人，你救了我，我总要知道你是谁，我才能找到你，报答你。”

栩如笙怎么敢暴露自己的身份："你不认识我，我没名字。"

沈山南听出她不愿意表明身份，也不好勉强，只将她当作自己的狂热粉，毕竟除了狂热粉，没哪个正常人会在三更半夜趴在别人家窗户外偷窥。

"你放心，我不会计较你偷窥我的事情。"沈山南言辞恳切地保证道。

栩如笙觉得这话有些耳熟，奈何忙着逃命，一时间也记不起什么时候听过。

"你不愿意透露姓名，又戴着兔子面具，那我就称呼你为兔子小姐吧。"

栩如笙满头黑线，她才发现原来沈山南这么喜欢自说自话："随你吧。"

反正只要发现不了她其实是每天被虐待的小助理栩如笙就可以。

沈山南仰头，只能看见栩如笙的脖子，却莫名觉得，这脖子长得极好看，犹如天鹅颈："兔子小姐，能麻烦你送我去公司吗？就在汇才大道，IDEA科技公司。"

栩如笙脚步一顿，啊？去公司？可是到了公司沈山南岂不是就发现她没有在加班？

"怎么停下来了？"沈山南问道。

面具掩盖住了栩如笙的心虚："你去公司做什么，这种时候我们得去公安局。"

"我去公司换身衣服，顺带报警。"沈山南尴尬地整了整睡袍的领子。

栩如笙低头一看，方才逃得匆忙，沈山南只穿着睡袍，头发也还没干，只能硬着头皮回答，"好吧好吧，送佛送到西。"

"谢……阿嚏！"

沈山南第二个"谢"字未出口，就打了个大喷嚏，颇有些狼狈。

更深露重，雾气渐浓，云朵遮月，夜色朦胧，一个戴着兔子面具的女人，横抱身材高大的男子，以堪比世界短跑冠军的速度，冲进了IDEA电子科技公司的大厦。

栩如笙将沈山南放在电梯门口。

沈山南站在她的身侧，忍不住上下打量她，看她身材纤细，没想到却如此孔武有力，果真是人不可貌相啊。

他注意到她太阳穴那里出了些汗，便贴心地提醒道："你要不要摘下面具透透气？"

栩如笙下意识地捂住自己的面具："我一点也不热！"

沈山南耸耸肩："随你，电梯到了。"

沈山南按下了数字十六。栩如笙明知故问："这个点了，公司还有人吗？"

"我有一个蠢助理，她可能还在十六楼加班。"他回答道。

蠢助理……

栩如笙握了握拳，抑制住想打他的冲动，一字一顿地替自己辩解："你为什么、要说、自己的助理蠢？这样子、很不、礼貌。"

许是栩如笙戴着面具的关系，沈山南丝毫没有察觉到她的不悦："因为她蠢啊。到了。"

电梯门缓缓打开，沈山南大步流星朝自己的办公室走去，栩如笙气急败坏地跟在他身后。

沈山南经过栩如笙的办公桌时，看到栩如笙的办公位空空如也，他张了张嘴，却什么也没说。

栩如笙心想：还算你有点良心，没有继续吐槽我。

沈山南去更衣室换了身衣服，她跟着沈山南进了休息室。这个休息室设备齐全，除了床、柜，还带浴室和厨房，堪比单身公寓。

"你要喝咖啡还是喝茶？"沈山南转身问道。

栩如笙下意识地反应："我来泡。"

栩如笙说完便意识到说错话了，现在的局面，他是主人，她是客人，哪有客人这么殷勤地要帮忙端茶送水的，她赶忙补救："我是说，你泡咖啡，我来报警。但是我嘴巴刁，所以麻烦你咖啡豆现磨，煮咖啡的水要用过滤后的自来水，水温控制在96℃以下，加一颗方糖不加奶，谢谢。”

栩如笙本意是想为难沈山南，平日里都是她给他煮咖啡，现在终于轮到他来煮了。

没想到，沈山南不但不觉得为难，反而觉得自己和兔子小姐有着不言而喻的默契：“你的口味和我很接近。”

“哦？真巧。”

能不接近吗？栩如笙就是照着沈山南平时虐待她的要求说的。

没一会儿，栩如笙在报警电话里和警方沟通清楚了事件始末，茶水间也已飘出咖啡的香气，栩如笙不禁心情愉悦，头一次觉得咖啡机运转的声音是如此悦耳。

但她却没注意到，咖啡机的声音掩盖了歹徒的行动。

十多分钟前，歹徒跟丢了沈山南，他立刻得到新指示，赶到沈山南的公司。

当沈山南端着咖啡从茶水间走出来时，歹徒破门而入。

栩如笙看着被沈山南随手放下的咖啡，气愤地瞪了歹徒一眼，他要是晚来几分钟，她就能喝到沈山南为她煮的爱心牌咖啡了。

歹徒被栩如笙瞪得心里发毛，想到她大力碎玻璃的场景，顿生怯意，但还是鼓起勇气把枪口指向栩如笙，但人却离栩如笙远远的，显然是怕近身打不过栩如笙。

栩如笙立刻从沙发上站起来，这家伙竟然劫持她？

沈山南抽出匕首，与歹徒对峙：“放了她。”

“你当我傻啊？”歹徒不屑地说道，“放了人质，我打得过这个面具怪吗？”

“你说吧，怎么样你才肯放人？”沈山南问道。

歹徒一寻思：“你跟我走，我就放了她。”

“好。”沈山南毫不犹豫地答应。

栩如笙感激地看了一眼沈山南，虽然他天天骂她蠢，但没想到他愿意以命换命。

歹徒见沈山南答应了，便壮着胆子走上前推了推栩如笙：“你走开，换他来。”

栩如笙生怕自己被推醒，大喝一声：“不准推我！”

要是她突然从这个梦里醒了，那她和沈山南还不知道会发生什么事呢。

歹徒被这突如其来的怒吼震慑住了：“你你你……干吗？”

“你是不是傻？你放了我，拿沈山南当人质，按照我的速度，你甩不掉我，就算我打不过你，有我在，你也干不掉沈山南；但是你拿我当人质，沈山南不敢拿你怎么样，就算他想拿你怎么样，他也打不过你，跑不过你，等你解决了我，再解决沈山南，这样岂不是一举两得。”

歹徒歪了歪脑袋，竟然觉得栩如笙说得十分有理：“有道理，那你再靠近一点。”

栩如笙才迈出第一步，就被沈山南拉住，她一回头，大魔王沈山南正在用一种敬佩欣赏的眼神审视她。

正如栩如笙所见，她刚才的一番话打动了沈山南。在他眼里，兔子小姐为了救一个不相干的人，大义凛然地身赴险境。

栩如笙被他看得浑身起鸡皮疙瘩，便甩开他的手。这一甩手，沈山南心里就对她更加钦佩了，她面对危险，毫无畏惧，在她的身后，仿佛有光芒绽放。

栩如笙走到歹徒身边，歹徒将枪口对准栩如笙的太阳穴。

栩如笙给沈山南使了个眼神，让他走远点，自己准备大显身手了。

沈山南默契地读懂了兔子小姐给的暗示，握着刀，走到一旁。

栩如笙见沈山南走开，便决定放开拳脚一搏，虽然她不会打架，但是她力气大啊，谁输谁赢还说不准呢。

她快速握住歹徒持枪的手腕，瞥见他的手背上有一个可怖的红色疤痕，似乎是烫伤留下的。

她将枪口偏离自己，歹徒有些慌乱，他见识过她的力气，却没想到自己控制不住她，眼见着自己处于下风，他紧握着枪，扣下扳机。

“砰”的一声，子弹击中了吊灯，玻璃灯罩碎了一地，碎玻璃掉落时划伤了栩如笙的手腕。

但栩如笙始终没有松开歹徒的手腕，因为她知道，她再怎么眼疾手快，也不一定能快得过子弹，近身作战对她这种只有蛮力没有技巧的人而言才是最好的选择。

歹徒被栩如笙控制住，施展不开拳脚，没几个来回，就被栩如笙夺下枪。

栩如笙顺手把枪丢给沈山南，扭住歹徒，说道：“给我拿绳子来。”

沈山南把办公室的每个抽屉都搜索了一遍，愣是一条绳子都没找到：“没绳子。”

栩如笙四下看了眼：“把窗帘扯下来给我。”

他当即会意，一把扯下浅蓝色的布艺窗帘递给栩如笙，只见她单手将歹徒的双手扭在身后，用嘴随便咬住窗帘的一角，另一只手随手一扯，“呲呲”几声后，她的脚边就多了几条绳子。

栩如笙将人捆结实，一脚把人踢到沈山南面前：“人，你自己处理。”

沈山南眼里冒着些欢喜，他觉得栩如笙方才的动作透着帅气，一个女孩子，怎么能如此洒脱：“谢谢。”

“你要是真心想谢我，就对你的助理好一点。”

他想到自己的助理本该加班的时间却脱岗了，无可奈何地说道：“我对她挺好的，你放心吧。”

“好个屁。”栩如笙忍不住嘀咕。

沈山南没听清楚她的话，一脸真诚问道：“你说什么？”

栩如笙叹了口气：“我是说，你还有事吗？没事我就走了。”

他寻思了许久，想着找个什么理由将她多留一会儿，但他的心脏“怦怦”跳，直接影响了他的思考，他始终没想到合适的借口。

栩如笙见他没说话，当即摆摆手：“那我走了。”

“等一下。”沈山南喊住她，“你的手……包扎一下再走吧。”

栩如笙这才发现自己的手腕被玻璃碴划出了一道口子，她不以为意地拒绝了沈山南的提议，有什么好包扎的，对她来说，这一切只是个梦境，等她醒了这些伤口肯定就消失了。

沈山南突然问道："我还有个问题，你为什么要躲在我的窗户外？"

栩如笙的嘴角抽了抽，她差点儿忘了这茬，好在沈山南看不到她的表情，否则得多尴尬："我看到有人鬼鬼祟祟地撬了你家的锁，所以我就躲在窗户外面观察，适当见义勇为一下，你不用太感激，我只是发扬了助人为乐的精神。好了，我走了，有缘再见吧。"

沈山南还想说什么，但是一眨眼的工夫，兔子小姐就消失了。

次日，沈山南回到家中，他惊讶地发现，大门的锁并没有被破坏的痕迹，于是不禁陷入了疑惑中……

"阿嚏！"

正在办公的沈山南又打了个喷嚏，他揉揉太阳穴，觉得头也有些疼，正要打电话让栩如笙煮一杯咖啡，她却刚好敲了门。

栩如笙把咖啡杯放在沈山南面前，他喝了一大口，才发觉味道不对，又酸又涩又苦："这是什么？"

栩如笙回答："感冒冲剂呗，你闻不到啊？"

"我闻得到我能问你？"沈山南没好气地说道。想到昨夜要是她在加班还在能报个警，兔子小姐也不至于受伤，他突然无法心平气和地面对她。

栩如笙翻了个白眼，伸手要去拿杯子，手腕上的创可贴不小心暴露："不喝我拿走了，你继续打喷嚏吧。"

"我有说我不喝吗？不要擅自揣测领导意图知道吗？这是大忌。"沈山南按住杯子。

栩如笙嘟着嘴不讲话，她完全不知道一大早的哪里招惹了大魔王，看他喷嚏打个不停，给他泡点感冒冲剂还要被呛。

沈山南清了清嗓子："你……手怎么了？"

"给你泡感冒冲剂的时候，打碎了一个杯子，不小心划到的。"栩如笙淡定地说道。

她今早起来，发现手腕上的伤口并没有消失，才惊觉她梦中受到的伤害会在现实中于本体上呈现，为了防止被沈山南发现，她方才特意打碎了一个咖啡杯。

沈山南狐疑地打量她，怎会如此巧合，她的伤口和兔子小姐的伤口是同一个位置："杯子钱从你的实习工资里扣。"

"啊？"栩如笙欲哭无泪，早知道她就说伤口是被水果刀划的了！

虽然IDEA给应届生的工资比其他公司高，但是她为了方便工作，房子租在公司附近，这里是市中心，房租本就不便宜；再加上IDEA是大公司，着装打扮和人情来往也是一笔不小的开支。

沈山南看她苦着一张脸，心情好了许多："杵着当衣帽架吗？昨晚上让你整理的资料拿进来给我。"

"好的，沈总……"

栩如笙在沈山南的虐待中，度过了一个漫长的早晨，她掐着十二点，关了电脑，奔向食堂，远离十六楼。

沈山南却趁着栩如笙午餐期间，特意去茶水间查看。咖啡杯是他亲自挑的，一套四个，现在确实少了一个，杯子碎片就在茶水间的垃圾桶里。

他觉得这一切十分合理，但正因为过于合理，让他觉得有些难以言喻的感觉，但他也说不出来哪里不对劲。再反观栩如笙，她一整个下午都沉浸在赔偿杯子的巨大悲痛中，并无异常。

"这不科学，一个咖啡杯怎么可能要五千，我一个月实习工资都不够扣。"栩如笙喃喃自语。

沈山南用食指敲了敲桌面："上班时间，不要分心。"

"沈总，我中午问了财务部，我这个算工伤，可以申请报销医药费的。"她举起手腕，指着创可贴。

他点点头："算工伤，医药费算公司的，随便你用多少。"

栩如笙挤出一丝笑容，违背自己的良心说道："因公受伤是我的光荣，所以，杯子可不可以……也找财务报销啊？"

"当然不行，你是个成年人了，要对自己的行为负责。"他一本正经说道。

让她赔偿杯子的事情，本是他随口一说，没想到栩如笙却当了真。

栩如笙垂下眼帘，开始酝酿情绪："沈总，你知道现在的应届毕业生过的是什么日子吗？简历海投，能挤进面试实属万幸，好不容易找到一份工作，还要负担房租、伙食费、水电费、交通费，舍不得买衣服，舍不得吃甜品，甚至有人为了省钱，住在地下室，我就是其中一个……"

"停停停！"沈山南也是服了她了，"杯子是因公殉职，你算工伤，好了吧？"

"谢谢沈总。"栩如笙立马眉开眼笑。

"你住的那个小区挺好的，尤其是你挑的那个楼层，采光极好，有眼光。"沈山南进办公室前很不厚道地拆穿了她的谎言。

她忘记了入职简历上有住址……

第三章

大魔王竟然有个哥哥

“你说什么？”

沈山南的办公室里传出一声怒吼，吓得栩如笙端杯子的手一抖，不小心溅了几滴咖啡在文件上，她手忙脚乱地将污渍擦拭干净。

先前袭击沈山南的歹徒在看守所癫痫发作，在送医过程中逃跑了。他还能说什么？好不容易逮到个人，什么都还没问出来就跑了。明明答案就近在眼前，却这么擦肩而过。

沈山南一拍桌子：“所以呢？”

尤特助看了看手里的笔记本：“警方说如果有进展会通知我们。接下去，您该准备二十分钟后的营销部季度例会了。”

“秦宋回来了？”沈山南问道。

秦宋？

正在听墙脚的栩如笙若有所思，听闻此人是沈山南的发小，帮助沈山南创办了IDEA科技公司，现任营销部总监。但是，众人对他的评价褒贬不一，有人说他为人轻浮，也有人说他内敛干练，但至今为止栩如笙还没见过这号人物。

尤特助点点头："秦总监今天中午刚回来。"

听闻秦宋回公司，沈山南迫不及待要去营销部找他，结果刚出自己办公室，就迎来了一位不速之客。

那人戴着一副金丝框眼镜，看上去文质彬彬的。但栩如笙看到来人的穿着后，有些意外，因为来人犯了沈山南的禁忌——穿着深棕色的外套。

她看到沈山南的脸色明显有些不悦，甚至眼神中带着几分厌恶。

她本着助理的本分，上前挡住来人："先生，您好，请问您有什么事吗？"

"我找你们沈总。"来人轻轻推了推镜框，轻声细语道。

栩如笙摆出公式化的微笑："抱歉，您没有预约，请先去一楼前台预约。"

那人看着栩如笙许久，眼中带着一丝考量。栩如笙不喜欢这种探究的眼神："请回吧。"

那人没有回答栩如笙的话，而是朝沈山南说道："你的小助理还真是尽责，连我也要挡着。"

栩如笙眨眨眼，看看沈山南，再看看来访者，他俩认识？

"那你就按照她说的，来之前先预约，不要不请自来。"沈山南冷冷地说完，就朝电梯走去，和来访者擦肩而过。

那人一把拉住沈山南的手腕，而沈山南毫不客气地甩开那人的手。那人也不恼，依旧是满脸微笑："你的脾气还真是一点没变，就不能听我说几句再走吗？"

栩如笙隐隐嗅到八卦的味道，悄悄挪到尤特助的身边问道："尤特助，这人谁啊？长得还挺帅气。"

"你音量有点大。"尤特助轻声提醒。

栩如笙压低音量，慢慢地、轻轻地、一字一顿地重新问道："这、个、人、是、谁、啊？"

"总裁的哥哥，沈骆扬。"

这场面哪里像兄弟见面，这分明是仇人吧。

沈骆扬继续说道："听说前晚你出了点意外，我很担心，一出差回来就往你这儿赶。"

"有劳费心。"

"你没哪里受伤吧？"沈骆扬关切地问道。

沈山南直视他："你是希望我受伤还是不希望我受伤？"

"我自然是希望你好好的。"沈骆扬苦笑着辩解。

沈山南冷哼一声："那就巧了，我一点事都没有。"

"那我就放心了。"沈骆扬长舒一口气，"爸今天生日，今晚回家吃饭吧。"

沈山南冷眼看着他，觉得恶心："你说完了吗？说完了就走吧。"

电梯门打开，沈山南和尤特助一同进了电梯。

栩如笙则帮沈骆扬按了另一部电梯："慢走。"

说罢转头就走，一点好脸色都不给他。栩如笙的原则是，但凡是沈山南喜欢的，她不一定要喜欢，但沈山南不喜欢的，她必须和他一条战线，因为沈山南才是给她发工资的人。

"等一下。"

栩如笙回头。

沈骆扬笑得灿烂，他从兜里拿出一张名片："如果你愿意，我可以出双倍的工资，诚挚邀请你加入致力科技，欢迎你随时联系我。"

栩如笙不明所以地接过名片——致力科技，副总经理，沈骆扬。她歪歪脑袋，这是……挖墙脚的意思？

这要是被沈山南知道了，不得把她往死里虐？这名片收不得！但当她抬头要还名片时，电梯门已经缓缓关上，沈骆扬在电梯里笑着朝她说了声"再会"。

栩如笙无奈叹了口气，这都什么事啊，她一个应届毕业生竟然有人挖墙脚，而且对方还是现任老板的哥哥。

她将名片随手压在鼠标垫下，转念一想，有人挖墙脚，这说明她优秀啊，不由得有些飘飘然起来。

电梯门一关上，沈骆扬脸上的笑容立刻消失，取而代之的是冷漠。

他闭着眼，回想自己和沈山南过去的种种，不由得有些愤怒。沈山南离开家之后，越来越强大，已经不再是小时候那个任由他欺负的小男孩了。这也就意味着，沈山南对他的威胁将越来越大。

假若不能趁他羽翼未丰的时候击垮他，未来的沈山南必将是一个强劲的对手，况且他现在身边又多了一个帮手。他看了栩如笙从电梯间救出沈山南的监控视频，力大无穷。沈山南身边有这样的人，对付他的难度就大大增加。假如她不能为自己所用，那就只能毁了她。

电话响起，他看了眼来电显示，十分不悦地接起："我再给你一周时间，要是一周后沈山南还是完好无损，你一分钱都别想拿到。"

电梯即将到达一楼，沈骆扬的嘴边又挂上浅浅的笑，整个人散发着温柔的光芒。

他刚出电梯，就碰到了一个他最不愿意见到的人——周简蕴。

周简蕴正在等电梯，却没想到电梯门一开，看到了沈骆扬："你来做什么？"

"我来找阿南。"他笑着回答，"听说你来IDEA上班了。"

周简蕴满脸不屑："阿南？别这么称呼沈山南，我听着恶心。"

"我不明白你的意思。"沈骆扬一脸无辜。

她冷笑两声："你这演技不当演员倒是可惜了。我明白地告诉你，我来IDEA上班是为了沈山南，就算我和你已经订婚了，我也不会放弃沈山南，你别妄想靠我巩固你在沈家的地位，这婚约，我迟早是要解除的。"

诚如周简蕴所言，沈骆扬和周简蕴之间早有婚约，但联姻一事只不过是沈骆扬年少时为了巩固自己在沈家的地位不得已而为之，这也是他厌恶周简蕴的原因。

周简蕴和他的婚约，是他无能的最好证明，看着她，沈骆扬就会想起，在外人眼中，他只是沈家的养子，而沈山南才是沈家唯一的亲生儿子。

“不管你心里喜欢谁，不管你对我如何，都不会改变我对你的喜欢。假如有一天你要解除婚约，我也绝不拦着，只要你开心，别说解除婚约，你就算是杀了我，我也甘愿。”沈骆扬说得情真意切。

周简蕴忍不住翻了个白眼：“鬼话连篇！请你离开，IDEA没人欢迎你。”

“再见。”

周简蕴在电梯内看着沈骆扬远去的背影，有些烦躁。她始终认为，因为她和沈骆扬的婚约，沈山南才与她保持距离。

沈山南不在的时候，栩如笙还是很悠哉的，做会儿工作，累了就刷会儿微博，喝杯咖啡，如此循环反复。摸着良心说，这份工作除了沈山南不好相处，没什么可令人挑剔之处，况且，沈山南有一张帅脸，看着他工作，疲劳全无。

至于致力科技的挖墙脚，她完全不心动，即便对方可以给出更高的工资，但是对方公司的平均颜值能赶得上IDEA吗？她来之前可是调查过了，IDEA男性员工的颜值居岚城首位，所以，她是绝对不会离开IDEA的！

“喂！”

一个女声打断了栩如笙的胡思乱想。

她抬头，来人竟是周简蕴。她左右看了看，除了她和周简蕴，十六楼并无他人：“你和我说话？”

周简蕴翻了个白眼：“这里除了你还有别人吗？”

栩如笙不明所以，她和周简蕴并无交集，非得说有什么联系，也就是她以“兔子小姐”的身份救过周简蕴一次，但周简蕴应该没发现是她：“找我有事？”

“废话不是？”周简蕴忍不住嘀咕，“也不知道你这种水平是怎么得到总裁助理的岗位的。”

“哦，我自己也不知道。”栩如笙老实地回了一句。

但在周简蕴看来，栩如笙是在轻视她，因为这个岗位她曾经争取过，然而她却失败了，她居高临下道：“我长话短说，你把总裁助理的位置让给我，条件随便你开。”

“哈？”这也太“长话短说”了，“这可不是我们这种新人说了算的。”

周简蕴自信地撩了一下刘海：“请把‘们’字去掉。你不用管，只要你同意，我就能做到。”

“那要是我不同意呢？”栩如笙茫然地问道。

周简蕴不屑地说道：“你和我岗位对换，我能保证你的工资上涨一半，这么好的条件，你有什么理由不同意？”

涨一半？栩如笙真想呵呵一笑，周简蕴哪来的自信，她岂是为五斗米折腰之人，就算要折，也得是沈骆扬开出的薪酬才值得她折腰。

栩如笙摆摆手：“别闹了，我要工作了。”

“什么叫闹？”周简蕴口气中有些不悦，“我是认真的。”

“好，我知道了，你是认真的。”栩如笙敷衍道。

周简蕴气极：“两倍，只要你愿意，我保证你工资涨两倍。”

栩如笙托着下巴看着周简蕴，沈山南虽然长得好，但是脾气不好，他的助理并不好当，这姑娘非要和她换岗，莫不是看上沈山南了？

“沈总并不是一个好伺候的人，所以总裁助理是一个很辛苦的岗位。”

周简蕴不以为意：“为了沈山南，辛苦点又何妨？”

栩如笙点点头，周简蕴果然是看上沈山南了：“可是沈总他只爱工作不爱美色，你就算成了总裁助理也是没用的。”

周简蕴得意地拨了拨头发：“虽然外界关于阿南的传言很多，但是阿南是什么样的人，我心里最清楚不过。”

“为什么你这么笃定？”栩如笙内心狂喜，却还是努力忍住再三确认。

周简蕴抬起下巴，骄傲道：“这不是你该关心的事情。我再说最后一遍，把总裁助理的位置让出来。”

这要是换作以前，栩如笙绝对不会放过这种天上掉馅饼的好事，但现在的关键是，她也看上沈山南了，近水楼台的道理谁都懂！

“这事情我做不了主，你和人事部去说吧。”

周简蕴有些恼：“要是找人事部就行，我还来找你做什么？”

“我一个应届毕业生，人微言轻，你找我就有用了吗？”栩如笙耸耸肩，“我得干活了，你……要不要来杯咖啡？”

周简蕴气急败坏：“栩如笙，你给我记着，你现在的位置迟早是我的。”

“嗯嗯，我记着呢。你不喝咖啡的话，那我就开始工作了，不送了。”

栩如笙和周简蕴接触过三次：第一次是IDEA的最终面试，周简蕴表现出极大的自信；第二次是几日前救了周简蕴；第三次就是今天，周简蕴似乎有些嚣张跋扈。综合这三次，栩如笙觉得周简蕴并不是好惹的人，听她方才的言语，她似乎和公司高层有着密切关系，所以对于涨工资一事那么笃定。

“唉，为了一个男人，得罪了一个女人，栩如笙啊栩如笙，你的好日子算是到头了。”栩如笙自嘲道。

周简蕴前脚刚走，人事部林姐后脚就来了。

栩如笙觉得，今天这十六楼未免热闹了些，先有沈骆扬挖墙脚，后有周简蕴要换岗，现在林姐又来了。

“林姐来找沈总吗？他去营销部开会了。”

林姐将一份蛋糕和一杯咖啡递给栩如笙：“来找你，给你送下午茶上来。”

“谢谢林姐。”栩如笙拆开蛋糕，正好是她喜欢的抹茶味儿，“林姐找我有事？”

林姐笑笑：“果然是什么都瞒不过你。今天周简蕴是不是找过你了？”

“嗯。”栩如笙吃了一口蛋糕，甜而不腻，好评，“她找我换岗。”

“你答应她了吗？”林姐试探性地问道。

栩如笙不解，这当中有什么利害关系吗？

“我暂时把她打发走了。不过，周简蕴对总裁助理这个位置似乎很中意，既然这样子，我和她换个岗位不就好了。”

栩如笙假意接受换岗的建议，以此试探林姐。

林姐连忙摇头：“千万别。事情其实是这样子的……”

原来沈家和周家是世交，周简蕴打小就认识沈家两兄弟。几年前，周简蕴和沈骆扬订了婚，本来是桩美事，奈何订了婚，周简蕴却说自己爱的是沈山南，结果周家和沈家只能将婚期延后，周简蕴毕业后更是放着自家公司不去，偏偏跑来IDEA当一个小职员。

她要来，沈山南没拦住；但是她要求总裁助理的职位，这不是胡闹嘛，沈山南自然不会同意。他授意人事部将周简蕴安排到和他接触最少的部门——档案室。

所以就有了方才那一幕。

栩如笙若有所思，周简蕴是沈山南和沈骆扬的青梅竹马，和沈骆扬有婚约，爱的人却是沈山南，标准的豪门爱情桥段。但是沈山南是否也同样喜欢周简蕴呢？

退一万步说，沈山南不喜欢周简蕴，但毕竟是从小一起长大，情分还是在的，而她和沈山南认识不过一周，何来胜算？这么一想，她头都大了，追个男人咋这么难？

“小栩？”

栩如笙回过神来：“怎么了，林姐？”

林姐拉着她的手：“不管周简蕴怎么说，你都千万不要松口。我也知道你为难，我也知道你不愿意当沈总的助理，就当是林姐拜托你了。”

因为栩如笙一旦松口，人事部将会很为难。周简蕴不是普通的新人，得罪不得；但是沈山南的意思又不得不遵从。

栩如笙原先十分排斥总裁助理这个位置，但这个位置现在却有着近水楼台的优势，她绝不能离开这个岗位，便顺势答应了林姐的请求。

华灯初上，城市被点亮；寒冬已过，岚城的夜也变得热闹起来。被沈山南蹂躏了一天的栩如笙卡着下班的点，逃离了公司。想着舒默今晚到家，栩如笙便计划在回家路上顺便去一趟超市，买点晚餐的食材。

关于做饭这件事情，栩如笙说不上擅长，但解决温饱是没问题的；而舒默，假如她一个人生活，可能会被饿死。

嗯……舒默？栩如笙心里正想着舒默，就远远地看到马路对面的舒默，齐刘海，大眼睛，戴着一副黑框大眼镜，还是熟悉的配方，熟悉的人。

栩如笙正要招手喊她，却发现有一辆车一直缓缓跟在舒默旁边，没多久，车上下来一个男人，那人竟是沈骆扬！

舒默忍无可忍地瞪着沈骆扬，质问道："你到底为什么一直跟着我？"

从舒默离开动车站，这辆车就一直跟着她，不管她是等公交车还是走路，始终跟在她身边。到了市中心，人多了起来，她终于大胆地敲了对方的车窗，才发现那人是她在宏村采风时遇见的男人。

她没想到，眼前这男人长得人模狗样的，竟是个变态跟踪狂，想来不是劫财便是要劫色了："我警告你，你再跟着我，我就报警了。"

沈骆扬理直气壮道："那你报警吧。等警察来了，我就如实相告，我只不过从动车站开车回家，恰好你和我同路罢了。"

"你……"

沈骆扬觉得她鼓着腮帮子生气的表情很可爱，忍不住嘴角扬起微小的幅度，打趣道："在宏村的时候我问你要电话号码，你说下次见面给我，现在我们见面了，你是不是应该给我联系方式了？"

舒默摸摸刘海，这就很尴尬了，她说下次见面就给他联系方式只不过是委婉的拒绝之词，没想到对方竟然当真，更想不到，真的还有"下一次"："这位先生，我不能给你我的联系方式。"

"哦？为什么？"沈骆扬显然预料到她的回答。

舒默扶了下眼镜框："首先，我们只有一面之缘，没有互留联系方式的必要；其次，我不知道你是不是个坏人，我要是把个人信息透露给你，我就很危险了。"

"首先，今天是我们第二次偶遇，说明我们有缘；其次，不管我是不是一个坏人，我都绝不可能伤害你；最后，如果你不给我你的电话，我就跟着你回家。"沈骆扬慢条斯理地一一反驳。

舒默不可置信地指着他："你变态啊！"

"我叫沈骆扬，相信我，我不是坏人。"沈骆扬看着她，眼里带着柔光。

舒默对上他的眼，心脏忍不住"怦怦怦"乱跳。沈骆扬长得如此好看，尤其这一双眼，完全不输给漫画中的任何一个角色。

但是，这么好看的人，为何是个变态跟踪狂？

沈骆扬摸摸她的刘海："我送你回家吧。"

舒默不争气的心脏跳得更厉害了，明明是才见过两次的人，为什么他能够用这么熟稔的口气和她说话；明明才认识不过几天，为什么她却觉得他如此熟悉？

还没等她做出反应，沈骆扬就抢过她的行李箱，放进了后备厢里。

舒默傻眼了……

所以果真是要劫财吗？

沈骆扬帮她打开副驾驶座的车门："如果你还想要你的行李，那就上车，我保证我只是单纯地想要送你回家。"

舒默脑袋里闪过行李箱中的每一件东西——漫画书、给栩如笙带的礼物以及采风得来的资料都是不能丢的，她权衡了利弊后，选择了上车。

沈骆扬贴心地帮她系上安全带后关上车门。

目睹了全程的栩如笙望着扬长而去的车子，百思不得其解，这是什么情况？

上了车后，舒默便一声不吭。在她看来，沈骆扬真的太可疑了，即便他那张漫画脸有点好看，也无法打消她的顾虑，她甚至做好了随时报警的准备。

沈骆扬转身看了舒默一眼，说道："你饿吗？要不要一起吃晚餐？"

舒默依旧不出声。

沈骆扬看着她气鼓鼓的侧脸，有些好笑。他故意将车速放缓，慢到自行车超过了他们，慢到人行道上的小狗也超过了他们。

舒默看着车窗外的景色缓缓移动，终于忍不住开口："你能不能开快点？"

沈骆扬的微笑加深："终于愿意和我说话了？"

"你这人怎么回事？我和你不认识，我都不知道你是谁，你所做的一切不觉得很奇怪吗！特别像个变态！"舒默说道。

他将车速提高到正常速度，反问道："难道你看不出来我为什么要这么做吗？"

舒默狐疑地护住自己的包包："我没钱！"

"你的脑袋瓜里面在想什么？"沈骆扬哭笑不得。

沈骆扬将车在路边停稳，从兜里拿出什么，塞到舒默手中："这些给你保管，你能放心地让我送你回家吗？"

舒默低头一看，自己手上的是沈骆扬的身份证、银行卡。她脑补了一下，将自己的身份证和银行卡交给一个刚见两次面的人，这似乎是骗婚的套路，再结合沈骆扬的外表，她更加笃定心里的想法。

看来，她也是有富婆气质的。

可是……

"你这是往哪里开？"陌生的道路让舒默重新警惕起来。

沈骆扬看了看导航："大福路。"

"谁问你是哪条路了！我家不是这个方向，你是不是故意往偏僻的地方开，我告诉你哦，我手机有设置紧急报警的，你别想坑我。"舒默壮着胆唬他。

他却依旧不急不恼："你没告诉我你家在哪里，我就只好绕着岚城开一圈。"

“我家在××××街道的××××小区。”

话音刚落，舒默就后悔了，自己居然主动说出了住址，这不是给自己上套吗?

沈骆扬掉转车头，往舒默家的方向开去。

“我找不到手机了，你能不能打个电话给我，帮我找找手机？”

这次舒默没有再上当，她不屑地瞥了他一眼：“一个人是不会在同一个地方跌倒两次的。”

“你一定要记得对别人都要保持这种警觉。”

沈骆扬腾出右手，摸摸她的脑袋，好似在奖励她。

另一边，栩如笙八卦之心蠢蠢欲动，她出了超市，拎着十来斤的食材就往家里狂奔，推门时发出了巨大的声响，吓得舒默“啪嚓”一声把苹果掉地上了。

“你这风风火火的，是干架回来了？”舒默吐槽。

栩如笙把食材放下，喝了满满一杯水：“啊……活过来了。”

舒默翻开购物袋，找出面包开始吃：“好饿。”

“不许吃。”栩如笙一把抢过面包，“什么都还没交代就想吃东西了？”

“交代什么？”舒默把脑袋凑过去，就着她的手咬了一口面包。

栩如笙半眯着眼审视她：“我刚才都看到了，是沈骆扬送你回来的。打我认识你，你和异性说话的次数屈指可数，你今天竟然愿意让他送你回来，啧啧啧，舒默，你胆子肥了啊，开桃花了也不告诉我。”

不提起沈骆扬还好，一提起沈骆扬舒默就来气：“嚯，说起他，这个人是个变态！打我到岚城后他就开着车跟在我身边，看他西装革履，人模狗样的，竟妄想对我劫财劫色。”

正如舒默所言，她去宏村采风，沈骆扬去出差，正巧有天下大雨，二人被困在同一个屋檐下。因她所住的民宿就在附近，便把伞给了沈骆扬，他借着要还伞的由头，管她要联系方式，毫无疑问，舒默委婉拒绝了。

她根本想不到沈骆扬会跟来岚城。

栩如笙忍不住“扑哧”一声笑出来：“劫色这个事情吧，我觉得有待商榷；但劫财，沈骆扬还不至于，你是不是误会什么了？要我看啊，他可能是想追求你吧，电视剧里不都是这么演的？”

“追求？你脑洞开得比我都大了。这明显是有预谋的诈骗，你最近没看新闻吗？有一些长得好看的男人，以追求为名接近女性，当女性心理防备减弱，就开始用这种理由借钱，借了就消失。”舒默像是煞有介事地说道，“不过，你怎么知道他叫沈骆扬？”

“呃……我难道没告诉你，沈骆扬是我们沈总的哥哥，沈家的大儿子……”栩如笙慢慢道来，“还有啊，他订婚了，商业联姻。”

舒默听罢惊讶得合不拢嘴，虽然她是个死宅，但沈家的名号她还是知道的，岚城第一富啊，她刚才说啥了，她说首富家的大少爷妄图对她劫财劫色，这就很尴尬了……

栩如笙把被舒默咬过一口的面包递给她，自己拆了一包吐司：“虽然沈骆扬是我们沈总的哥哥，但他俩之间似乎不存在兄友弟恭。今天下午沈骆扬去看望我们沈总，那场面啊……啧啧啧。”

舒默眼睛一亮：“说不准这中间有什么豪门恩怨，你去打听打听，我最近正好灵感枯竭，没什么好灵感。”

“能有什么豪门恩怨？顶多就是兄弟之间相处不好，你以为这是小说啊？漫画画多了傻了吧你。”栩如笙翻了个白眼。

舒默摇摇头：“现实要比小说精彩多了，你要是听到些什么，记得回来和我说啊。”

“懒得理你，做饭去。”

栩如笙掌勺，舒默打下手，没一会儿就搞定了晚餐——蘑菇排骨汤、香煎黄花鱼、油焖春笋。

“你上班上得怎么样？同事好相处吗？”舒默边吃边问。

栩如笙点点头：“还好，同事大多好相处，工作环境也好，就是老板很烦，忌讳特别多，光把他的爱好厌恶背下来，就花了我三天时间。”

舒默赶紧放下筷子，拿出笔记本："快和我说说，怎么个招人烦？"

"还能不能愉快地玩耍了？"栩如笙知道舒默的习惯，生活中有任何漫画可以用上的素材她都会记录下来，"先吃饭，一会儿饭菜就凉了，等吃完饭，我再慢慢和你聊。"

"还是你懂我。"舒默安心地重新捧起饭碗。

"舒默啊……"栩如笙突然严肃了起来。

舒默有点蒙，这气氛转换得有些快了："怎么了？"

栩如笙幽幽地说道："你说，怎么追求一个男人？"

舒默一口汤差点儿喷出来，这话题也太诡异了吧："这个问题的难度有点大，毕竟我也没谈过恋爱。"

"那你平时画的漫画里面，女主角都是怎么追求男主角的？"栩如笙不耻下问。

"直接扑倒……"

栩如笙脑补了一下画面——

烛光昏黄，鲜花美酒，她穿着紧身小皮衣，狠狠将沈山南推倒在床上。

沈山南护住胸口，梨花带雨道："你不要过来。"

"我就过来，有本事你喊啊。"她爬上床，一点点靠近。

"那我喊了？"

"你喊啊，喊破喉咙也没人来救你。"她邪恶地笑道。

她闭着眼睛噘着嘴凑近，却听到冷冷一声："栩如笙，你被开除了。"

她睁开眼一看，哪里还有烛光，哪里还有鲜花，这里分明就是沈山南的办公室！

栩如笙被自己脑补的画面吓得一激灵："不成不成，霸王硬上弓的结局只有一种，我被炒鱿鱼。"

舒默走心地思考了一下："你要不要试一试刷好感度？就像打游戏做任务一样，每做一个任务就涨一点经验，经验够了就升级了。"

栩如笙眼睛一亮："这个靠谱！对了，你去年复活节画的兔斯基面具能不能送我啊？"

"可以啊。"舒默一口答应，"不过，你不是不喜欢兔斯基吗？怎么想起来要这个面具了？"

栩如笙心想着：我要是把梦里的事情告诉舒默，她估计得吓出心脏病。

"单位有个假面舞会，我打算戴兔斯基面具参加。"

舒默扯了扯嘴角："如笙啊，假面舞会的面具一般都得有点诱惑力，这兔斯基……"

这兔斯基让人看了想发笑，舒默在心里补了一句。

栩如笙眨眨眼："兔斯基很有诱惑力啊！"

因为这个面具，沈山南给她起了一个"兔子小姐"的昵称，她喜欢得不得了呢，连带着看兔斯基面具都觉得可爱。

"这样吗？"舒默不可思议地啧啧几声，"难道是我太久没接触社会，审美已经和大众脱节了吗？"

栩如笙地点点头："是的是的，你要多出去走走，多和同龄人沟通，不要只知道埋头画漫画，去逛逛街约约会啊。"

"我哪有可以约会的对象？"

舒默回了个白眼。

夜色渐浓，栩如笙安然入梦。

下一瞬睁眼，她却有些迷茫。

这个地方明显是个卧房，舒适宽大的床，简约的摆设，具有艺术气息的壁画，浴室里还有水流声，房间看着也有些熟悉，可这到底是哪里呢？

她环顾四周，在床头柜上发现一个相框，她目光聚焦在相片上，不可置信地捂住自己的嘴——这里是沈山南的卧室。

所以在浴室里洗澡的人是沈山南？

想到沈山南正在洗澡，栩如笙的心像是蚂蚁爬过，酥酥麻麻，鬼使神差间，她的手已经握住了浴室的门把手。

浴室门把手冰凉的触感让她瞬间清醒，她拍了拍自己的脸颊，小声嘟囔：“栩如笙，你清醒点，偷窥这种事情是不道德的！”

即便嘴上这么说，她心里的小人还是不断在怂恿：“这种机会你都错过的话，你对得起自己吗？再说了，就看一眼而已，他又不会少块肉。”

“不行！做人要有底线！就算肉体再美好，我也不能偷看！”栩如笙向自己的欲望反驳。

但欲望的小人并不打算放弃：“想想看他的腹肌，他的人鱼线……”

此时，浴室的水流声停止了。

栩如笙心里暗自叫糟糕，要是被沈山南发现她在这里，她不是横着死就是竖着死。

她赶紧跑到窗户边，打算从窗户离开。却没料到，窗户根本拉不开，再一看，窗户完全镶嵌在墙面中，连个缝隙也没有！

她只好跑向阳台，却发现落地窗完全锁死。

浴室门“啪嗒”一声即将打开。

栩如笙只好从沈山南的卧房离开，试图找其他出口。她在一楼找了一圈却发现，没有出口！甚至于大门从里向外开，都设置了密码！

她对着大门密码锁欲哭无泪，经过上次夜袭事件，沈山南到底对自己的家做了什么？里面的人出不去，外面的人进不来。

“叮咚！叮咚！”

突如其来的铃声把栩如笙吓得不轻，她往可视电话看了一眼，居然是周简蕴！

“叮咚！叮咚！”

门铃锲而不舍地响彻整栋房子，栩如笙靠着敏锐的听力，听到沈山南正在下楼，便蹑手蹑脚地躲进了厨房。

沈山南看了眼可视电话，无可奈何地输了密码开了门。栩如笙却因藏匿角度不佳，只能看到沈山南的背影，根本看不见密码。

“这么晚了，你怎么来了？”沈山南冷冷道。

周简蕴笑笑，媚眼如丝：“你猜。”

说罢便自顾自地进了门，边走边将高跟鞋踢掉，最后半躺在沙发上。

沈山南将门关好，回到客厅：“你喝酒了？”

“喝了。”周简蕴毫不掩饰地道。

沈山南叹了口气，转身走向厨房。

栩如笙赶紧随便找了个柜子爬了进去，心里腹黑道：大晚上的来做什么？害得我跟老鼠似的在柜子里躲着。

透过缝隙，她看到沈山南给周简蕴倒了杯热水。

周简蕴坐起身来，接过沈山南递来的水杯，顺从地喝了一口。

沈山南坐到另一张沙发上：“你一个人来的吗？司机呢？”

“我让司机下班了。”周简蕴回答道。

他拿起手机，准备联系自己的司机，周简蕴却一个箭步抢过他的手机，顺带将他扑倒在沙发上。

看到这一幕，栩如笙在柜子里气得咬牙切齿：竟然直接扑倒了！周简蕴，你能不能矜持点？这是犯规！犯规！

沈山南用力推开周简蕴：“胡闹什么？”

栩如笙在心里默默为他的反应加了一分。

被沈山南这么一吼，周简蕴有些委屈，明明从小一起长大，但沈山南从来没对她和颜悦色过：“你总是说我胡闹，从小到大，你都看不到我的优点，也看不到我对你的喜欢，在你眼里，我就是一个无理取闹的孩子。到底我要怎么做，你才能看得到我？”

“你不需要做任何改变，因为我和你不可能在一起。”沈山南说道。

周简蕴红着眼眶：“你是不是因为我和沈骆扬订婚了，所以不理我了，那如果我告诉你，当年和他订婚，我就是为了气气你，我不知道事情会变成这样，你能不能原谅我？”

“你是个成年人了，要对自己的行为负责。你和沈骆扬既然已经订婚了，那你至少要做好本分。”提及沈骆扬，他的口气越发冷冽。

“做好我的本分？你怎么能说出这种话来？要不是因为你，我会变成这样子？沈骆扬知道我喜欢你，他说他可以帮助我，他愿意和我订婚来刺激你，等目的达到就解除婚约，我根本不知道这就是一个局！我根本不知道沈骆扬为了巩固自己的地位连我都可以利用！”

她和沈骆扬订婚的那年不过十九岁，刚刚上大学。因为沈山南和同校女生传出绯闻，她便信以为真，找了沈骆扬出主意，却没想到沈骆扬借着这个机会，摆了她一道，等她反应过来的时候，事已成定局。

沈山南早已猜到订婚一事是沈骆扬推波助澜，却没想到沈骆扬竟这样利用周简蕴，完全不顾儿时情分：“周简蕴，你有脑子吗？沈家和周家是能随便定下婚约再退婚的家族吗？就算两家的父母由着你胡闹，董事会的人能放任你影响股价不管吗？”

听到沈山南的话，周简蕴积蓄已久的泪水终于夺眶而出。

沈山南递上纸巾。

“什么时候变这么体贴了？”栩如笙不满地嘀咕。

周简蕴擦擦眼泪，含情脉脉地仰视他，正要开口说话，沈山南却先开了口。

“哭完了，我让司机送你回去。”

栩如笙躲在柜子里差点儿笑出声来，沈山南果然是沈山南，体贴细心什么的，和他一毛钱都不沾边。

但周简蕴哪里是那么好打发的，她一会儿说口渴，一会儿说头晕，一会儿说想吐，终归每次要走前都有理由多待一会儿，直到栩如笙在柜子里躲得腰酸背痛，周简蕴还没踏出客厅一步。

时间一分一秒过去，栩如笙的眼皮有些沉重，她艰难地往客厅看了一眼，周简蕴居然还没走。

栩如笙打了个哈欠，后脑勺不小心磕到柜壁，发出声响。她摸摸自己的后脑勺，不敢吱声。

周简蕴疑惑地指着厨房的方向：“好像有什么声音？”

“可能是馒头。”沈山南敷衍道，“司机在门口等着你，你赶紧回去吧。”

馒头是沈山南去年在路边捡到的一只小哈士奇，因为他懒得取名，就取第一个字，管哈士奇叫“哈哈”，但是没几天，他发觉，“哈哈，吃饭”“哈哈，下来”“哈哈，坐下”，这些日常用语突然变得很奇怪，在一个空荡荡的大房子里面，他像个神经病。于是，哈士奇的名字从“哈哈”变成了“馒头”，因为这只哈士奇长得像个馒头，虽然一样没创意，但是叫起来，正常了许多。

周简蕴“哦”了一声。

躲在柜子里的栩如笙松了口气。

聊起沈山南的宠物，周简蕴又找到了新话题：“我记得馒头刚来你家的时候，特别不喜欢我，我一接近，它就狂吠。不知道现在乖点了没有？我有一年没看到你家馒头了。”

馒头是一只很安静的狗，平日里几乎都不叫，但周简蕴一靠近，它就似乎很烦躁。沈山南觉得，这并不是馒头不喜欢周简蕴，而是周简蕴身上有香水味，周简蕴靠近的时候，别说馒头烦躁，就连他也十分不适应。

“它一直很乖。”沈山南反驳道。

栩如笙在柜子里已经躲了半个多小时，腰酸背痛，手脚也有些麻，她试图把自己的脚换一个姿势弯曲。然而，脚却不听使唤，一脚踢开了柜门。

她赶紧把柜门关上，但为时已晚。

周简蕴酸溜溜地质问沈山南：“你是不是金屋藏娇了？所以才赶着要我走？”

“胡说什么？”沈山南也听到了动静，他的第一反应是，沈骆扬的人来了，“你赶紧回去吧，别让周伯伯担心。”

周简蕴在的话，只会给他拖后腿。

周简蕴看他的反应，更加怀疑他藏了个女人在家里，便径直朝厨房走去，一把打开柜子。

灯光照亮了柜子，栩如笙已无处遁形，她捂住自己的脸，打算伺机逃跑，第二天他们质问的时候，打死不认。

然而——

“兔子小姐？”沈山南的声音里有掩饰不住的惊喜。

周简蕴看着兔子小姐，觉得有些眼熟，上次在小巷子里救她的人，似乎也戴着这个面具。她还没来得及深究，就看到沈山南喜形于色的表情，心里的气就不打一处来。

栩如笙摸摸自己的脸，原来自己戴了面具，便故作镇定地爬出柜子，活动了一下已经麻痹的四肢：“你好啊……”

沈山南没想到躲在家里的人不是杀手，而是自己朝思暮念的心上人，惊喜之余忍不住问道：“你怎么会在我家？”

还不等栩如笙回答，周简蕴犀利地补充道：“确切地说，你为什么会躲在一个独居男人家的厨房柜子里？”

栩如笙被她这么一质问，有点心发慌：这就有点尴尬了……

“我听说歹徒跑了，担心他又来找你，所以过来看看情况。”作为兔子小姐，她和沈山南只有这么一个交集而已，实在找不出其他理由了。

沈山南的嘴角忍不住微扬，但瞥见周简蕴在一旁，又立马收住了表情：“不过你是怎么进来的？我难道没把三楼的消防逃生窗口锁好吗？”

三楼消防逃生窗口？

哈哈哈，栩如笙狂喜，原来出口在三楼：“看到你没事我就放心了，那你们聊，我先走。”

说罢就往楼上去，为了不引起周简蕴的怀疑，她降低了速度。

沈山南跟在栩如笙后面，周简蕴看到沈山南跟上去，便也上了楼。

栩如笙到了二楼一回头，后面跟了两条“尾巴”，便干笑了两声，本来打算假装正常人的，看来是没办法了：“你们继续聊啊，不用送我，我认路。”

栩如笙一溜烟地消失在他们二人面前。

周简蕴什么都还没问出来，怎么会甘心放她走，便追上三楼，但是到了三楼楼梯口，哪还有兔子小姐的人影，逃生窗已被打开，风从窗户灌进来，窗帘被吹得飞扬。

周简蕴不可置信地看着窗户："那个人……她从窗户跳下去了吗？"

她忍不住想要走近窗户一探究竟，却被沈山南拉住了。

"你喝多了，一个大活人怎么可能从三楼跳下去。你今天是不是吃了感冒药或者胃药？"沈山南出于保护兔子小姐的目的，扭曲了事实。

周简蕴看着握住自己手腕的那只手，蒙蒙地点点头。

沈山南拉着她下了楼："以后吃了药，就不要喝酒，容易产生幻觉。"

周简蕴沉浸在沈山南主动握了她的手的美好情节中，心神荡漾，对于他说的话，完全无条件输入，一点都不生疑。

仓皇离开的栩如笙，待跑远了才敢摘下面具，大口喘气。等缓过劲儿来，一拍脑袋："傻啊我！既然已经被沈山南发现了，我为什么不堂堂正正从大门出去？"

而送走周简蕴的沈山南含着微笑关上大门。

"她关心我，她担心我，她来看我。"

二哈似乎感应到沈山南的好心情，欢快地从楼上跑下来，在客厅撒欢。

沈山南看着二哈，不但任由它胡闹，甚至还觉得今天的二哈格外可爱。

"咣"的一声，万籁俱寂。

沈山南循声望去，花瓶碎在了地上，地上湿答答一片，满眼陶瓷碎片，花也残了。

二哈保持着闯祸时的姿势，全身僵硬，看着沈山南一步步走近，它已经准备好迎接狂风暴雨了。

然而……

沈山南只是摸摸它的脑袋："淘气。"

二哈歪了歪脑袋，看着自己的主人，眼神中满是疑惑，一会儿，它似乎明白了什么，嫌弃地看了他一眼，然后默默离去。

第四章
总裁也有小情绪

阳光透过白色纱窗潜入栩如笙的卧房，一室明朗。栩如笙惺忪睁眼，眼神迷离，她打了个哈欠，伸了个懒腰。

她看看窗外，春光明媚，不禁感慨：“真是一个美好的早晨。”

然而，这样的美好并没有持续多久。

她伸手去拿闹钟，当看到时间后，她愣了一秒，然后从床上蹦起来——她迟到了！

早晨还没结束，但早晨的美好明显已经结束了。

栩如笙没有时间追究为什么闹钟没响，她打开衣柜，随便拿了套干净衣服换上，匆匆洗漱，边走边穿鞋，进电梯后，对着电梯的镜子随手抓了抓头发，将头发捋直。

赶到公交站的时候，公交车刚刚开走；她只好打开手机App叫车，却因为早高峰的关系打不到车，她只好一路跑到公司。

栩如笙气喘吁吁地赶到大厦，却发现电梯口立着一个牌子——故障。她只好转身去了楼梯间，生无可恋地望着没有尽头的楼梯，一步一步向上爬。

然而她前脚刚走，保洁人员就将故障牌子拿走，放到了电梯附近的自助贩卖机前，因为故障的牌子被放错了位置。

栩如笙爬到十二楼时，手机响起，是沈山南的来电。

“给你三分钟，要是三分钟内你没出现，就一辈子不用出现了。”

栩如笙欲哭无泪，咬牙撑到十六楼，喘着大气准时出现在总裁办公室。

沈山南把玩着一张名片，神情严肃。

“沈总，对不起，我迟到了。”栩如笙十分诚恳地道歉。

沈山南一言不发。

栩如笙眨眨眼，难道是她还不够诚恳，于是解释道：“我闹钟坏了，早上没响，起得迟了些，没赶上公交车，打不到车，所以来晚了，我保证下次不会再发生这种事情。”

“嗯，确实不会有下次了。”沈山南冷冷道。

栩如笙后脊梁发冷，心里寻思着，她又怎么惹到这个魔王了：“那我……去给您泡咖啡？”

“嗯。”

沈山南看着栩如笙离开办公室，然后轻轻地将沈骆扬的名片放进抽屉里，若有所思。

没一会儿，栩如笙煮好咖啡端进来，沈山南依旧是拉着一张脸。她特别想问问总裁大人，一大早的到底是哪里不满意？但她心里谨记舒默的教导——刷好感度才能升级，于是还是笑着把咖啡送到他的面前。

沈山南浅啜一口，评价道：“淡了。”

“不可能啊，方糖的量和平时放的一样。”栩如笙不解。

沈山南将杯子推开：“我说，淡了。”

“我再去煮一杯。”

十五分钟后，第二杯咖啡端到沈山南面前，得到的评价是——甜了。

栩如笙辩解道：“你刚才说淡了，所以我就多加了半颗方糖，怎么可能太甜？”

然而，她的反驳并没有起到任何作用。

又一个十五分钟后，第三杯咖啡端到总裁办公室。

“闻上去就不好喝。”

栩如笙进进出出茶水间，煮了不知道多少杯咖啡后，怒了！因为从第四杯咖啡开始，每一杯都是一样的，沈山南却一会儿说甜了一会儿说淡了，一会儿冷了一会儿热了，明摆着就是故意为难她。

第N＋1杯咖啡“砰”的一声重重地落在沈山南的办公桌上，桌上的分贝器发出刺耳的警报声，提醒他当前环境的声音超过了六十五分贝。

警报声在宁静的早晨里显得格外刺耳，沈山南正认真地研究一份方案，不免被吓了一跳，他将分贝警报器关掉：“七十分贝。”

“哦。”栩如笙不冷不淡地吭了一声，“那你扣我工资吧。”

沈山南食指轻轻叩在桌上，似乎在思索什么，过了许久，终于停下手里的小动作：“你好像在生气。”

栩如笙翻了个白眼，敢情他思考了三分钟才得到这个结论：“是你在生气！今天早上，你办公室的陈设我擦了五遍，你却说没擦干净；你让我录入的材料已经累积了几百页，但是你一直让我煮咖啡；还有，你让我去图书室借书，来来回回十几趟，一次只让我借一本！”

“我为什么生气？”沈山南问道。

栩如笙气极：“我怎么知道你为什么生气？”

沈山南放下手里的工作，往椅背上一靠：“我没有生气。”

他觉得自己并没有生气，只是对沈骆扬挖墙脚一事有些介怀。按照沈骆扬的个性，绝对不会对无用的人伸出橄榄枝，栩如笙对沈骆扬来说必定存在某些利用价值，但是什么样的价值呢？这个问题他想了一个早上终究无果。

栩如笙深吸一口气，告诫自己，她正在追求他，绝对不能对他生气：“好，你说没生气就没生气，我去录入材料了，不要再喊我煮咖啡，因为咖啡豆已经用完了，在总务部送来咖啡豆前，委屈您喝水。”

说罢她转身离开，并将办公室的门重重关上，导致分贝警报器再次发出噪声警报。

沈山南再次关掉警报器，不解道：“她到底为什么生气？”

栩如笙赌着气回到自己的座位上录材料，键盘被敲打得噼噼啪啪作响。隔了一会儿忍不住找舒默吐苦水。

栩栩如笙：总裁暴走怎么办？

舒墨鱼：打得过就收了他，打不过就跑。

栩栩如笙：打不过却又想收了他。

舒墨鱼：那我祝你好运。

栩如笙正要求攻略，这时候电梯门开了，她眼疾手快地关掉聊天页面，继续录材料。

那人朝沈山南办公室走去，经过栩如笙办公桌的时候，他停下脚步：“你就是栩如笙？”

栩如笙停下敲键盘的动作，疑惑地抬头。

那人长着一双桃花眼，似笑非笑地看着她：“听说沈骆扬来挖墙脚，我想该是什么样的人能值得他亲自来一趟。”

栩如笙恍然大悟，立马翻开鼠标垫，名片果然不见了。怪不得沈山南一早上阴阳怪气的，原来是因为这个事情。

“这是个误会。我没有任何……”栩如笙起身解释，但是转念一想，这人谁啊，有必要和他解释吗，“嗯？你是……”

“秦宋。”

栩如笙立刻恭恭敬敬地喊了声：“秦总监。”

秦宋将一个小礼盒放在她的桌上：“出差的时候给你买的，希望会是你喜欢的香味。”

说罢朝沈山南办公室走去，留下栩如笙一脸蒙。

“哎……秦总监……”待她反应过来的时候，秦宋已经进了沈山南的办公室。

栩如笙打开礼盒后，盯着精致小巧的香水瓶十分无奈，看样子应该价格不菲。她打开百度查了一下，是法国某知名品牌，价格是她的两个月工资。

“这人怎么这样啊……”这种自来熟的个性竟然有人说他“内敛”，大家对“内敛”一词怕是有什么误会吧。

“要怎么还回去？”栩如笙有些苦恼。

她回到电脑前，打算请教一下舒默，舒默正好发来信息。

舒墨鱼：沈骆扬竟然给我发短信了！他哪来的我的电话号码？？

栩栩如笙：按照沈骆扬的能耐，要查到你的电话也不难。所以他说什么了？

舒墨鱼：问我周末有没有空和他一起吃个饭。

栩栩如笙：啧啧啧，有故事，但是我必须提醒你一件事情，沈骆扬已经订婚了。所以你要答应他的邀约吗？

舒墨鱼：不去，坚决不去。长得一副贼眉鼠眼的样子，一看就不是好人，就算不是骗财骗色，也绝对没安什么好心。古人云，无事献殷勤非奸即盗。

栩栩如笙：心疼沈骆扬一秒钟。

总裁办公室里，秦宋跷着二郎腿坐在沈山南对面，沈山南正忙于处理文件，忙里偷闲抬头看了秦宋一眼。

“这事情你怎么看？”

秦宋笑笑：“什么事怎么看？哦，你说的是便携式人体检测器的外形设计吗，我觉得做成手表挺好的，再不然做成项链？但是做成项链的话，对外观的观赏性要求有些高了，我们可能需要求助外援，设计部可能扛不住。”

沈山南冷冷地看了秦宋一眼，没吱声。

秦宋放下腿，用力一蹬，连人带椅滑到沈山南旁边，打开抽屉，拿出沈骆扬的名片：“我不开玩笑了行吧。你这人一点都不幽默。不就是你那小助理的事情吗？沈骆扬这人向来不做亏本生意，他要挖栩如笙，必定是她有些利用价值。至于到底是什么原因，既然一时半会儿想不出来，就别想了，观察一段时间。”

“嗯？”

“我看啊，栩如笙没有跳槽的打算，所以你大可安心地、慢慢地观察。”秦宋给出他的结论。

沈山南叩了叩桌面，不管栩如笙有什么价值，光是冲着沈骆扬这个人，他也不能把栩如笙放走。

“听说沈骆扬最近又不安分了，怎么样？你有没有受伤？”

说起这个事情，沈山南不由想起兔子小姐，纤细柔软的身板，却充满正义感和责任感，善良而勇敢，他的嘴角忍不住扬起微笑的弧度：“我没事。”

“你、有、事。”秦宋敏锐地捕捉到一丝爱情的酸臭味，“真想拿个镜子让你看看自己的表情，春心荡漾得像个高中生一样。我不在的这段时间，发生了什么我不知道的事情吗？”

沈山南摇摇头，出于她的安全考虑，也出于他的私心，他不想让任何人知道兔子小姐的存在。

秦宋摸摸下巴，百思不得其解，除了栩如笙，沈山南最近似乎没接触过其他的女性了：“你不会是对你的小助理……”

沈山南赏了秦宋一个冷眼：“你去了趟香港，怕是把脑子落在那儿了吧。”

“啧啧啧，就你这嘴，栩如笙迟早要被你逼去沈骆扬公司。”

秦宋的话倒是提醒了沈山南，要是把栩如笙骂走了，保不齐以后生出什么幺蛾子，在不知道栩如笙对沈骆扬有什么用之前，绝对不能让她走。

“所以说，到底是谁让你动了凡心？”

“你很闲吗？要不要在非洲开个分公司给你玩玩？”沈山南随手拿起一本书扔向秦宋。

秦宋轻松地接住书本：“恼羞成怒。不和你闲聊，说正经的。你爹那公司已经被沈骆扬吃了个七七八八了，再这么下去，你爹的老本都要没了，都这个地步了，你还不打算动手？”

“人做错了事，总要付出代价，再等等吧。”

打从沈骆扬研究生毕业，进入沈家公司后，他就没有一天不想着把沈家的公司给吞了。十多年来，他一点点取得沈城的信任，慢慢地从一个部门负责人，爬到现在副总裁的位置，而沈城近年来也老糊涂了似的，将大把权力放手给他。

但沈山南不知道，沈城之所以这么快放手，是为了把沈山南逼回来。

沈山南成年后离家，拒绝家里每一分的经济支援，独自完成研究生学业，靠着毕业设计申请了专利，赚到第一桶金，成立了IDEA。短短六七年间，IDEA从只有两个人的工作室，发展成现在拥有近千员工的IDEA电子科技。

秦宋质疑地看着沈山南：“你和沈骆扬之间是不是——”

“别猜了。”沈山南打断了秦宋的话，“回你的营销部，把下半年的工作计划做出来。”

秦宋一声哀号：“枉我不远千里回来看你，你就这么对待我，这五月还不到，做什么下半年工作计划啊！”

沈山南轻轻踢了一下秦宋的办公椅，秦宋慢慢滑到门边。

“多干活，少谈情说爱，你看看你都祸害了公司多少单身女青年？”

秦宋一脸冤枉：“沈总，你这就冤枉我了吧。我除了动动嘴，送点小礼物，我啥也没干。”

沈山南不再理会他，重新投入工作中。

秦宋离开十六楼后，并没有直接回营销部，而是去了一趟总裁办，和尤特助单独聊了一会儿，至于聊什么，没人知道。

待秦宋回到营销部，却看到栩如笙正偷偷摸摸地离开他的办公室。他意味深长地看着栩如笙离去的背影，联想到沈骆扬挖墙脚一事，越发觉得她有些可疑。

回到办公室后，他正打算找人查一下栩如笙，却瞥见桌上的小礼盒，看着有些眼熟，再一看，原来是不久前送她的香水。

秦宋放下手里的电话，忍不住自嘲地笑笑，在心里感慨道：秦宋啊秦宋，你送出去的礼物竟然还有被退回的一天。

正如秦宋所见，栩如笙趁着秦宋在沈山南办公室谈工作的空当，把秦宋送她的香水偷偷放回他的办公室。她本以为没人看到，但事实上不仅秦宋看到了，营销部的某位女同事也看到了，并误会成栩如笙给秦宋送礼物，以至于数月以后传出栩如笙暗恋秦宋的谣言来。

这些后话暂且不提。

将香水送还后的栩如笙一身轻松，回到办公室继续录材料。

她本以为沈山南会“锲而不舍”地折腾她，却没想到，一天下来，不仅没再要求她煮咖啡，也没有布置新工作。

如此一来，栩如笙反倒有点心慌，她和舒默说了自己的感受后，被舒默吐槽了一番。

舒墨鱼：在IDEA的一个多月，你已经被虐习惯了，啧啧啧，你现在啊，受虐成狂，栩如笙你没救了。

栩如笙看了眼紧闭的总裁办公室，歪了歪脑袋：“难道我已经被虐得变态了？”

“噔噔噔”，高跟鞋和光洁的地板碰撞出清脆的响声。

栩如笙对这个声音并不陌生，敢在十六楼走路发出声音的人，只有周简蕴。

栩如笙的目光循声而去，只见周简蕴挑衅地看了栩如笙一眼，便径直推开沈山南的办公室。

“一、二、三……”栩如笙轻声数着。

果然刚数到三，就听到沈山南一声怒吼：“出去。”

栩如笙轻笑，这个结局在她意料之中。周简蕴犯了沈山南三个忌讳——走路出声音、进门前不敲门、见他之前没事先约好。

但周简蕴不是一般的员工，沈山南让她出去，她怎么会乖乖出去，她不但没走，反倒把门一关，万籁俱寂。

栩如笙按捺不住好奇心，抱着一摞文件靠近沈山南的办公室，隐约能听到里面的谈话声。

沈山南的办公室里。

周简蕴十分抱歉地看着他："上回的事情，真的很抱歉，我保证不会有下一次了，你别生气了。"

栩如笙听明白了，这说的是周简蕴醉酒扑倒沈山南的事。

"如果有下一次，你连我家大门都进不去。"沈山南放下手里的工作，"另外，我没生气。"

周简蕴无辜地眨眨眼："你没生气，那为什么不接我电话，不回我信息？"

"因为没什么需要回复的事项。"沈山南冷冷说道。

周简蕴有些委屈："我生日派对难道也是不需要回复的事项吗？"

"是。"

周简蕴的表情从委屈到生气："沈山南，你这人有没有良心？我喜欢你这么多年，我就不信你看不出来！"

"周简蕴，你喜欢我，是你的事情，和我有什么关系？"沈山南言简意赅。

栩如笙在门口不禁要为这个回答叫好。

周简蕴咬着下嘴唇，隐忍着不发脾气："从我五岁第一次见到你，我就喜欢你。就算你淹没在人群里，我也能第一眼就发现你，我的目光总是忍不住落在你身上。虽然我知道你每年都是被沈伯伯强行带去参加我的生日会，可我见到你的时候，我还是很开心。后来你出国了，我哭了很久，我生怕再也见不到你了，我和我爸说我也要出国，可是家里不让。我只能通过秦宋了解你的消息。前几年，听到你回国的消息，你不知道我有多开心。大学那几年，我特别认真学习，就为了能顺利毕业，早点和你在一家公司工作。可打从我进了公司，你都没正眼看过我一眼……和沈骆扬订婚，是我的错，我会解决的，你能不能——"

沈山南将签好的文件合上，打断了她的话："我和你一起长大，你要是遇到什么困难，我能帮的，我会尽力。但是，我和你之间，就算没有沈骆扬，也是不可能的。这话，我说过两遍了，不想再说第三遍。"

栩如笙在门外窃喜，完全没有任何暧昧和余地的回答，简直就是标准答案，虽然周简蕴很痴情，但是显然沈山南对她只有儿时的情分。

周简蕴终于忍不住摔门而去，“恰好”在门口碰到了假装要送文件进去的栩如笙。

栩如笙尴尬地笑笑，然而周简蕴并不搭理她。

摔门声导致沈山南办公桌上的分贝报警器再次响起，他按掉报警器：“今天早上……有点吵。”

栩如笙摇摇头，自家总裁大人真的很不懂女人啊。不过通过这个事情，她发现之前的担心完全是多余的，沈山南和周简蕴真的只是纯粹从小一起长大，暧昧情愫之类的东西，在他们之间根本不存在。

然而，这就引出了另一个问题，冷血如沈山南，她到底要如何推倒他？这个问题栩如笙从上班思考到下班，从公司思考到家里。直到睡前，她还在笔记本上涂涂画画做着拙劣的攻略。

月亮悄悄爬上夜空，栩如笙挨不住浓浓的睡意，抱着笔记本沉沉入睡。

月光携着花的芬芳从阳台一路溜进客厅，蓝色的布艺沙发在月光下显得格外柔和。沙发上的栩如笙嗅了嗅花香，打了个喷嚏醒来。她揉揉鼻子，暗自疑惑卧房哪来的花香，更疑惑自己的嗅觉何时如此灵敏。

待她睁眼，环顾了四周，无奈地叹了口气——这既是梦境，也是现实，她在客厅。

舒默有熬夜画画的习惯，所以栩如笙蹑手蹑脚拿了兔斯基面具，偷偷出了门。

一路上，栩如笙打了几个流氓，悄悄护送了几个学生回家，救了一对要殉情的小情侣，阻止了一场车祸。

不得不说，拥有“超能力”是件很奇妙的事情。就比如栩如笙，她本是个贪生怕死之人，也没有兼济天下的胸怀，但是拥有超能力之后，她便不自觉地将帮助别人当作自己的责任和使命，即便知道在梦里受伤，本体也会受伤，她也毫不胆怯。

栩如笙觉得，这可能就是人性。

发挥完人性的光辉后，她决定去看午夜场恐怖片，刚到电影院门口，她看到一个黑色的身影。黑色口罩、黑色宽檐鸭舌帽、黑色外套，从上到下一身黑。

三更半夜，却把自己包得这么严实，莫不是个明星？栩如笙不由得多看了两眼。

那人伸手去开车门，她这才看到他手背上的疤痕，他是上次闯进沈山南家里的歹徒！

之前听尤特助说，歹徒在公安局癫痫发作，送医过程中逃了，栩如笙还担心找不到他，现在可好，送上门了。

栩如笙跟在车子后面跑，没跑出多远，车子就停下了，歹徒从车上下来，上了一辆白色的私家车，白色私家车上似乎还有其他人。

栩如笙摸不准对方到底几个人，不敢贸然上前，便躲在远处观察。隔着车窗，她看不清对方的脸，但是凭着超常的听力，她隐约听到“沈山南”三个字。

栩如笙心想：这家伙，果然还在盯着沈山南！

不到五分钟，歹徒从白色私家车下来，回到方才的车上，往公司的方向开去。

栩如笙一路跟着车子跑到公司。她到公司的时候，歹徒刚刚进电梯。

她在楼梯口喘着大气：“做梦竟然也这么累！”

虽然嘴上在抱怨，但她却是一刻都没耽误冲到十六楼，果然十六楼灯火通明！

栩如笙抹了一把汗，一边戴面具一边嘟囔：“大晚上的不回家，让你在公司加班！”

她看了眼电梯，电梯在十楼，以她的速度，她有充足的时间带沈山南离开。但是她找了一圈，竟然没找到沈山南。

沈山南不在，歹徒为什么要来这里？她想不明白，但是直觉告诉她，要赶紧离开。

然而，栩如笙刚转身，黑洞洞的枪口就抵住了她的额头。她这才明白，歹徒一开始的目标就不是沈山南，而是她。

栩如笙立刻举起手来："我投降，你把枪放下吧。"

歹徒冷笑两声："你是不是当我傻？上次让你有机可乘，是我职业生涯的耻辱！要不是雇主要活人，你以为你能活到现在？"

从歹徒的话中，她得到两个线索，要杀沈山南的人，是他背后的雇主，而她现在没有性命之忧，因为雇主要死的沈山南，活的栩如笙。

既然这样的话，那栩如笙就没什么好顾忌的了，而且这里是公司，她对于这里的环境十分熟悉，歹徒除了一把枪，占不了多大优势。

歹徒见她环顾四周，便开口威胁道："你别耍花招，不然我会让沈山南死得很难看。"

"嗯？"栩如笙听出了点什么，便故意套他的话，"得了吧，这个点，沈山南在家里好好待着吧，他家现在就和个密室差不多，一只蚊子都进不去。"

歹徒得意地笑笑，上次失败之后，他就知道他不会有第二次机会进沈山南的家，但是他进不去，不代表不能把沈山南引出来。这次参加行动的不是只有他一个人，沈山南那边，雇主派了其他人去："你以为沈山南现在还能好好地待在家里吗？"

栩如笙脸色大变，难道今晚这一出是……调虎离山？把她困在公司，他们真正要对付的人，还是沈山南？

"沈山南在哪里？"

歹徒轻蔑一笑："你当我傻啊？"

栩如笙握了握拳，试了试自己的力度，毕竟在沈山南生命安全受威胁的时刻，她可能控制不好力度："不说是吗？"

歹徒不禁后退两步："我我我……你要做什么？"

“打到你说。”

话音未落，栩如笙就一个箭步蹿到歹徒面前，夺下他的枪，对着他的肚子就是一拳。

歹徒倒地后，不可置信地看着她，事情发生只在一瞬间，他甚至没看到她是如何夺枪和出拳的。

栩如笙将子弹卸了，将手枪折成两半，塞回他的手里：“还你。”

歹徒无辜地眨巴眨巴眼睛，这个女人……难不成是特种部队出身？

栩如笙起身，居高临下地望着他，紧了紧拳头：“我再问你一遍，沈山南在哪里？”

“别打我！”他抱头，“我不知道他在哪里。”

栩如笙把他拎起来，扔到远处：“说不说？”

歹徒扶着墙起来，欲哭无泪：“别打了大姐，我是真的不知道。今天行动分两组，我单独一组，沈山南那边说是要把人先引出来再下手。大姐，知道的我都告诉你了，求你别打了，你报警吧，我自首，我自首还不行吗？”

栩如笙看他样子不像是说谎，如果真是这样子就糟糕了，沈山南武力值太低了，也不知道他那边几个人：“手机拿出来。”

歹徒乖乖掏出手机。

“给另一组打电话，就说你已经搞定了，雇主让你现在过去支援他们。”

歹徒战战兢兢地抬头：“我们做这行是要讲信用的，我这么做的话，会被雇主打死的。”

“你不打电话的话，你现在就会被我打死。”栩如笙吓唬道。

歹徒哀切地看了她一样，被她狠狠瞪回去，只好联系另一组，取得了地址。

栩如笙一得知沈山南的位置，立马从IDEA的十六楼冲出去，她顾不上歹徒会不会真的去自首，她生怕迟一刻，沈山南就死掉了。

岚城郊外某烂尾楼盘。

乌云蔽月，凉风阵阵，还未完成主体建设的大楼，黑洞洞的如修罗场。

沈山南的车缓缓靠近大楼，极目望去，楼中空无一人，他拿出手机再次确认地点——来找我，否则我就跳下去。

后面的位置定位，就是这栋烂尾楼。短信和定位均来自周简蕴。

沈山南思索片刻，开始怀疑，或许发短信的人根本不是周简蕴。正当他发动车子，打算离开时，天台出现一个女人的身影，看身形和周简蕴确有几分相似。

沈山南迟疑了几秒，还是下了车，上了天台。

那女人一步步靠近天台边缘，一副随时要跳下去的样子。

他一点点靠近："周简蕴，我来了，你不是有话要和我说吗？"

但她没有出声，只是定定地站在边缘，摇摇欲坠。

"过来，我送你回家。"沈山南向她伸出手。

就在这时，她转身了，转身的瞬间，掏出一把枪来，直指沈山南。她慢慢退回安全地带，把沈山南逼到天台边。

这时候，沈山南看清了她的样子，和周简蕴有几分神似，却散发着冷漠的气息。

她冷冷道："给你两个选择，要么被我打成筛子，要么你自己跳下去。"

看来对方的意图是要伪装出一个意外现场——失足摔下来而死。

"如果我都不选呢？"沈山南冷冷回复。

她不以为意地轻笑了一声："那我会把你打成筛子后'帮助'你跳下去。"

"你觉得光靠你一个人打得过我吗？"沈山南有意试探，敌明我暗，于他不利。

她自信地回答道："我还以为是多难对付的人，原来只是长得精明而已。实话告诉你，就算你打得过我，离开了这栋楼，你也跑不出一百米。"

沈山南看了看楼下不远处的白色汽车，心里了然，楼下估计还有埋伏，听她口气，人数应该不少。

“我要见沈骆扬。”沈山南指着白色的汽车说道。

她顺着他视线的方向看了一眼，神情有些意味不明。这时候她手机响起，她恭敬地应了几声，然后将手机扔给沈山南。

“阿南，是我。”沈骆扬的嗓音十分温柔，完全听不出来，这样的一个人竟然能对自己的弟弟下这种狠手。

沈山南注视着沈骆扬所在的方向，缓缓道：“沈骆扬，孤儿院那么多孩子，你以为沈城为什么选了你？你真以为你是凭本事进了沈家吗？”

“你这话是什么意思？你现在已经害怕到企图捏造谎言来动摇我了吗？”沈骆扬生性多疑，断不会轻易相信别人的话。

沈山南故意转过身去，背对沈骆扬的方向，不让他看到自己的表情：“你认为呢？”

沈骆扬放下望远镜：“不要再挣扎了。你说的话，我一个标点符号都不相信。”

“哦，这样？”

沈骆扬挂了电话，犹豫了几秒，还是发出了行动的指令。

但是一阵风过，一个戴着兔子面具的女人出现在天台，她一脚将女杀手踢飞，迅速扛起沈山南离开，以迅雷不及掩耳之势消失在茫茫夜色中。

第五章

谢谢你能来

月亮被乌云遮住，月光隐在云后，若隐若现。君山在夜色中，留下一个晦暗不明的轮廓。

栩如笙抱着沈山南躲进了山里。

风吹树动，发出“沙沙”声响，惊得栩如笙一个踉跄，差点儿摔倒，面具也不小心歪了。树梢的乌鸦受惊扑棱一下飞走，“哇——哇——”的啼鸣声划开夜的寂静。

栩如笙把沈山南放下，拍拍自己的胸口，把自己的面具扶正：“吓死宝宝了，心脏都要吓停了。”

沈山南轻笑：“原来你也会害怕，兔子小姐。”

“你在上面只看到一个人，我在楼下看到的是几十支枪啊，说不害怕都是假的。”栩如笙絮絮叨叨地表达着刚才来不及说出口的害怕，“我这辈子都没跑这么快过，我差点儿以为自己要死了。你说说你，天天有人来杀你，你人缘怎么这么差？要是我没办法及时赶来，你是准备被打成筛子吗？你就不能好好保护自己吗？我成天提心吊胆的我容易吗？”

比起害怕自己受伤，她更害怕沈山南死掉。她活了二十几年，头一次对一个男人怦然心动，他如果就这么死了，她怎么办？光是想想，她就觉得心慌。

栩如笙喘了口气，准备继续说，刚张嘴，却被沈山南一把拉进了怀里。

他左手环着她的腰，右手轻拍她的后背："谢谢你来救我。不要害怕，我保证，就算我逃不掉，我也不会让你死。"

这突如其来的拥抱让栩如笙有些意外，她僵硬地将头偷靠在沈山南的胸膛上。

在万籁俱寂的山林里，栩如笙听着他强而有力的心跳声，逐渐放松下来，双手环住他的腰，低声说了一句："沈山南，你可千万不能死。"

"好。"

云层缓缓移动，给月光让出了一条道，光芒穿过云层，透过树林，斑驳地洒在他们的身上；草丛里的蟋蟀在低声鸣唱，歌颂夜的美好；萤火虫代替星光闪耀，轻轻落在女孩的肩头。

若不是后有追兵，栩如笙真想感慨一句"岁月静好"。以前看书觉得这四个字十分空洞而矫情，现在只是静静拥抱，却觉得那四个字生动而真实。

然而，现在不是拥抱的时候……

栩如笙离开沈山南的怀抱，面具遮住了她脸颊的红云，她故作镇定调侃他道："你连自己都保护不了，哪来的自信不让我死？"

沈山南听罢似乎没有任何反应，他默不作声，两人继续前行。

走了良久，沈山南说道："给我一年时间。"

"啊？"栩如笙不明所以，正要问他是什么意思，却听到有人在靠近，"你先别说话。"

栩如笙朝西南方向指去："有人从那个方向上来，听声音还有个几百米，我们一直跑也不是办法，我体力有限，找个地方躲起来，联系人来救我们。"

实则是因为天快亮了，她随时可能醒来，一旦醒来，就无法护他周全。

沈山南眼中冒着爱意，他喜欢的人如此聪慧，能听声辨位不说，听声断距离竟也不在话下：“还有什么是你不会的吗？”

栩如笙眨眨眼：“不会讨厌你。”

沈山南一愣，随即笑了起来。

栩如笙目不转睛地看着他，心里不断感慨：不愧是我看上的男人，笑起来也这么好看。

可惜现在不是谈情说爱的时候。

栩如笙环顾四周，找到一处洞穴，本想拉着沈山南躲进去，却被他拦下。

沈山南沉着冷静道：“按照我对他的了解，他会把所有的洞穴都搜一遍，随便找个隐蔽的洼地或者茂密的大树反倒比洞穴安全。”

栩如笙似懂非懂地点点头，听从了他的意见，找了棵茂密的大树，一起躲进了树冠中。

但是，她刚才似乎听出了点什么：“你知道对方是谁！”

沈山南比了个噤声的手势。

她这才意识到自己的音量过高，又见他一直在摆弄手机，便不再打扰。

而沈山南试图重新发送定位给尤特助，却发现手机没有信号。算时间，警察应该已经到了大桥。

“没信号吗？”栩如笙看了眼他的手机屏幕。

沈山南无奈地点点头：“和外界失联了。”

栩如笙叹了口气，寻求外援这条路难道走不通了吗？

“似乎每次都把你卷进来。”沈山南说道。

她歪着脑袋认真思考了片刻，难道不是她自己主动参与进来的吗：“没关系，我挺乐意的。”

“嗯？”

“我是说，我心地善良，乐于助人，帮助弱者义不容辞。”栩如笙补充道。

沈山南没有说话，因为他在心里反复品味那个词——弱者。

他没想到在栩如笙眼中，他是一个弱者，他觉得他的心里有一阵龙卷风刮过，仅存的自信心已荡然无存。

此时，树下传来一阵窸窸窣窣的动静，栩如笙伸手想拨开树叶看看情形，却被沈山南阻止——他握住了她的手。

栩如笙冰凉的手心感受到沈山南的热度，这一股温热的暖流，透过肌肤，随着血液流淌，直击心脏。

她的目光落在沈山南的手上，他的手，白皙修长、骨骼分明，她和他第一次碰面，第一眼就是被这双“漫画手”所吸引，平日在公司，看的次数多了去了，现在再细细一看……

“嗯？”

沈山南的手背有一道划痕，微微有些出血。

栩如笙急忙抬头问道：“你——”

“你”字刚出口，前额却碰到了一直低头凝视她的沈山南的唇，柔软温暖的触觉，惊得她下意识往后仰，试图拉开距离，不料影响了平衡，眼看就要向后倒去，沈山南一把拉住了她，岂料用力过猛——栩如笙的脑门儿磕到了沈山南的下巴。

两人疼得龇牙咧嘴，相互捂住了对方的嘴巴，生怕出了声音引来敌人。待树下没了动静，才敢松开手，对视间，忍不住默契地笑了。

因为栩如笙戴着面具的关系，倒是没磕得太重，但是沈山南的下巴就比较惨了，被面具磕出一个红印子。

栩如笙带着歉意：“抱歉抱歉。”

“如果觉得很抱歉的话，你愿意把面具摘了吗？”沈山南调侃道。

她下意识地捂住面具。

他笑笑，虽然他很好奇面具后面的那张脸到底是什么样，但他知道她不想暴露身份，所以只要她不想，他就不会勉强：“开玩笑的。”

栩如笙这才反应过来，不好意思地放松警惕。

栩如笙竖着耳朵听了一会儿，发现那一伙人似乎一直没有走远：

“这样下去不是办法，你在这儿待着，我去把警察带来。”

“我去。”沈山南拉住她。

栩如笙“扑哧”一声笑了：“‘我去’的意思到底是去还是不去？”

“啊？”沈山南发出疑惑。

她有些意外：“你平时难道不刷微博不玩朋友圈之类的？”

“不怎么玩……”他老实回答道。

“其他社交软件呢？有哪一款在用的吗？”

“也没有。”

栩如笙若有所思：“那你平时怎么联系别人？”

“发邮件，打电话，发短信。”

栩如笙不禁唏嘘一番，现在竟然还有这种人类？

沈山南理直气壮道：“有什么问题吗？”

“没有没有，只是现在很少见到像你这样不碰社交软件的人了。”她哪敢质疑沈大魔王啊？

沈山南看看手机，看看她：“你玩吗？”

她点点头，毕竟她这个年纪的年轻人，几乎没有不玩社交软件的。

“哪一款？账号给我。”

栩如笙目前手里的账号都有明显的个人信息，她心虚地说道：“等下次见面的时候给你。”

说罢顺着树干滑下去，一溜烟跑得不见踪影。

“下次见面是什么时候？”沈山南喃喃自语。

栩如笙借着昏暗的月光往山下溜去，小心翼翼躲开遍布各处的敌人。一阵风过，云层聚集，遮住了月亮，树林里一片漆黑。栩如笙脚下一滑，滚下斜坡，晕了过去。待她睁眼的时候，却是在自己的卧室。

栩如笙懊恼地抓抓头发：“怎么能在这种时候醒过来？”

她赶紧拿出手机报警，没多久便带着警察进了山。

到达君山的时候，天刚蒙蒙亮，金黄的太阳从海平面升起，蔚蓝的大海也披上了一层金纱，海面波澜起伏，闪闪发亮。晨曦越过海岸线，慢慢笼罩君山，郁郁葱葱的树木在阳光下，充满生机活力。

栩如笙准确地将警察带到他们昨夜藏身的大树下，却没有找到沈山南。

她心急如焚，漫山遍野地找，最终在一个洼地找到晕倒的沈山南。

栩如笙拍拍他的脸："沈山南！你醒醒，醒醒啊！"

沈山南悠悠转醒，拧着眉头拍拍自己的头，他有些头痛，四肢还能自由活动，但是兔子小姐呢？他把人追丢了吗？

栩如笙见他一直不讲话，担心他摔傻了，五根手指在他面前晃了晃："沈总，你还好吗？"

沈总？

沈山南将视线落到栩如笙身上，他刚才明明听到兔子小姐喊他的名字，怎么一睁眼却是自己的蠢助理？

"沈总？"

沈山南坐起身："我没事。你怎么会在这里？难道……"

栩如笙咽了咽口水，有些紧张，要穿帮了吗？

她心想：完了，沈山南会不会因为我骗了他而开除我？他会讨厌我吗？

"难道是一个戴兔子面具的女人让你来救我的？"沈山南脱口而出。

栩如笙松了口气："没错，今天凌晨有一个戴着兔子面具的女人找到我，让我报警来救你。"

"她受伤了吗？她去哪里了？她有交代你什么吗？"沈山南发出一连串的疑问。

她回答道："她好好的，她说她有要紧事情，所以不能来，她交代我好好地把你带回去，所以沈总，我们去和警察会合吧。"

"可是……她是怎么找到你的？她为什么会找你？"沈山南脑袋隐隐作痛，觉得哪里有些不对劲。

栩如笙迟疑了一会儿，说道：“我也不知道，她突然就出现在我家门口，和我说她有急事，要我带人去找你。她——”

话还没讲完，她就被沈山南捂住了嘴巴：“呜呜呜呜……”

他严肃警告：“不要和警方提起戴兔子面具的女人，更加不能说她和别人不一样。要是说漏嘴了……总之，和她相关的都不准提。”

栩如笙赶紧点点头，再不答应她就要窒息了。

沈山南松开手。

她在心里窃喜，看来兔子小姐在沈山南心里的地位不低：“不过沈总，兔子小姐和你是什么关系？”

“话这么多？以后公司的迎新晚会你来当主持。”沈山南不悦地躲开话题。

栩如笙耸耸肩，看在沈魔王奄奄一息的分上，她就不争辩了：“但是你为什么会在这里，你不是在树上躲着吗？”

沈山南又一次将怀疑的目光投向她。

她赶紧补充了一句：“兔子小姐说的。”

“哦。”沈山南回答道，“她刚走我就听到有枪声，我担心出事，就顺着声音去找她。”

栩如笙在心里默默吐槽：以你的战斗力竟然也敢单独行动。

但是，她说出口的是：“沈总，你好棒，你果然是一个有情有义的人。”

沈山南对于她的吹捧回了一个冷笑。

栩如笙有些无趣，她觉得总裁一点也不懂她的幽默。

回岚城的车上，医护人员简单地给沈山南检查了一下，没有明显外伤，也没有骨折，心跳、血压一切正常。

栩如笙提醒道：“医生，他从醒来之后就一直头痛。”

医生礼貌地笑笑：“患者没有脑震荡的迹象，我推测可能是在户外折腾了一夜，有些着凉了。”

她尴尬地回了句“谢谢”，低头去看躺着的沈山南，却发现他马上闭眼假寐，似乎是要和她划清界限。

栩如笙翻了个白眼，给舒默回了电话。

舒默昨夜熬夜画画有些疲劳，就到客厅泡咖啡，看着栩如笙急匆匆地出门。今早舒默工作结束，见栩如笙还未回来，便打了好几个电话给栩如笙，却一直无人接听，心急得差点儿报警。

电话接通后，栩如笙大概解释了情况，让舒默放宽心。

栩如笙听着电话里的音乐，好奇道："你在外面吗？"

"是啊。"

"这个点你竟然在外面，神奇。"

平日舒默都是工作到凌晨就休息，一般要到中午十二点之后才能睡醒，她早上出门，简直就是天下红雨。

"沈骆扬那个神经病，一大早给我打电话说要帮助我培养良好的饮食习惯，一直在我们家门口守着，隔壁的刘大妈来敲我的门，说让我不要虐待男朋友，所以我现在在外面吃早餐，可是我真的好困。"

"沈骆扬？"

"嗯，不说了，我要赶紧吃完回去睡觉。"

栩如笙无奈地笑笑，这是唱哪一出？沈骆扬这是在追求舒默？

沈山南睁眼，意味不明地看着栩如笙，她的朋友怎么会和沈骆扬扯上关系？

栩如笙以为他哪里不舒服，赶忙挂了电话，关切道："还是头疼吗？"

"我没大碍。"沈山南摇摇头，坐起身来，"刚才听你和朋友通话，你的朋友似乎和沈骆扬认识？"

"啊？"栩如笙没想到他的关注点居然在方才的电话上，"是啊，怎么了？"

沈山南想开口问问清楚，但看看一车的医护人员，只好闭上了嘴巴。

另一边，岚城市中心某家广式早茶店。

店内装修古色古香，悠扬的古筝曲静静流淌，全店满座，却并不嘈杂。二楼的包厢内，舒默困得睁不开眼，直到菜品上桌，她才算是清醒了，再一入口，食指大动。

沈骆扬饶有兴致地看她吃饭，耗费了一夜心神却一无所获的疲惫一扫而空。

虾皇饺软弹多汁，糯米鸡香气扑鼻，牛仔骨鲜嫩味美，奶黄包流心四溢，蒸凤爪软糯脱骨，配上一壶清香的铁观音，一碗艇仔粥，舒默觉得，这个早晨不睡觉也值了。

舒默大快朵颐的时候，沈骆扬却一口都没动，她疑惑道："你不吃吗？"

"我吃素。"沈骆扬说道。

舒默有些意外："那你为什么要挑这家店？"

"因为我知道你会喜欢这里。"他微笑道。

她叹了口气，无奈地摇摇头，他真的很喜欢胡言乱语。她夹了一个奶黄包到他的碟子上："这个是素的。"

沈骆扬盯着奶黄包许久，慢慢咬了一口，温热的内馅在嘴里散开，温暖的感觉从口腔滑入体内，从胃部扩散至全身。

"你为什么吃素？你长得一点也不像吃素的人。"舒默毫不客气地吐槽。

沈骆扬啼笑皆非："虽然这是一个一般的问句，但听起来像在骂我。"

舒默耸耸肩。

"小时候在孤儿院，我偷吃了一块肉，被打得只剩一口气。"沈骆扬缓缓道来，"从那之后，我不敢吃肉，担心挨打，久而久之，看到肉会习惯性地拒绝，甚至犯恶心，于是我在有了家之后，就改吃素了。"

舒默怔怔地放下碗筷，看着他的眼神有些同情；而沈骆扬回以期待的眼神，期望她可以记起点什么。

然而，舒默只是有些怜悯道："对不起，我不该问你的。"

这个回答让他眼里的光芒黯淡了许多，但随即微笑道："没关系，只要你愿意听，我就愿意讲。”

舒默单手撑着下巴，歪着脑袋看着眼前这个男人，她有些不解，按照栩如笙给出的信息，他并不是一个骗财骗色之人，但是她要怎么理解他的行为？

在宏村搭讪、在岚城尾随，而自己现在甚至和他同桌吃饭，这到底是个什么局面？

“沈先生，古人云：无事献殷勤非奸即盗。你三番五次接近我，到底是什么原因？”舒默终究还是憋不住心里的疑问。

沈骆扬浅浅抿了一口茶，坦然道：“追求你。”

舒默被惊得手肘滑下桌面，身体差点儿失了平衡。

这和她预计的不一样，她曾脑洞大开，认为沈骆扬是看中了她的才华，想要帮她出漫画书，结果却是看中了她的美貌？

兔斯基都能顺利跻身化装舞会，她的厚刘海加黑框大眼镜的形象也能吸引到高富帅？难道真如栩如笙所说，她和大众的审美脱节了？

如果真按照沈骆扬所言，那岂不是“一见钟情”的桥段？

舒默内心激动了不到一秒，便想道：这不可能，他或者是有其他阴谋？他会不会和我交往后，帮我投保再杀了我？不对，他不缺钱。他难道被女人缠住了，需要一个假女友？也不对，他明明已经订婚了啊。

舒默一场头脑风暴之后，毫无头绪。

沈骆扬饶有兴致地看着她阴晴不定的表情，知道她必定又想岔了，毕竟她从小就是个想象力极其丰富的人。

但他看穿却不说穿：“我的未婚妻是假的，以后会取消婚约。”

一听他会解除现在的婚约，舒默便笃定了自己的猜测——继承家族事业需要成婚，恍然大悟道：“我明白了，但是我还是不能帮助你，我是一个有事业的人，我很忙的，没空陪你四处演戏。”

“哦？这样？但我是一个有毅力的人，你有权利一直拒绝我，我也有权利一直追求你。”沈骆扬反驳道。

舒默还想劝他，还没开口就被他转移了话题。

“我看了你最近连载的漫画，很有意思。”他赞美道。

提到漫画，舒默便打开了话匣子。

沈骆扬听着她滔滔不绝从剧情的构思讲到人物的设定，始终用温柔的眼光注视着她。而她沉浸在自己的世界里，没有发现他眼里的真诚和爱意。

早餐结束后，沈骆扬将舒默送回了家，之后他收到了调查结果，救走沈山南的人依旧是那个戴面具的女人……

他不禁有些疑惑，不过短短数日，沈山南身边多了一个力大无穷的栩如笙，又多了一个特种兵一般的面具人，着实有些诡异。

这两人，到底是什么来头？

仁民医院。

整洁的病房，阳光充足，窗台上的薰衣草随着风轻轻摇曳，散发出淡淡的香气，将病房中原有的消毒水味道掩盖了过去。

沈山南做完全部检查回到病房，环顾四周却不见某人的身影，好歹他也是个病人，身为下属的她竟然把上司送到医院就跑了？

闻着空气里的花香，他忍不住打了个喷嚏。

“看来你真的是着凉了。”

一个好听的女声从他身后传来。

沈山南欣喜地转身，却是栩如笙，这是他第二次认错兔子小姐的声音。难掩失望的同时，他开始怀疑自己耳朵是否出了问题。

他没好气道：“不是感冒，是花香味道太浓，把花拿出去扔了。也不知道是谁买的？”

薰衣草是栩如笙特意买来的，因为《总裁大人禁忌录》上有一条：总裁讨厌医院病房里的消毒水味道。

她放下手里的早餐，假意要去扔花：“可能是你刚才去检查的时候，兔子小姐来看望你留下的。”

“放下。”

栩如笙背着他微微一笑，果然奏效。

她故作不解："不扔了吗？"

"放回原位。"沈山南不自然地咳了一声问道，"没有……卡片之类的吗？"

卡片？当然没有，她又不是吃饱了撑的，还写小卡片。

"没有啊，怎么了？"

沈山南淡淡道："没事。"

想到总是错认栩如笙和兔子小姐的声音，沈山南莫名有些烦躁："你回去上班，让尤特助来一趟。"

什么？难道不应该是"你辛苦了，回去休息"吗？

她凌晨上山找他，折腾到现在，他一句谢谢都没有也就罢了，竟然还让她回去上班？真对得起"沈大魔王"这个称号。

"好……"

回到公司后，栩如笙找尤特助传达沈山南的"旨意"，说话间困得直打哈欠。秦宋正好也在总裁办，便特准了她回去休息。

秦宋和沈山南早已联系过，他正忙于收集证据。其实幕后主使是谁，他们二人心知肚明，奈何一直找不到蛛丝马迹，无法将沈骆扬定罪。

至于栩如笙，秦宋将栩如笙从小到大的资料都收集齐全——

栩如笙，生于江南某个小镇，大学期间到岚城求学，临近毕业时由学校推荐入IDEA公司。从小到大都是优等生，家长口中"别人家的女儿"，履历堪称完美。

可是秦宋觉得越是完美越让人起疑，尤其是……

"她居然对我完全没兴趣？"

他对着抽屉里的香水忍不住发问，优秀如他，帅气如他，居然无法吸引栩如笙的兴趣，光是这点就很可疑了，再加上毫无破绽的履历，更让人怀疑她是沈骆扬的人。

"可是沈骆扬为什么要来挖墙脚？"

秦宋认真思考了一番，终于得出答案——沈骆扬故意挖墙脚，以此打消他们对栩如笙的疑心。

他对于自己得出的结论相当满意。

倘若栩如笙知道他的内心戏，一定会忍不住发笑。

沈山南将办公场所挪到了医院，所有的工作文件由尤特助送来，需要汇报的事项也经过尤特助筛选后汇报，而公司的内部管理暂时交给了秦宋。

当尤特助接到沈山南的指示说，每天早上将需要批阅的文件送到医院病房时，他以为自己的老板十有八九身受重伤，但当他推开病房……

沈山南却正在做仰卧起坐!

这是一种怎样的震惊——尤特助作为公司元老，他从未见过沈山南工作以外的状态，在他的印象中，沈山南是个工作狂，只要不是卧床难起，他就一定会去公司。而现在的沈山南，明明身体无碍却赖着不出院?

“沈总？”

沈山南坐起身来：“嗯，文件放桌上，明早来送新文件的时候再取走。”

尤特助将一摞文件放在桌上，忍不住问道：“沈总，是检查结果有什么异常吗？”

“没有。”沈山南一边翻阅文件一边答道，“不要问我什么时候出院，该出院的时候自然就出院了。”

尤特助猜测沈山南可能在下一盘大棋：这一步难道是诱敌之计?

这么一想，他心里的沈山南形象更加睿智高大了。

而沈山南看着窗台上的薰衣草，心里想着：兔子小姐什么时候会再来？早知道我就不去检查，在病房守着了。

尤特助带着浓浓敬意道：“沈总，那我先回去了，明天再来。”

“嗯。”

“等一下。”尤特助刚走到门口，却被沈山南叫住。

尤特助转身回到病房：“您还有什么吩咐吗？”

沈山南的表情有些微妙："帮我找一个岚城最好的健身教练。"

"啊？"第一次接受工作以外指令的尤特助一时有些反应不过来，但作为总裁助理他是非常专业的，随即回答道，"好的，我马上就去找。"

"算了，不要健身教练了，帮我找个散打教练，越快越好。"沈山南又改了主意。

尤特助虽然不知道沈山南有什么宏伟计划，但他坚信，沈山南的所有决定都是公司发展战略之一："好的，沈总，那我回公司了。"

"去吧。对了，这件事情是秘密，不要泄露出去。"

尤特助点点头："请您放心，我会守口如瓶。"

尤特助迟疑了下，小心翼翼道："沈总，你需要创可贴吗？"

"嗯？"沈山南不解。

尤特助用指腹碰了碰自己的下巴："这里，有个红印子……"

像吻痕一样的红印子，尤特助在心里补了一句。

沈山南想起昨晚的"碰撞"，看尤特助的表情似乎是误会了什么，但是这要怎么解释，他不想暴露兔子小姐的存在。

"我会看着处理的，你回去吧。"

待尤特助一走，他立马冲进浴室，稍微仰头，果然有个清晰的红印。为了避免不必要的误会，他在红印上贴了一张创可贴。

想到昨夜的"小碰撞"，他摸摸伤口的位置，忍不住微笑。

休息了一天之后的栩如笙满血复活，大好春日又正值周末，她和同学约好一起拍学士服照，正好整理一下宿舍，顺便搬一些夏季的衣服到现在的房子里。

想想当初离开学校的时候还是冬天，而今一晃眼的工夫，夏天都要到了。这期间，她经历了许多奇妙的事情，也遇到了心仪的人，这或许也是成长的一个环节吧。

栩如笙准备了简单的早餐，小米粥、玉米、培根鸡蛋三明治，正要开动的时候，舒默打着哈欠从房里出来。

“哟，太阳打西边出来了？舒默大神竟然在九点前清醒。”栩如笙一边为舒默盛粥，一边调侃道。

舒默揉着眼睛坐到餐桌前：“因为沈骆扬那个浑球，我的生物钟都乱了，你能想象吗，我居然是饿醒的！”

“如果他能调好你的作息，也算是功德一件了。”栩如笙将粥放在舒默面前，“不过，他都已经订婚了，为什么一直找你？”

舒默喝了几口粥，舒服地叹了口气：“这事啊，说简单也简单，说复杂也复杂。我在小说、漫画里见得多了去了，但是搁到身边的人身上，真的是一言难尽。”

“神神道道。”栩如笙一针见血地评价道，“别吊我胃口，赶紧说。”

舒默淡定道：“为了继承沈家家业，需要一个形式上的配偶呗。”

轻飘飘的一句话，惊得栩如笙被三明治噎到直咳嗽。

舒默恨铁不成钢地摇摇头，给栩如笙倒了一杯水，拍着栩如笙的后背道：“我还没说完，你就噎成这样，能争气点不？”

栩如笙咳得眼泪都出来了，声音也有些嘶哑：“姐姐啊，我没被吓死就不错了。这怎么可能？他有未婚妻的好吗？”

“所以啊，他的未婚妻知道了真相，正闹退婚呢。”

嗯？栩如笙有些惊讶，这和她知道的版本不一样，周简蕴难道不是因为爱慕沈山南才和沈骆扬闹退婚吗？

“你说的……是真的吗？”

舒默笃定地点点头：“当事人说的，比钻石还真。”

在舒默看来，沈骆扬的暗示简直不能再明了了。

栩如笙已经震惊到合不拢嘴了：“不会是你脑补的吧？”

“我保证我这次是百分之百还原。”舒默发誓。

“所以他一直找你是为了……”

“嗯哼，就是你想的那样。”舒默耸耸肩，“虽然我同情他，但是我还是拒绝了他，沈大当家是什么人啊，我哪里敢陪着他宝贝儿子演戏。”

栩如笙忍不住“啧啧啧”道：“我竟没想到其中还有这样的故事。”

“还有一个事情。”舒默突然严肃起来，“之前我们圈内谣传沈骆扬是沈家的养子，还有人以此为根据画了漫画，我本来是不相信的，但是，昨天和沈骆扬吃早饭，他提到了被收养以前的生活，好像过得不是很好。”

栩如笙没想到沈骆扬风光的背后居然有这样的酸楚，一时语塞，只是觉得有些同情。

“不要和其他人说起这些，我觉得他挺不容易的。”舒默说道。

栩如笙自然是点头同意：“对了，我一会儿要回学校，你要不要和我一起去，晒晒太阳？”

还没等舒默回答，栩如笙的电话响起，她看到来电显示后忍不住抚额。

“谁的？”舒默问道。

栩如笙拉长着脸：“沈魔王，估计又想折磨我。”

栩如笙接起电话：“沈总，早啊。”

“超过三声才接，扣工资。”

栩如笙翻了个白眼，小声嘀咕道：“你以为我是客服啊？24小时随时接听。”

“你说什么？”

“我说，您有什么事情吩咐？”栩如笙狗腿道。

“你今天来一趟医院，我有要紧事情。”

奈何栩如笙今天已经有安排了：“我今天有事要回学校，您找其他人吧。”

“学校哪天都能回，我的事情必须今天解决。”

栩如笙想掀桌，明明她喜欢他，但是为什么每次对话都想打他一顿：“我约了同学拍照，而且也该收拾一下行李，把宿舍腾出来。”

“照片我帮你拍，行李我帮你搬，你现在赶紧过来。”

还没等栩如笙回答，沈山南便挂了电话。

舒默吃着早餐，什么也没问，因为她知道，今天栩如笙是去不成学校了：“看开点，你不是要追求他吗？今天周末，大好的相处时间，去吧去吧。”

栩如笙倒是想好好追求沈魔王来着，但是沈魔王明显被“兔子小姐”吸引了，而她又不能告诉沈山南，自己就是兔子小姐，这事啊，难办，太难办了。

栩如笙无奈道：“追还是不追，这是一个问题。”

“为什么不追？你不是说他是你人生的第一次心动吗？”舒默不解道，“你可不是这么容易放弃的人。”

栩如笙当然不想放弃，但是现在的局面是个死局：“沈山南心里有人，我咋追？”

“他有喜欢的人啦？啧啧啧，看不出来啊。”舒默建议，“假如他喜欢的人也喜欢他，你放弃，就当是成全了一桩姻缘；要是他爱的人不爱他，你就把人追到手，就当是拉他离开失恋的沼泽。”

“要是事情有这么简单就好了……”栩如笙无奈感慨。

春末夏初的阳光里混着甜甜的香气，那是花香、果香，以及人们在阳光中发酵的好心情。

为了应和这样的好天气，栩如笙特意换上一条水蓝色的衬衫裙。

她出门的时候不到九点，想到沈山南可能还没吃早餐，她在公交站旁的早餐店买了包子和豆浆。

也不知道他爱吃什么口味的包子，就每种都买一个。

早餐店老板娘亲切道：“小姑娘今天买这么多早餐，给男朋友买的？”

“男朋友”三字轻轻敲打她的心头，心脏也似乎因此而漏了一拍，让她忍不住两颊发热：“不是男朋友，是给同事买的。”

说罢结了账前往公交站点。

早餐店老板娘乐呵呵继续忙活：“都脸红成那样子了，还说不是男朋友，年轻真好啊。”

这个时间，早高峰缓解了一些，栩如笙也幸运地等了两站就有了座位。刚一坐下，就收到沈山南的短信：速来医院。

她刚要给沈山南回复，又收到他的第二条短信：十五分钟，不能再多了，速来。

栩如笙撇撇嘴，索性不回短信，急死他。

事实上，今日的交通还算畅通，二十分钟不到，栩如笙就到了医院楼下，还碰到一个并不友善的同事——周简蕴。

并且二人进了同一部电梯，更不巧的是，周简蕴的手里也提着早餐。

周简蕴明显被激起了好胜心，一出电梯，就走在了栩如笙前头，比栩如笙早了几秒到病房。

沈山南听到推门的声音，还未抬头就先抱怨道："栩如笙，你怎么才来？"

结果一抬头，却是周简蕴，便淡淡道："你怎么来了？"

"来给你送早餐啊。"周简蕴笑嘻嘻地说道。

这时候，栩如笙不急不慢地走到病房，看周简蕴正忙活着摆弄她带来的早餐，便默默把自己的包子和豆浆放到远离病床的电脑桌上，打算自己吃。

沈山南看着栩如笙："把早餐拿过来。"

"啥？"栩如笙一时没反应过来。

"你是打算饿死老板吗？我饿死了谁给你发工资，给我麻利地过来。"沈山南拧着眉说道。

栩如笙不情不愿地开了豆浆，拿出三鲜包递给他。

周简蕴不悦地笑笑："包子有什么好吃的，我给你带了鱼翅粥，对身体恢复很有帮助的，我给你盛一碗出来？"

"放着吧，我晚点喝。我身体没事，你回去吧。"沈山南说罢，开始慢悠悠吃着包子。

周简蕴一屁股坐在沙发上："我不回去，我就在这儿陪你。你什么时候出院，我什么时候走，反正我时间多的是。"

"既然这样的话，你把公司成立至今的员工档案整理一遍，查缺补漏，我出院后检查。"沈山南轻飘飘道。

周简蕴气得鼓起了腮帮子，他这是故意为难她。她和栩如笙一样，是应届毕业生，但是她在此前完全没有工作经验，进入IDEA的档案室后，也没真正做过事情。她想拒绝，但又不想沈山南看轻她的能力。

“你等着，我一定会做好的。”周简蕴保证道，离开前还不忘狠狠地瞪了栩如笙一眼。

栩如笙转而瞪了沈山南一眼，都是他惹下的桃花债。

沈山南故意冷笑道：“再怎么瞪，眼睛也不会变大。”

“误会，我那是崇敬的眼神。”栩如笙瞎扯道。

看在栩如笙救了自己的分上，沈山南没与她计较。

栩如笙安安静静坐着等他吃完早餐，百无聊赖间刷刷微博，看看微信，和舒默聊聊八卦。阳光从窗台照到沙发上，她暖洋洋地沐浴在阳光里，好不惬意。

沈山南吃着早餐，看了一眼正在低头玩手机的栩如笙，重重咳了两声，企图引起她的关注。

栩如笙赶紧收起手机，走到病床边，给他倒了一杯热水：“慢点吃，又没人和你抢。”

“不是噎到。”沈山南解释道。

栩如笙用一副“随你怎么说，反正我都明白”的表情敷衍道：“嗯嗯，我知道，所以沈总您火急火燎地叫我来是为了什么？”

“你刚才在玩什么？”沈山南状似无意问道。

栩如笙“哦”一声：“玩微博玩微信啊。”

“现在年轻人都玩这些？”沈山南提出疑问。

栩如笙不由得好笑：“说得好像你不是年轻人一样，虽然你不玩这些，但你的年纪摆在那里，也就大了我五六岁罢了。”

“你怎么知道我不玩？”

栩如笙暗叫糟糕，那是沈山南和兔子小姐说的，她现在作为“栩如笙”本不该知道这些的：“这个……我入职的时候，尤特助给我很多你的资料，我在资料上看到的。”

“是吗？”沈山南将信将疑。

“是的是的。”栩如笙如小鸡啄米般点点头，“你都不知道那一摞资料有多厚，看得我头晕眼花，你要是有兴趣，我马上回公司拿。”

沈山南摆摆手，那有什么好看的，现在他有更重要的事情要做：“为了了解公司员工的娱乐方式，你帮我下几个你常用的社交软件在我手机上吧。”

“嗯？”栩如笙思忖这难道就是沈山南电话里说的“要紧事”？

沈山南把手机塞到她的手里：“下载安装后，帮我申请账号，然后教我使用。”

“你就为了这事不让我回学校？”栩如笙头一次觉得沈山南实在是任性。

沈山南理所当然道：“不然呢？”

栩如笙翻了翻白眼，赌气坐回沙发上，帮他安装了一些热门社交软件，安装过程中不小心点开了手机桌面的备忘录，上面写着：

1.等兔子小姐再次来医院的时候，告诉她，谢谢她的薰衣草，我很喜欢。

2.等再次和兔子小姐见面时，问她要社交软件账号，互相添加好友。

3. 告诉兔子小姐，栩如笙战斗力很弱，不要找她帮忙。

当栩如笙看了第1、2条的时候，她明白为何尤特助说沈山南近期不会出院了，也明白了他要安装社交软件的原因，但是第3条，她战斗力很弱？到底是谁战斗力弱到她每晚都要去搭救？

不过，按照沈山南现在的行为举止来看，他确实很喜欢兔子小姐，这可怎么办才好？不能暴露身份的情况下，怎么样才能追到沈山南，这道题，比她高考时的数学试题更难……

栩如笙摆弄完手机，看着窗台上的薰衣草，感觉薰衣草比昨日盛放得更好，可想而知沈山南是如何精心照料的。

假如告诉他，这薰衣草是她送的，而非兔子小姐，恐怕薰衣草早已消失在这个病房了吧。助理栩如笙是她，兔子小姐也是她，可她却不能告诉沈山南。

她该如何解开这矛盾的局面呢？

“好了没有？”

沈山南的声音将神游的栩如笙拉回了现实。

她将手机递给沈山南：“帮你安装了微信和微博，也帮你申请了账号，请问沈总还有什么需求吗？”

“没有了。”沈山南接过手机，打开微信，里面空空如也。

下次见面的时候，一定要问兔子小姐要联系方式，他心想。

栩如笙看着他一脸痴汉的表情，隐约猜出了他的想法，更加纠结：“沈总，您打算什么时候出院？”

“等身体康复了自然就出院了。”他面色如常回答道。

栩如笙真想翻个白眼，别人不知道，她还能不知道吗，他除了有点受凉，什么问题都没有：“沈总，您最近的行程本来就很满，您这一住院，已经耽误了很多工作了，我建议您要是没什么大碍，还是尽早出院的好。”

沈山南一本正经：“栩如笙，你作为助理，不但不关心我的健康，还怂恿我早点出院，你这安的什么心？”

这显然是贼喊捉贼。

栩如笙觉着，要是兔子小姐不来一趟，沈山南能在这医院住一辈子。

第六章

我变成了自己的情敌

夜幕降临，岚城的夜空清透明亮。月上树梢，星星闪烁，万里无云，清风徐徐。街上霓虹灯闪，人来人往，好不热闹。

为了让沈山南了却心愿，早日出院，栩如笙入睡后，以兔子小姐的身份造访了沈山南的病房。

沈山南惊喜不已："晚上好，兔子小姐。"

栩如笙听出他语气里的喜悦，喜忧参半："你好点了吗？"

"我没大碍。"沈山南回道，"对了，谢谢你的薰衣草，我很喜欢。"

栩如笙干笑两声，明明今天下午还死赖着不出院，现在就已经没有大碍了，男人啊，真是善变的动物："我知道。"

看了你的手机备忘录就知道了，她在心里补了一句。

沈山南给她倒了杯水，刚递出去，就想起来她戴着面具喝不了，于是伸出去的手拐了个弯回到了自己的面前。

沈山南一边喝水一边思忖着如何自然地要到她的微信和微博账号。而栩如笙则想着，如何委婉地向他表示，"兔子小姐"目前没有谈恋爱的想法。

两人各怀心事地大眼瞪小眼，气氛尴尬得让空气都凝固了。

过了好一会儿，栩如笙决定打破尴尬。

“你……”两人异口同声。

沈山南颇有绅士风度地道：“你先说。”

“没关系没关系，你先。”栩如笙谦让道。

沈山南一本正经道：“是这样的，为了了解公司员工的娱乐方式，我想做个调查，现在的年轻人都玩什么社交软件？”

“噢——这样啊。”栩如笙憋着笑，真是个蹩脚的理由，“现在的人，无非就是微博、微信、QQ之类的。”

“那你呢？”沈山南自认为“自然”地切入正题。

她早就料到会有这么一出，所以白天的时候注册了微信小号：“比较常用微信。”

“啊，这样，好巧，我也玩微信，要不要加下好友，有时间请你吃饭。”他说罢，看了看她的面具，改口道，“似乎不是很方便吃饭，那一起看个电影吧，你救我这么多次，我都没能好好感谢你。”

栩如笙愣了一下，他这是……约会邀请？所以沈山南喜欢的真的是兔子小姐？那作为助理栩如笙的她怎么办？兔子小姐不能暴露身份，和沈山南注定没有结局，而栩如笙将因为兔子小姐的存在追不到沈山南。

也就是说，兔子小姐成了栩如笙的情敌，她变成了自己的情敌……

她深吸一口气，大义凛然瞎扯道：“沈山南，如你所见，我每夜都忙碌于拯救全人类，这是我的责任，也是我的使命，更是我终生的事业。我没有时间去谈儿女私情，更不可能有时间看电影吃饭聊天唱歌，所以你千万不要在我身上费心思，你应该多关注你身边的人，或许有谁正在默默关心着你。”

沈山南的表情晴转阴，然后缓缓走向窗户，失神地看着城市繁华的夜景：她心怀天下，我却一直儿女情长，差点儿绊住了她拯救世界的脚步。我是不是应该默默放下，但是，我怎么放得下？

栩如笙误以为自己的话伤到了他，便安慰道：“天涯何处无芳草，你看你们公司爱慕你的人也不在少数，就例如你的助理，长得漂亮不说，个性还乖巧懂事。”

沈山南疑惑地转身：“你说的是我的助理栩如笙？”

栩如笙点点头。

“你怕是有些误会，她长相普通，还喜欢闯祸——”

“停！”栩如笙打断了他，“你怎么能在背后说她的坏话呢？”

沈山南摇摇头：“不是坏话，是实话。”

栩如笙方才的内疚被他的“实话”摧毁得一丝不剩，她生气道：“谢谢你的大实话，我走了！”

“等一下！”他拉住她的手。

栩如笙感受着自己手心传来他的温度，脸上忍不住发烫，心脏也不争气地乱跳：“你还要说什么吗？”

沈山南松开手，缓缓道：“你……是不是误会我和栩如笙的关系，所以才生气？”

她思考着这句话是什么意思，每个字她都听懂了，但是合起来是什么意思：“所以你和栩如笙是什么关系？”

“纯粹的上司和下属的关系。”沈山南十分坚定道。

栩如笙紧握着拳头，忍住不发火：“所、以、呢？”

“我只是希望你，不要误会。”

她算是听明白了，沈山南的话，翻译一下不就是：我不喜欢栩如笙，我喜欢你。

明明被告白了，可是她现在一点也高兴不起来，看来是时候放大招了：“我没有误会，也没有生气，我每天都这么忙，哪来的时间生气？”

栩如笙的弦外之音很明显：沈山南，你一点也不重要，不值得我花时间生气。

沈山南的表情果然是难过失落。

看着他受伤的表情，栩如笙心口有些难受，刹那间萌生了想要说出真相的念头："沈山南，你能接受身边人的欺瞒吗？"

"为什么突然——"话题转换有些突然。

"你回答我。"栩如笙打断了他的话，"你认真告诉我，假如有人欺骗了你，你会怎么样？"

沈山南虽然不知道她为何要这么问，但是他还是认真地回答："不管什么理由的欺瞒，都不可原谅。"

沈山南的回答让她心里萌发的勇气逐渐退散："在你眼中，我是什么样的人？"

"任何一个形容词都无法形容你的好，在我心里，你始终光芒万丈。"

沈山南说这话的时候，眼里带着化不开的爱意，这也是栩如笙第一次看他露出这么温柔的笑容。

栩如笙苦笑，假如她说出真相，那么她在他的心中，将会从光芒万丈变成不可原谅，胆小如她，最后的一丝勇气也荡然无存："沈山南，脱下面具后，我也只是一个普通人。换句话说，兔子小姐只能活在面具下，只能活在夜里，她没有任何光芒。"

"你的存在，就已足够点亮黑暗。"

沈山南过去的人生并不美好，他的内心一直被阴影笼罩，直到有一天，一个戴着兔子面具的女人从天而降，义无反顾地拯救了他。他内心的铜墙铁壁裂开一条缝隙，有一束光冲破黑暗，带来希望。

沈山南对兔子小姐的期待越大，栩如笙就越不敢说出真相，她觉得自己既自私又懦弱，这种两难的局面，根本就是对她的惩罚。

"我不是你想象中的样子。"

沈山南笑笑："不管你是什么样子，都是我想象中的模样。"

栩如笙鼻头有些发酸，为什么这么好听的情话，却让她这么伤感，趁着还没哭出来，她得赶紧离开。

风温柔地拂过树梢，吹进病房，窗台上的薰衣草轻轻摇曳，散发着清香。

"沈山南，谢谢你……但是对不起……"栩如笙觉得哭出来实在太丢人了，所以一溜烟地跑了。

沈山南还没反应过来，她已经从病房消失了："我被拒绝了吗……"

翌日，阳光明媚、万里无云。尤特助一大早就接到沈山南的指示，帮他办理出院手续。虽然不明白为何沈山南前两日还一副要将病房住到底的样子，现在说出院就出院，但是尤特助依旧照办。

走出医院大门时，沈山南似有似无地叹了口气，感慨道："今天的天气真差。"

尤特助看看蔚蓝的天空，再看看炙热的太阳，脸上写满疑惑。

上车后，沈山南幽怨道："送我去公司。"

现在除了工作，还有什么能够抚平他受伤的心灵?

"啊？"尤特助贴心地提醒道，"沈总，今天是周日。"

沈山南点点头："这样啊。"

"是的，沈总。"

"那今天全体加班吧。"沈山南淡淡道。

尤特助迟疑了一下，回答道："好的，我这就马上通知全体员工。"

于是，IDEA全体员工迎来了阳光灿烂的周末加班日，这当然也包括栩如笙。

她好不容易和同学说好改到今天拍学士服照，却又一次泡汤。她抓狂得在床上滚了几十圈："沈山南，你个变态！"

而正在办公室和秦宋聊工作的沈山南莫名打了个喷嚏。

"一早就打喷嚏，这是谁想我们沈总了？"秦宋调侃道。

"是她在想我吗？"沈山南失神，喃喃自语，"那我是不是还有希望？"

秦宋看着失魂落魄的沈山南，觉得很有意思："你知道你现在什么样子吗？"

"什么样子？"

"失恋的样子，虽然我知道这不可能。"秦宋拍拍他的肩膀，"我看你现在也没心思和我谈项目，我晚点再来找你吧。"

沈山南恍然大悟，他从昨夜开始心口一直堵得慌，对什么事情都提不起劲来，看整个城市也像罩了层雾霾一样，原来……他失恋了。

“我失恋了啊……”

秦宋听到沈山南的话，刚起身又坐回了位置，他刚才是听错了吗？沈山南说自己失恋了？异性绝缘体沈山南说自己失恋了？

秦宋反复确认道：“你居然、真的失恋了？”

沈山南除了点头还是点头。

这可是大事件，沈山南居然失恋了，秦宋忍不住啧啧称奇：“真的是活久了什么都能见到，大名鼎鼎的沈山南失恋了。我很好奇，是谁有这么大的本事？”

沈山南冷冷地看了秦宋一眼：“你表现得太过兴奋了。”

“哦，是吗？”秦宋马上换上说正事专用脸，“沈总，您看这样的表情可以吗？”

沈山南给了他一个白眼。

秦宋见沈山南不说话，便循循善诱道：“我觉得你该和我说说，保不齐我能帮你找出原因来。毕竟我这好到爆表的异性缘是大家有目共睹的。”

沈山南眼中闪过一丝希望，他怎么就没想到自己身边还有这么一位狗头军师呢？

秦宋抚抚领口，整整袖口，然后跷起二郎腿，端起咖啡杯：“说吧。敞开你的心扉，倾诉你的烦恼，没有什么是一个秦宋解决不了的。”

沈山南将兔子小姐的事娓娓道来，但隐去了她有着非同常人的能力这一点。

秦宋听罢忍不住感叹道：“真可谓天道有轮回啊。”

“会说话吗？”

秦宋点点头：“这个俗语用得确实不恰当，应该说‘恶人自有恶人磨’。想想当初被你拒绝的李小姐吴小姐林小姐，她们要是知道，应该也解气了。”

“不认识。”留在沈山南的记忆中的女性寥寥可数——母亲苏芩、兔子小姐、蠢助理栩如笙以及周简蕴，那些个李小姐吴小姐林小姐是哪儿来的？

秦宋抚额：“她们都是被你拒绝过的人啊。”

“哦，不记得了。”沈山南对那些人完全没兴趣，“你告诉我，我应该怎么办？我连她的联系方式都没有。”

秦宋略微思考了一下：“你……不会连她长什么样都不知道吧？”

“虽然没见过，但我能想象得到。”在沈山南心里，兔子小姐一直是这个世界上最美丽的人，她的美无关皮相，“再者，不管她是什么样，都是我喜欢的模样。”

秦宋被恶心得打了个冷战，他撸起袖子，将胳膊伸到沈山南面前：“沈总，我鸡皮疙瘩掉了一地，刚吃的早饭都要吐出来了。”

沈山南将垃圾桶挪到秦宋面前：“那你吐吧。”

秦宋走心地思考了一下：“我觉得你们的问题在于相处的时间不够多，你对她一见钟情，但显然她对你没有，所以你需要大量的时间去和她相处，日久生情这道理你总懂吧。”

“见都见不到，怎么日久生情？”沈山南提出疑问。

秦宋恨铁不成钢地摇摇头：“就算见不到面，也有很多联系的方法，微信朋友圈微博邮件这些都用起来啊。哦，我忘了，你不用社交软件。”

沈山南拿起自己的手机，解锁屏幕，点开自己的微信，递给秦宋：“把你自己添加进来。”

“嚯，今天的惊喜很多啊。沈山南，你居然用微信了，爱情可真神奇。”秦宋接过沈山南的手机，却看到他的主页除了消息，一个聊天对话框都没有，就连头像都没有。

他正要冷嘲热讽一番，却收到一条好友申请，他随手点开，申请留言是“兔子”：“哎，我本来想成为你第一个微信好友，现在看来我还是慢了一步，你的兔子小姐给你发好友申请了。”

沈山南听罢，迅速抢回手机，通过了兔子小姐的好友申请。他看着兔子小姐的微信头像，越发觉得可爱，于是他马上也上传了自己的头像。

秦宋见沈山南一直埋头玩微信，忍不住凑上去看，却看到沈山南用卡通胡萝卜图片当头像，毫无疑问，这一定是为了配合对方的兔子头像。他夸张地捂着心口：“这狗粮吃得我心口一痛，我走了，我走了。”

沈山南懒得搭理他，自顾自沉浸在喜悦中不可自拔。

一分钟后，正在位置上办公的栩如笙收到公司群消息，取消周日加班，恢复正常休假，周一延迟一小时上班。

她欢呼雀跃地关掉电脑，准备回校。心里为自己的小计谋得逞而得意，男人哪，果然都要靠哄。

这时候沈山南叫住了她：“你要去哪儿？”

下班了你管我去哪儿？她在心里吐槽。

“回学校。”

“哦，记起来了。”沈山南恍然大悟，“那我们走吧。”

说罢自顾自往前走去，留下一脸蒙的栩如笙：“我们？”

蒙了好一会儿，她才想起周六早晨沈山南在电话里的那句——照片我帮你拍，行李我帮你搬，你现在赶紧过来。

她欲哭无泪，赶紧追上沈山南：“沈总，照片我自己拍，行李我自己搬，你回家成吗？沈总……沈总……”

明媚的阳光洒向岚城的每个角落，蔚蓝的天空，闪亮的大海，葱郁的山头，这座海岛城市正散发着独特的魅力。宽阔的环岛路上，南洋杉和夹竹桃整齐排列，乔木、灌木、花草错落有致，风景如画。

一辆黑色轿车在环岛路上奔驰。

栩如笙扒在车窗上，海风温柔地拂过她的脸颊，带着花香和大海的气息，她的心情忍不住跟着蜿蜒的海岸线愉快地跳跃。

沈山南似乎是被栩如笙的好心情感染，他的嘴角也忍不住扬起弧度。

“有这么开心吗？”沈山南问道。

栩如笙在暖风里昏昏欲睡，懒洋洋回答道：“这不是开心，这叫‘幸福’。现世安好，生活无忧，做喜欢的工作，有爱的人，人生多圆满。”

他竟觉得这一番话颇有些道理，但嘴上还是不饶人：“你的人生也就这么点追求。”

不像兔子小姐，她的追求是那么远大而高尚，他在心里补充道。

“是是是，我的人生不比你的远大。”栩如笙心情好，不与他斗嘴。

“不过……”沈山南欲言又止，迟疑了一会儿还是决定说出来，“看在你最近的工作做得还不错的分上，我要提醒你，有爱的人是好事，但是，如果他和你不合适的话，我觉得还是放弃吧。”

“嗯？”栩如笙转头看他，这是什么意思？难道沈山南已经发现她的心思了？

她着急解释道：“沈总，你可能误会了，我没有——”

“秦宋不适合你。”沈山南打断了她的话。

“不适合归不适合……”她本能地辩驳，“啥？秦宋？关秦宋什么事？”

沈山南又一个漂亮的拐弯：“你不是喜欢秦宋吗？我和他从小一起长大，我可以很笃定地说，他很好，你也马马虎虎，但是他不适合你。”

栩如笙愣住了，作为当事人，她甚至不知道自己喜欢秦宋：“沈总……你是听谁说的？”

这个事情，说起来话就长了。某日，沈山南出席营销部的季度例会，会前听到营销部的员工在讨论栩如笙，他便伫立在会议室门口听了一会儿，才发觉说的是栩如笙暗恋秦宋的八卦。甚至有人说，栩如笙经常给秦宋送礼物，还有人猜测可能已经告白过但被秦宋拒绝了。

栩如笙听罢，欲哭无泪：“谣言猛于虎啊……”

“没有吗？”

她狠狠瞪了沈山南一眼："没有！你一个堂堂IDEA的总裁，怎么还会相信这种八卦？"

沈山南尴尬地把头别开："我是不想你因为感情耽误工作。"

"谢谢你啊！"栩如笙没好气地回答，"先说好了，今天回校，你不准拿总裁的架子来压我，不然我就……我就找兔子小姐说你坏话。"

"我是那种人吗？"

初夏的阳光毫不吝啬地倾洒在海面，蓝色的波浪闪闪发亮，好似绽放的青春一般明亮。

五月的A大，木棉花落，满地缤纷；凤凰花开，一树繁花。

校园里随处可见拍毕业照的学生，他们三五成群，带着比初夏阳光更明媚的笑容，饱含青春的热烈，以及对未来的憧憬。这所大学，是他们人生重要的篇章，更是一个新起点。

由于校内不允许私家车进入，沈山南将车停在校外停车区，和栩如笙步行进去。

沈山南的颜值吸引了不少人的目光，但他自己并没有意识到，全程扑克脸："我走累了，我要休息。"

栩如笙不可思议地看他停下脚步："你莫不是在逗我？我们从大门口进来，才走了三百米不到，你就累了？"

沈山南可不管走了几米，他随意地坐在路边的长椅上："去给我买水。"

栩如笙气呼呼地走到自助贩卖机前，一边投币，一边嘟囔着："这魔王到底是来帮忙的，还是来捣乱的？"

买完水一转身，就看到沈山南被几个穿学士服的女生围着，不知道在说些什么，但看沈山南的脸色，似乎不是很愉悦。

栩如笙猜想，或许她们是在邀请沈山南一起拍照，她抱着看好戏的心态在不远处观望。沈山南也看到了她，使眼色让她来解围，她却只是笑而不语。

“你好，你是不是沈山南？”

“嗯。”沈山南冷冷道。

得到肯定的答复，几个学生欢呼雀跃，沈山南是A大的优秀校友之一，活在“传说中”的人物：“我们今天拍毕业照，能不能邀请你和我们合照一张？”

沈山南板着脸：“不能。”

“拜托学长了，我不想我们的毕业照留遗憾。”女生用恳切的眼神看着他。

栩如笙好笑地看着沈山南无奈的表情，于是上前添了一把火：“我帮你们拍吧。”

沈山南狠狠瞪了栩如笙一眼。

得到合照的学生心满意足地离开，沈山南故作不经意地道：“你不是也要拍照吗？学士服呢？”

“托舍友带出来了，这个时间的话，她们也该到了。”栩如笙笑着说道。果不其然，话音刚落，就听到有人喊栩如笙的名字，她开心地向舍友招手。

栩如笙简单地向沈山南介绍了自己的舍友后，就愉快地抱着衣服去洗手间换上。待她回到原地，气氛尴尬得凝固。

“你们聊什么呢？”栩如笙试图打破尴尬。

这么一问，三个舍友就笑得更尴尬了。她们误以为沈山南是栩如笙的男朋友，所以趁栩如笙去换衣服的时候对他严刑拷打，结果他冷冷扔下一句——

“我是沈山南。”

舍友把栩如笙拉到一边：“你疯了吗？把老板带来帮我们拍照！你让我们以后怎么有脸参加IDEA的面试？”

“你以为我愿意啊？总之，事情已经变成这样子了，我们就好好享受吧。”栩如笙宽慰道。

开始拍照后，尴尬的气氛因为沈山南的拍摄技术更加尴尬。

栩如笙看着相机里面模糊的相片，扯了扯嘴角：“沈总，你是认真来帮忙拍照的吗？”

“当然，既然我答应了你，我就一定会做到。”沈山南一脸认真。

栩如笙看看照片，再看看舍友：“其实做不到也没关系。”

“你质疑我？”沈山南严肃道。

“当然……没有！”她解释道，“我只是觉得，虽然抽象美很不错，但毕业照嘛，具象一点才符合气氛。”

沈山南若有所思地点点头：“你说得有道理，那你来拍吧。”

“什么？”

最后，栩如笙并不愉快地成了三位舍友和沈山南的摄像师，毫不夸张地说，除了她本人，大家都很满意。

夕阳西斜，栩如笙无奈地望着舍友们远去的背影，低头翻了翻相机，她的相片寥寥无几，今天可是拥有学士服的最后一天了，明天一早就要把衣服还给学校了。

她正惆怅着，手里一空——相机被沈山南抢走了。

“你去那里站着。”他指着一片草地。

栩如笙有气无力道：“算了，你不是不会用单反嘛。”

“现在会了。”沈山南对着她“咔嚓”一声。

栩如笙难以置信地翻出他刚才拍的照片——夕阳之下，穿着学士服的自己，侧身看着不远处的教学楼，表情有些不舍。

画面端正，构图舒适，人像清晰，色调柔和，不敢说是专业级别，但和原来相比，已经进步很大。

栩如笙不得不感慨沈山南的学习能力。

总之，尽管栩如笙的毕业照里没有阳光明媚，但有夕阳余晖；尽管没有人群簇拥，却有灿烂微笑。

沈山南为她的毕业季，画上了一个圆满的句点。

月光皎洁，花香虫鸣，荧光点点。A大的气氛因为夜幕的降临，变得静谧而浪漫。

栩如笙拖着行李跟在沈山南背后，心里嘀咕：大魔王的话果然不能信啊，说好的他来搬行李的呢？

沈山南似乎想到了什么，突然停下了脚步，转向身后；栩如笙毫无察觉，埋头向前，径直撞进他的胸膛。她踉跄地后退几步，有些不稳。

这时候，一个棒球从旁边的体育场飞出，砸在栩如笙的脑袋上，她本就不稳的身体完全失衡。

沈山南想伸手扶她一把，却被栩如笙下意识拉住，她借着力平衡了自己，但是沈山南却被她一扯，“砰”的一声，应声倒地，而栩如笙也被拉扯着，结结实实倒进了他的怀里。

栩如笙吃痛地摸摸鼻尖：“痛死了。”

沈山南却愣住了，这熟悉的触感是怎么回事，为什么这么像抱着兔子小姐的感觉？

“松手！”栩如笙吼道。

沈山南这才松开环在她腰上的手。

栩如笙起身拍拍身上的尘土：“跌倒还要找个垫背的，果然是魔王。”

“呵——”沈山南也起身，“有些人，蠢得连走路都不会。”

栩如笙一听不乐意了：“明明就是你的问题，走路的时候干吗要突然停下来。”

“你的问题！”

正当两个人争执不下的时候，一个少年小心翼翼地举起右手：“嗯……不好意思，我能捡一下我的棒球吗？”

栩如笙和沈山南顺着少年的视线，看到了脚边的棒球，异口同声道：“原来是你的问题。”

少年真诚地道了歉之后，拿走了棒球，留下怄气的两人。

沈山南多次混淆栩如笙和兔子小姐后，现在看着栩如笙愈发觉得郁闷，他难以理解，自己怎么会这样？

而栩如笙觉得，沈山南必定是因为她早上说他“八卦”，所以一整天都在捣乱。气得她不断在心里提醒自己：不能生气，我在追求他。

她做好心理建设工作后，努力绽开最开朗的微笑：“作为回报，我请你吃晚餐吧。”

沈山南的视线落在她的脸上，看着她笑容洋溢，又开始有些恍惚，他甚至觉得，兔子小姐笑起来，应该也是如此明亮又可爱的模样。

“我脸上有什么脏东西吗？”栩如笙见他一直盯着自己却又不说话，狐疑地摸摸脸颊。

沈山南不自然地挪开视线，不悦地说道：“今晚夜景很美，但你笑起来太丑了，影响到我的心情了，今晚不准笑了。”

“你逗我呢？”

“我认真的。”她的笑脸总在他眼前晃悠，他会误会自己的心意。

栩如笙翻了个白眼：“现在是下班时间，你对我的要求，我有权不受理。不想饿肚子就赶紧跟上，饭点了，学校附近的美食店人很多的。”

沈山南快步跟上：“你刚才对我翻白眼了？”

“没有，你看错了。”

“我又不瞎。”

“傻子都说自己不是傻子。”

“你……”

路灯将他们的身影拉长，从远处望去，竟十分和谐。

二人一路闹着到了拉面馆，站在门口就能闻到拉面的香气。

沈山南准备进门却被栩如笙拉住：“我们要在门口等位。”

“等位？”这是沈山南第一次听到这个词。

栩如笙用眼神对他的无知表示了嫌弃：“就是店内人满了，我们需要取个号码，然后等里面有空位。”

“要等多久？”他拧着眉问道。

栩如笙看了看手里的号码：“前面还有二十五桌在排队，大概还需要一个小时吧。”

沈山南的眉头拧得更紧了。

她用余光看到沈山南的表情，心里忍不住愉悦——报复成功。

栩如笙得意地笑笑："你站着不要动，等我一下，我把行李寄存到店里，然后我先带你去吃好吃的。"

没等沈山南回答，她就已经进了店里。

她出来的时候，津津有味地吃着零食，顺便往他手里塞了一包："老板看我可爱，送我的，分你一个。"

"这是什么？"沈山南疑惑道。

栩如笙往嘴里扔了几颗："虎牙脆啊，别告诉我你没吃过。"

"我不吃零食。"沈山南被她说得有些不好意思，直接回绝道。

她撇撇嘴，小声嘀咕："傲娇鬼。"

"你说什么？"沈山南没有听清楚栩如笙的话，因为学校附近的街道人来人往，有些吵闹。

栩如笙指着天空："我说，快看，有飞碟。"

"又瞎说什么……"沈山南顺着她手指的方向望去，什么都没看到，却被她塞了一颗虎牙脆，等回过神来，咽下去也不是，吐出来也不是。

"很好吃的，相信我一回。"

他抱着存疑的心态，把嘴巴里的零食吃掉。

几分钟后，沈山南自己拿着一包，很自然地边走边吃。

栩如笙觉得，长久以来，他都是高高在上，每大端着冷冰冰的样子，对下属惜字如金，仿佛九天之上的神仙，餐风饮露，不食人间烟火。但此刻的他，饶有兴致地吃着虎牙脆，和她并排走在街上，俨然走下了神坛。

"买这个吧。"沈山南在卖章鱼小丸子的店面前停下脚步。

老板特别有眼力见地打包好一份刚出炉的章鱼小丸子递到栩如笙面前，并报上价格："十元，谢谢。"

沈山南中途"拦截"了章鱼小丸子，并用眼神示意栩如笙付钱。

栩如笙大大方方地掏出钱，并且说道："山南哥哥，你要吃什么我都给你买，你一辈子都找不到工作也没关系哦，我养你。”

老板用鄙夷的眼神扫视沈山南。

“不是你想的那样……”

但奈何此时不管说什么都越描越黑。

栩如笙看着他铁青的脸，乐不可支。

“栩如笙，你今天是吃了熊心豹子胆了吗？信不信我扣你工资？”沈山南板着脸说道。

她无辜道：“我今天只吃了虎牙脆和小丸子，没有吃熊心豹子胆。”

栩如笙知道沈山南一生气就会拿扣工资威胁她，但说了许多次，却一次都没扣，典型的刀子嘴豆腐心：“是你自己说今天要陪我回来拍照、搬行李的，你还说今天不会拿总裁的架子来压我。”

沈山南居然无话可以反驳。

两人一路吃吃逛逛，居然相处得比在公司要融洽了许多。

一小时后，收到排位顺序短信提醒的时候，栩如笙二人已经吃了七八分饱，但是她难得回一次学校，怎么可能错过这条街上的第一人气拉面呢？

于是，栩如笙硬是拖着沈山南回到了拉面馆。

“先说好，我吃不下，我不吃的。”

然而——

沈山南吃得比谁都香。

“啧啧啧，你到底是不是这所学校毕业的？这一条街，你哪样是吃过的？”栩如笙忍不住调侃。

他放下筷子，认真回答道：“我在校时间比较短，课后要处理工作。”

他这么一说，栩如笙倒是想起来了，她初入学的时候，听学姐们提起过A大的传说——

A大创校百年时，迎来了历届最年轻的新生，十六岁的沈山南。据说，按照他跳级的速度，本该十三岁就读大学，但由于沈老爷子觉得他年纪过小，无法完美适应校园生活，便要求他十八岁再入学。于是，沈山南从十三岁开始就和沈老爷子展开拉锯战，最后，两人各退一步，沈山南十六岁入学。

入学之后，除了上课，课堂以外几乎见不到沈山南的影子。有传言说，他受到沈家的控制。但可以肯定的是，入学两年后，沈山南修满全部学分，提早毕业。之后，他离开了岚城，直到创立了IDEA，才又一次出现在公众的视野中。

栩如笙恍然大悟，原来如此，传言不可尽信啊。

“你那一副豁然开朗的样子是什么意思？”

她用筷子指着他碗里的牛肉：“你把牛肉给我，我就告诉你答案。”

“哦，那你别说了。”沈山南继续吃面，不再搭理她。

栩如笙撇撇嘴：“话题终结者。”

你不给我牛肉，我自己点，她在心里补充道。

“老板——我要一份酱牛肉。”

沈山南看着她位置前的空碟子，除了拉面，她还吃掉了一份煎饺和一份芝士厚蛋烧，现在居然还有肚子吃牛肉：“栩如笙，你属猪吗？”

“不好意思，我属兔。”她得意地反击。

说到属兔，他第一反应居然是想到那张兔子面具。

他对面具后面的脸孔充满了好奇和憧憬，那样帅气洒脱又富有正义感的人，到底是什么模样？

“那天……兔子小姐为什么会找到你，让你去君山救我？”沈山南终于问出憋了许久的问题。

栩如笙筷子一顿，心里暗自叫糟糕：好好的怎么又问起兔子小姐的事情？

她心虚地笑笑：“巧合，都是巧合，我和兔子小姐在公司有过一面之缘，那晚我出门倒垃圾，刚好碰到她。”

他用怀疑的眼神锁定她：“你不是说她突然出现在你家门口吗？”

“难道是一个戴兔子面具的女人让你来救我的？”

“没错，今天凌晨有一个戴着兔子面具的女人找到我，让我报警来救你。”

“她受伤了吗？她去哪里了？她有交代你什么吗？”

“她好好的，她说她有要紧事情，所以不能来，她交代我好好地把你带回去，所以沈总，我们去和警察会合吧。”

“可是……她是怎么找到你的？她为什么会找你？”

“我也不知道，她突然就出现在我家门口，和我说她有急事，要我带人去找你。她……”

如果他没记错的话，当时的对话大致是这样子的。

栩如笙当时担心自己被拆穿，随口胡扯的，都过去这么多天了，哪里还记得：“啊……对啊！我正要出门倒垃圾，结果一开门，就看到她在我家门口了。她她她，她说她要去拯救全人类，没空救你，让我带警察去找你。”

沈山南的眼神放松了警惕，她的解释似乎也说得通，嗯？

“不对,你和兔子小姐没打过照面吧？那天晚上你不是脱岗了吗？”

栩如笙倒吸一口凉气，完了，编错了，一个不在现场的人怎么可能知道兔子小姐来过公司，自己真的是猪脑子啊猪脑子！

他看着她紧张不安的神情，更加怀疑了：“难道你……”

看来他已经猜到了……

事到如今，她只能坦白了吗？

“对不起！”她羞愧地低下了头。

沈山南不可置信地摇摇头：“你太让我失望了。”

“当时那种情况下，我真的是无可奈何！”她欲哭无泪，“我很早就想和你坦白了，可是一直没找到合适的机会，我……”

“你怎么能逃跑呢？”

“欸？”

什么？逃跑？

沈山南义愤填膺：“那么危急的情况下，兔子小姐为了救我，不顾自己的安危，甘愿替我成为人质，你居然在危急时刻逃跑了，难怪我到公司的时候没看到你。”

栩如笙一脸蒙。

但在沈山南看来，栩如笙已是“深有悔意”：“栩如笙，我对你真的是太失望了！”

“肉来了——”

憨厚的老板端上酱牛肉，乐呵呵地打圆场：“你们正是恋爱的好时候，别动不动就吵架，哪有什么过不去的，情侣都是今天吵架明天和。男人啊，要心胸开阔，多让着人家女孩子。这牛肉，就当是我送你们的，别再吵架了。”

“啊……不是的……老板你可能……”栩如笙试图想解释，“欸？欸？老板别走啊，听我解释啊。”

“你是不是应该先向我解释？”沈山南严肃地质问。

她心一横，只要不被拆穿，这种时候还顾什么形象：“对，没错，我那天就是逃跑了！那天我加班累了，就下楼散步，看到你和兔子小姐进了公司，我本想着散完步就回去继续加班的，但过了十几分钟，看到有个人拿着枪追到公司。我太害怕了，所以跑了。沈总，我胆子比老鼠还小，小到就芝麻那么点大。所以！为了弥补我内心的愧疚，那天你在君山遇险，兔子小姐来找我的时候，我义不容辞带着警察去找你了！”

要是她为自己辩解，沈山南还能苛责几句，可她如此理直气壮承认自己胆子小，沈山南居然无话可说。

栩如笙见他不吭声，料想着自己的解释起了作用，于是又给他打了一针迷魂剂：“我觉得，我能勇敢地去君山找你，兔子小姐功不可没。是她的勇气和正义感染了我，让我直面自己的不足，让我有机会改正。她，人美心善，机智果敢，身手敏捷，深藏不露，心怀天下，这样的人，堪称完美！讲真，兔子小姐和沈总您，简直太般配了！”

“咯咯，够了啊，别拍了。”

沈山南嘴上制止着，但是嘴角却是藏不住的笑意。

栩如笙看着他眼里的小星星，心里感慨：喜欢一个人，果然会从眼睛里溢出来。

“真的……般配吗？”他含着笑意反问。

栩如笙重重地点头：“可不是吗？你们就是传说中的命中注定。”

“咯咯，吃饭吃饭。”

她松了口气，总算是渡过了危机。

栩如笙回到家时，已经晚上十点了，她稍微整理了一下从学校带回来的行李，便洗漱休息。许是疲劳了一天，她今日入睡得格外快，睡得格外沉。

栩如笙本以为这一日会在沉重的睡眠中结束，但是天不遂人愿，她在外力的撞击下醒来。

睁眼后，她看到的不是自己的卧室，也不是沈山南家，更不是公司，她看到的是一个奥特曼背影……栩如笙还不清楚发生了什么，却迎来了一次重击，奥特曼迅速转身，给了她一个过肩摔，将她撂倒在地。

更奇怪的是，她毫无反击之力。

栩如笙不知道这里是纯粹的梦境还是什么，这和她之前所经历的完全不一样，她索性闭着眼装死。

奥特曼看她一动不动，就踢了她两脚：“小怪兽，你别装死，起来，让我们大战到天明。”

嗯？这个声音为何这么熟悉？

栩如笙眼睛悄悄睁开一条缝，看到奥特曼有着和沈山南一样的脸，而他的眼中，有一只小怪兽的模样。

她成了一只小怪兽！

她每次入梦后，梦境都会和现实相连，她在梦境里，从来都是自己的模样，为什么这一次会变成小怪兽。这里到底是梦还是现实？她决定要问问清楚。

她刚刚站起来，还没来得及开口，又被奥特曼一脚踢倒，她捂住心口，觉得自己的心脏都要裂开了：“等一下！我有话要说。”

奥特曼对她的反应有些不满：“战斗的时候为什么话这么多？”

“就一句！我就想问问，这里是哪里？”她坚强地再次站起来。

奥特曼自豪地“哈哈”笑了两声：“这里是M87星云光之国。”

“光之国”是什么鬼？她腹诽：沈山南，你心理年龄是小学生吗？光之国？你咋不说这里是你的“梦之国”呢？

不过，这足够让她确认，这里不是现实，这里只是一个纯粹的梦境，但是，这是她的梦，还是沈山南的梦？

她被卷入思考的旋涡，一阵天旋地转后，她再次睁眼，奥特曼变成了一个玩具，她变成了一个小怪兽玩具，动弹不得，而玩具的主人，是四岁的沈山南。

小山南虽然一直在玩玩具，但似乎有些心不在焉，不时看一眼房门。

没一会儿，他的房门被推开，一个帅气的男人牵着一个十岁左右的男孩进来：“山南，从今天开始，骆扬就是你哥哥了，希望你们以后可以好好相处。”

小山南望着“哥哥”许久没有出声。

小骆扬主动上前，拉住小山南的手：“弟弟。”

男人露出欣慰的笑容，他离开房间，将房门带上，把空间留给两个孩子。

小山南望着小哥哥的手，终于露出一丝微笑，但这时，小骆扬厌恶地甩开了小山南的手，小山南迷惑地看着对方。

“骆扬哥哥？”

小骆扬笑着说道：“沈山南，我不是你的哥哥，请你以后叫我沈骆扬。”

小山南眼里有着疑惑，沈骆扬明明在微笑，但是为什么说出来的话却没有温度？

栩如笙看到这里实在气愤，她心疼小山南脸上的懵懂和落寞，她很想出手教训一下沈骆扬，但奈何动弹不得。

小骆扬在房里走了一圈，最后在小怪兽面前停住，踢了玩具一脚，嘲讽道："这小怪兽可真丑。"

小山南赶忙把小怪兽抱在怀里，也终于认清"哥哥"的真面目，他露出敌意的眼神："不许碰我的东西。"

"幼稚。"小骆扬轻蔑地笑着，"你放心，我不会抢你的玩具，也不会抢你的零食，我只会……抢走你的爸爸。"

小山南愤怒极了，他冲向小骆扬，用力推了小骆扬一把。小骆扬摔倒在地，而开门进来的男人刚好目睹了这一切。

男人不由分说地拎起小山南，"啪啪啪"打了他的屁股："小小年纪不学好，动手打人，我要是不好好教育你，我怎么对得起你死去的妈？"

小山南也不辩解，任由父亲打他，他咬着牙，一个劲地掉眼泪，但就是不出声。

泪水滴在小怪兽的身上，凉得好像冻了一个寒冬的冰。

小骆扬看打得差不多了，便乖巧上前，怯生生地拉了拉男人的衣角："弟弟不是故意的，不要打他了，都是我不好。"

男人消了气，放下小山南："把《兰亭集序》誊写一百遍，写不完不许吃饭。"

说罢将小骆扬领了出去。

走到门口，小骆扬回头，给了小山南一个胜利的微笑。

而小山南，抱着小怪兽，孤独地坐在满地的玩具中间。

看到这里，栩如笙终于明白了，这里是沈山南的梦，是他的过去。在他的梦里，她失去全部能力，只是安安静静待在他的怀里，陪着他度过这个漫长的黑夜。

但黑夜终究会过去，黎明终会迎来太阳。

第七章
我在梦里有个约会

晨曦透过窗台，点亮一室昏黄。床榻上正在酣睡的人，因为光线刺眼，下意识地抬手遮住眼睛。刺耳的闹钟响起，她伸手将闹铃关上后，又缩回被窝。

十来分钟后，栩如笙终于醒来，呆呆地看着天花板，确定昨夜真的只是一场梦。她回忆昨晚的梦，梦里那个小小的沈山南让她忍不住心疼。

她终于明白，为何沈山南和沈骆扬之间的关系那么僵，也很理解沈山南厌恶沈骆扬。她在沈山南的梦里，什么都做不了，但是在现实，她会坚定不移地站在沈山南身边。

她伸了伸懒腰，却觉得胸口有些痛，她摸摸心口，确定不是她的错觉，拉下领口一看，胸口竟瘀青了一大块，这是怎么回事？

难道说……她在沈山南梦里被踢的那一脚，居然让本体受伤了！这就意味着，她不但在别人的梦里毫无能力，而且所受到的伤会原封不动地呈现在本体上。

“完了……要是不小心入了仇人的梦，那我不是死定了？”栩如笙不可置信地喃喃自语。

“不行！绝对不能进了别人的梦！”她振作精神。

可是，她为什么会入了沈山南的梦？这个问题从吃早饭到搭公交车，从家里到公司，始终困扰着她。

栩如笙对着电脑无心工作，仔细回忆昨日发生的一切，回学校、拍照、搬行李、吃饭、喝水，似乎没什么异常。真要说哪里不对劲的话，就是最后那个棒球，难道是因为被棒球砸了脑袋，而沈山南恰好在她旁边，所以她才入了沈山南的梦？

要不要试验一下呢？

正想得出神，座机响起，她看了一眼，是沈山南的手机号，她清了清嗓子，用甜得发嗲的声音接起电话：“沈总早上好，您有什么吩咐？”

沈山南疑惑地将手机拿远，看了看屏幕，拨号没有错：“栩如笙，你能好好说话吗？”

栩如笙也不反驳：“好的沈总，您说。”

“通知各部门负责人，召开临时会议。会议时间定在半小时后。”

她笑着：“好的沈总。”

“对了，我十五分钟后到公司，帮我煮一杯咖啡。”沈山南补充道。

栩如笙依旧没有任何意见：“好的，没问题。”

沈山南摇摇头，把电话挂了。

之后的十五分钟，她将开会的消息通知到各部门，并在沈山南到达十六楼的那一刻，煮好咖啡。

带着香气四溢的咖啡，栩如笙敲了敲沈山南办公室的门。

“进来。”

她推门而入，看到沈山南有些疲惫地靠在椅背上，这种状态的沈魔王可不常见。她猜想，许是昨夜的梦让他没有睡好。

想到那个梦，栩如笙就更加同情沈山南了，小小年纪就被沈骆扬抢了爹，小小年纪承受了那个年纪不该有的痛苦，他的母亲若是还在，该有多心疼。

这么一想，她看着沈山南的眼神都带着关怀和怜悯，她觉得自己头顶光环，身后有翅膀，她甚至觉得要用爱来治愈他。

喝着咖啡的沈山南感受到一股奇怪的目光，他抬头，嫌弃道：“栩如笙，你今天是吃错药了吗？”

“没有啊。”她一本正经地回答。

沈山南说不出她的眼神哪里有问题，但是他觉得全身都不对劲：“你出去吧，准备一下一会儿的会议材料。”

“好的，沈总。”栩如笙一步三回头地离开了办公室。

见办公室的门合上，沈山南刚放松下来，栩如笙却将门打开一条缝，探了个脑袋进来：“沈总！”

“又怎么了？”沈山南无奈道。

栩如笙笑笑，露出整齐洁白的八颗牙齿，灿烂如夏日的阳光：“我就是想问问，或许……你喜欢小怪兽吗？”

“叮——”一声，沈山南封闭的心房裂开了一条缝，栩如笙的笑脸从缝隙挤了进去，他手足无措间，匆匆将人赶出去，重新关闭心房。

栩如笙目的达到，乖乖地离开。

没一会儿，秦宋哼着小曲出现在十六楼，他打量着栩如笙盯着沈山南……办公室门的诡异目光，琢磨着今天是唱的哪一出。

秦宋敲开沈山南的办公室，一开门，沈山南就赶忙让秦宋把门关上。

秦宋饶有兴致地瞧了栩如笙一眼，慢慢关上门：“你什么时候还怕起自己的助理来了？”

“不是怕，是不舒服。栩如笙今天早上也不知道吃错什么药了，言谈举止很不正常。”沈山南嫌弃得连窗帘都拉上。

秦宋调侃道：“也是，换了我被这种慈母般的目光盯着看，我也会浑身不自在。”

慈母般的目光……

沈山南终于知道哪里不对劲了，栩如笙看他的眼神，就像看着一个孩子，带着关爱和宠溺……

很快就到了会议时间。

当沈山南和秦宋离开办公室的时候，栩如笙正在剪沈骆扬的名片，秦宋上前握住她的手腕："这是在干吗？"

栩如笙眨巴眨巴眼睛："剪名片啊。"

"好端端的，怎么剪起他的名片了？"秦宋问道。

她挣开秦宋的手，剪掉名片，扔进垃圾桶："因为'沈骆扬'这三个字不配出现在我们IDEA。"

秦宋忍不住笑着捅了捅沈山南："你的小助理比我想的要忠心。"

"沈总，你放心，以后我绝对不会让沈骆扬踏进十六楼。"栩如笙拍胸脯保证道。

栩如笙这种幼稚的行为在沈山南的心里激起一丝涟漪，他已经过了幼稚的年纪了，做不出剪名片或者把某人赶走的行为，但是她的做法，尽管幼稚可笑，却让他莫名觉得有些暖心。

夜幕降临，街上熙熙攘攘。初夏的风，清爽地拂过人们的脸颊，带出幸福的笑脸。栩如笙惬意地和同事一起吃过晚餐，打包了一份拉面给舒默带回家。

栩如笙到家的时候，舒默还在睡觉。趁着舒默还没醒，栩如笙决定试验一下她的猜测——用棒球砸脑袋是否会入身边人的梦。

栩如笙蹲在舒默的床边，用棒球砸了自己的额头。第一次，感觉下手太轻；第二次，似乎角度不对；第三次，角度对了，但感觉不对。她琢磨着，是不是别人来砸效果会好点？

栩如笙思考了一会儿，决定把舒默叫醒。然而，一扭头，被吓了一跳——舒默披头散发，一身白衣，眼神涣散，满脸不可置信地看着栩如笙手里的棒球。

栩如笙拍拍胸口："大晚上的，你这形象也是够吓人的。"

"吓人的是你，好吗？"舒默幽怨地说道，"我一睁眼就看到你蹲在我床边，用棒球砸自己脑袋，我甚至都要怀疑你中邪了。"

栩如笙尴尬地看了看棒球："我这是在做一个关于力学的试验。"

舒默一副"我读书少，你不要骗我"的表情。

"你来，我一会儿就站那儿，你瞄准我脑袋砸，要重一点。"栩如笙干脆把棒球塞进舒默手里。

栩如笙站到衣柜旁边，闭着眼视死如归。

舒默看了看棒球，又看了看栩如笙，坐在床上，呆呆地将球扔出去。

栩如笙睁开眼，看了眼脚边的棒球："这就……结束了？"

舒默点点头。

栩如笙捡起棒球，扔到舒默手里："再来一次，想象你是一个优秀的投手，你把我当作你最讨厌的人，狠狠地砸，千万别手软！"

"你确定？"

栩如笙坚定道："十分、肯定。"

舒默下了床，选定位置，瞄准目标，先踏脚后撤一步，提腿到达最高点；双肩靠近体前时，后脚膝盖微屈，保持住身体的平衡，做出一个漂亮的正面投球。

棒球以一个漂亮的弧线，直击栩如笙额头。

"砰"——栩如笙甚至还没来得及闭眼睛，就被砸得头晕眼花。

……

舒默端着碗吃着面，坐在栩如笙旁边，含糊不清地道："疼吗？"

"你、说、呢！不过，你什么时候会玩棒球了？"栩如笙用鸡蛋敷额头。

"今天刚学会的……"舒默无辜地眨眨眼，"沈骆扬教的。"

今天下午沈骆扬把舒默带去棒球场玩了一下午，对于一个资深宅来说，运动远离她十来年了。结束运动后，舒默何止腰酸背痛，更是一回家就睡得不省人事。

说起沈骆扬，栩如笙就一肚子火："沈骆扬那个坏蛋！仗着自己年长沈山南几岁，从小就欺负沈山南，你怎么能和他同流合污？"

"同流合污？"舒默啧啧两声，"你前几天还说他不容易，今天就用上'同流合污'这种成语了。"

“我那是眼睛瞎了，脑子进水了，脑子被驴踢了，才会说那种胡话！”栩如笙表明立场。

舒默点点头：“放心，我本来就不打算接受他，我会找个机会说清楚的。不过，你是怎么知道沈骆扬小时候欺负沈山南的？”

“啊……这个……”

栩如笙一时语塞，她方才激动了，口不择言，把梦里的事情给说了。要是圆不好，按照舒默对她的了解，准要露馅：“是秦宋说的！沈山南和沈骆扬有个发小叫秦宋，我们公司营销部总监，他是个大嘴巴，人形广播站，他和我聊天的时候说的。”

正在岚城某酒吧花天酒地的秦宋莫名打了个喷嚏。

“哦——这样。”舒默信以为真，“看来你和同事相处得挺好，都能聊这些内幕八卦了。你多和我说说吧，我记下来当素材。”

栩如笙见舒默没再起疑，就和她聊了些沈家兄弟小时候的事。例如沈骆扬从小就是个两面派，在沈城面前，假装关爱沈山南，私下却冷言冷语；沈骆扬做错了事情，就诬陷给沈山南，害沈山南受罚；又例如沈骆扬故意摔碎沈山南母亲的照片，刺激沈山南动手打他。

舒默咬着笔头，看着自己记下的素材，皱着眉头道：“栩如笙同学，我严重怀疑你的描述带有主观成分。例如这句：沈骆扬表情狰狞地对沈山南说道，‘我不会抢你的玩具，也不会抢你的零食，我只会抢走你的爸爸’，说这种话的时候，需要表情狰狞吗？还有这句，沈山南被父亲打得皮开肉绽，鲜血淋漓，奄奄一息，你确定这不是家暴画面？你确定沈老爷子下得了手？”

“你这怀疑得太不合理了，难道你比我了解沈骆扬吗？”栩如笙心虚地反驳。

舒默歪着脑袋思考了一下：“难道不是吗？”

不管是从见面的次数，还是接触的时间，以及沟通的深度来说，都是舒默对沈骆扬更加了解；反观栩如笙，她和沈骆扬只有一面之缘，加上沈山南的梦，勉强算个两面。

栩如笙干笑几声：“好像是哦……但是，不管怎么样，都不能改变沈骆扬恶劣的本性！”

“沈骆扬没你想的那么坏。”舒默反驳，“根据我这段时间和他的接触，我觉得他本性并不坏，只不过小时候经历了太多不美好的事情，所以对所有人都抱着戒心，但一旦卸下心防，他也不过是个普通人罢了。”

栩如笙用探究的眼神盯着舒默：“你居然帮着沈骆扬说话？你俩什么时候关系这么好了？而且他最近约你，你也都出去了。”

“你瞎说什么呢？”舒默心虚地摸摸刘海，“我这不是卡稿了吗？我和他出去就是为了找找灵感，顺便扒一扒豪门恩怨什么的，你别想多了哦。”

“哦——是我想多了，还是你们俩……”

“打住！”栩如笙话音未落，就被舒默否认，“别脑洞大开，我和沈骆扬什么都没有，况且他有未婚妻。”

栩如笙摇摇头，她分明嗅到了一丝暧昧：“舒默小朋友，你摸摸自己的良心，问问自己是不是对沈骆扬动了心？”

“当然没有！”舒默慌乱地合上自己的笔记本，打算逃离现场，却被栩如笙一把拉回了沙发。

栩如笙收起开玩笑的口气，严肃道：“舒默，沈骆扬能把沈山南从沈家逼走，光这一点，他就不是个善茬，以后和他相处的过程中，你千万要多注意，不要一头栽进去。”

“哎呀，你别这么严肃，没你想的那么夸张啦！”舒默捏捏栩如笙的脸颊，“笑一个。”

栩如笙扯了扯嘴角：“我认真的。”

“好啦，我知道啦，到点画画了，我进屋了，你早点休息哦。”舒默不以为意。

栩如笙看着舒默的背影，不由得叹了口气。

月光透过窗户，洒在飘窗上，窗檐下的风铃轻轻摆动，引着栩如笙安然入梦。

这是一个充满悲痛的梦境。

岚城某医院的太平间里，一个三十岁出头的年轻女人，神情绝望地望着一动不动的丈夫。她的脸上没有一滴泪水，却依旧无法隐藏她的悲痛。

一个八九岁模样的男孩，低声呜咽。

“不许哭。”女人的声音空洞清冷，“他不会抛弃我们的。”

男孩死咬着嘴唇，努力不让自己哭出声，但是因为哭泣而耸动的肩膀还是暴露了他的悲痛。

“这是死者的遗物。”

穿着白大褂、戴着口罩的工作人员，将装有遗物的密封袋递给女人。

她伸手去接，手却止不住地颤抖。

她打开密封袋，里面是他们的结婚戒指，以及她在结婚十周年送给他的手表。明明只是两个物件，但是她却犹如捧着千斤重物，不堪重负，跌坐在地。

“妈……”

男孩伸手去扶，却被她轻轻推开：“没关系，我能自己起来，宋宋乖，你先回家，回家后收拾一下行李去找你沈伯伯，告诉沈伯伯，妈妈有事情要处理，你先借住几天。”

“妈……我要和你在一块。”男孩执拗地要拉住女人的手。

女人扯出一丝微笑：“听话，我送走你爸爸，后天就去接你回家。”

男孩一步三回头地离开太平间，他远去的小小背影，满是悲切。

乌云笼罩，电闪雷鸣，光线晦暗。

滂沱大雨冲刷着大地，一个穿着黑色西服的男孩，笔直地立在墓碑前，雨水顺着他的脸颊滑落，分不清是泪水还是雨水。

墓碑上是一男一女的照片，两人看上去三十多岁，笑得温柔，眼里满是柔光，好像这世界于他们而言，没有任何黑暗。

男孩往前走了几步，伸手摸了摸照片，然后抱住墓碑，放声痛哭。

栩如笙很想上前安慰他，但她做不到，她现在不过只是墓地上的一棵树罢了。

一个撑着黑伞的男孩靠近墓碑，栩如笙一眼认出来，这是八九岁的沈山南。沈山南站在男孩身后，一言不发，只是默默帮他遮住大雨。

过了许久，大雨终于停歇，男孩也哭哑了嗓子，流干了眼泪，他摇摇晃晃地站起身来，立住之后，朝墓地外走去，形容枯槁。

这时候栩如笙才看清男孩的脸庞，一个缩小版的秦宋。她震惊不已，平日里嘻嘻哈哈没个正行的秦宋，竟然经历如此大的悲痛。可想而知，他该多么努力，才走出痛境。

沈山南小跑着追了上去，大声喊道："秦宋！"

秦宋停下脚步，转身扯出一丝笑容，哑着声音说道："我知道你要说什么，我没事，不用安慰我。我不会像我妈一样自杀去陪我爸，我会好好活着，连同他们那份。"

沈山南本就不善言辞，又或许他想说的话，秦宋都说完了，他只好一把抱住秦宋："相信我，这一切都会过去的。"

秦宋拍拍沈山南的后背："谢谢你能来。"

画面一转，墓地消失了，沈山南也消失了，只剩下秦宋一人。他正细心打理着花园里的花花草草。

一个男人走进花园，这个男人栩如笙曾在沈山南梦里见过，也在杂志上见过，他是沈山南的父亲。

沈城亲切地叫了秦宋的名字。

秦宋恭顺地放下手里的活："沈伯伯。"

沈城说道："你以后，不要做这些活了。"

"为什么？"秦宋惊慌失措地抬头，"让我留下来吧，我要工作，我得上学。"

沈城心疼地摸摸他的脑袋："傻孩子，你要好好上学，怎么还有时间打理花园，新的管家明天就到。你放心，我会让你接受最好的教育，山南和骆扬有的，你都会有。不要操心生活，你只要好好学习就可以了，这样子，你的父母才能得到宽慰。”

秦宋愣了几秒，他的表情写满不可置信，过了良久，他才说道：“谢谢您，我以后一定会报答您的。”

“我做这些，不是为了让你报答我。”沈城拍拍秦宋的肩膀。

秦宋低着头，用力揉了揉眼睛，吸了吸发酸的鼻子，又抬头看看沈城的背影，心里坚定了要报答沈家的念头。

一个熟悉的人走进花园。栩如笙认得出来，那是沈骆扬。

彼时的沈骆扬已是个十几岁的大男孩了，身高也高出了秦宋许多。

他居高临下地看着秦宋，眼里满是鄙夷。

秦宋绕开沈骆扬，继续浇花。

但沈骆扬却不依不饶，挡在了秦宋面前。

秦宋仰起头，瞪着沈骆扬。

沈骆扬嘲笑道：“在我爸面前装乖巧，在我这里发狠吗？秦宋，我以前还真不知道你这么有心机。”

“我没有！”秦宋感激沈家，但是从来没想要攀附沈家。

沈骆扬抢过秦宋手里的水壶：“以后，你是沈家的第三个儿子了，这种粗活，不适合你。”

“还我。”

秦宋急红了眼。

他的父亲是沈城的发小，也是沈家的管家，这个水壶，是他父亲生前常用来浇花的，几年都不曾换过。虽然打理花花草草本不该是他的工作，但是他乐在其中，并且还经营了一家花店。平日里，秦宋父亲在沈家工作的时候，秦宋的母亲就负责照看花店。

沈骆扬别有深意地看了一眼水壶，恍然大悟，嘴角忍不住露出微笑，缓缓举起手臂，重重将水壶砸碎在地。

“秦宋，就算你顺利进了沈家，你也永远只是沈家的养子，是个没爹没娘的可怜虫。你最好安分守己，不要妄想和我争些什么，否则这个家你是待不下去的。”

难以想象，一个十几岁的孩子口中，竟能说出如此恶毒的话来。

秦宋看着地上的碎片，握紧拳头，咬牙切齿，理智却告诉他，不能对沈骆扬动手。

“沈骆扬！”

沈山南小跑到秦宋面前，将秦宋护在身后。

他冷着脸反击：“刚才的话，你对你自己说吧，沈家只有我一个亲生儿子，你表现得再好，你也不过是沈家的养子！你才是那个没爹没娘没家养的野孩子！”

显然，沈山南的话戳中了沈骆扬的软肋，沈骆扬的脸色逐渐变得难看，直到……他动手打了沈山南。

那是沈骆扬第一次打沈山南，用尽自己全身的力气和积压了多年的愤怒。

秦宋看到沈山南挨打，便推了沈骆扬一把，于是三人扭打成一团。

奈何沈骆扬年长了他们许多岁，所以即便有秦宋护着，沈山南也还是挂了不少彩。

可想而知，最后除了秦宋，沈城惩罚了沈骆扬和沈山南。

时光飞逝，在时光的缝隙中，栩如笙看到秦宋和沈山南一起成长，一起学习，一起生活。直到沈山南出国留学回来，秦宋搬离沈家，陪着沈山南创立IDEA。

刺耳的闹铃声让梦境戛然而止。

阳光晴好，栩如笙却是带着沉重的心情醒来，她睁眼的第一个想法是希望秦宋拥有幸福快乐的未来。

可是，明明用棒球砸脑袋的时候，是舒默在她身边，可最后怎么是入了秦宋的梦？难道用棒球砸脑袋根本不是入梦的关键？

她仔细回忆那日和沈山南相处的细节，以及昨日和秦宋之间的所有互动，终于找到了共通点——肢体接触！

她和沈山南回校那日，因为被棒球砸到失去平衡，和沈山南发生了拥抱；而昨日，她在剪沈骆扬的名片时，秦宋握住了她的手腕。

也就是说，因为发生了身体接触，所以入了对方的梦。只要避开身体接触，就可以破解这个困境了！那么以后的夜晚她依旧会在连接现实的自己的梦中，拥有无所不能的能力，足够保护自己周全。

知道了关键后的栩如笙轻松地哼着小曲上班去。许是心情舒畅，工作起来也格外顺利，她甚至还主动给沈山南煮了咖啡、烤了蛋挞。

沈山南刚好批阅了昨日的文件，便吩咐道："按照部门分类，送到各部门负责人手里。"

栩如笙笑嘻嘻地接过文件，回到自己位置上坐好分类，然后按照各部门楼层分布，依次给各部门负责人送去。

送到营销部的时候，她不过刚踏进一步，就收到了营销部全体女员工探究的目光。她尴尬地笑笑，在全体女员工的注目下，走向秦宋的办公室。

不比私下的嬉皮笑脸，秦宋这会儿正认真地处理工作。栩如笙心想，都说认真的男人最帅，果然看起来比平时顺眼了些。

但是想到昨晚的梦，栩如笙便有些同情，秦宋的童年不比沈山南幸福，想着想着看他的眼神就忍不住带上了关爱。

秦宋接过文件，尴尬地笑笑，栩如笙的眼神有些熟悉，似乎昨日她就是拿这个眼神看着沈山南，他当时还打趣沈山南来着，果然天道有轮回啊。

"栩助理，你能不能收敛一下你慈母般的眼神？"秦宋扯出一丝笑容。

栩如笙眨眨眼，表现得太明显了吗？她很想鼓励秦宋，但又觉得不该将梦里的事情暴露，欲言又止。

秦宋无奈地笑笑："你要是继续这么盯着我，你暗恋我的谣言会越传越烈。"

恍然大悟，难怪她方才进来的时候大家都盯着她看，原来这个谣言还没散："秦总监，既然您知道这是谣言，那我能不能提个小小的请求？"

“如果你能收起你的目光，我就答应你。”秦宋表态。

栩如笙立马收起关爱的眼神：“找个机会和大家解释一下吧，我去说总有越描越黑的效果。”

继上次被沈山南误会后，林姐也私下来向她确认这事，她自然是否认了，但看林姐的神色，竟然更相信谣言所说。于是，她想着既然解释无用，就让时间慢慢冲淡。不承想谣言一点消散的迹象都没有。

秦宋露出一副受伤的模样：“你是觉得和我传绯闻很丢人？”

“啊？”栩如笙没料到他是这个反应，“不是这个原因。”

秦宋点点头：“那我们干脆试试吧，也算不辜负大家的期望。”

栩如笙满头黑线，秦宋这人果然只有工作的时候是个正常人。她调侃道：“我看大家也蛮期待你和公司刚签的代言人发展一段的。”

他无奈地摇摇头：“沈山南身边的人果然都有张利嘴。好吧，我认输，我会找个机会解释清楚的。”

栩如笙笑着道了声谢，便离开了。

栩如笙还没回到十六楼就收到沈山南发来的消息，确切地说，是沈山南发给兔子小姐的消息。

沈山南：听说最近新上映的电影评价不错。

她边走边笑，平时高冷如他，原来追求女生的时候，也和常人一样。

兔了小姐：是啊，评分也高。

沈山南：我看今天天气不错。

兔子小姐：所以？

沈山南：今晚是个看电影的好时候。

栩如笙进了电梯，忍不住笑出声来。

兔子小姐：敢情你出门看电影还要算一卦。

沈山南：看在我算了一卦的分上，今晚一起看电影吧。

兔子小姐：我觉得戴着面具去电影院会吓到小朋友。

沈山南：不在电影院，在我家。

兔子小姐：晚上有点事，时间稍微迟一些可以吧？

事实上是，太早了她睡不着啊……

沈山南：只要你能来，几点都不迟。

栩如笙看着屏幕幸福感满满溢出来。

“叮”一声，电梯到达十六楼，电梯门一开，栩如笙一抬头，就看到沈山南的扑克脸，她连忙将手机锁屏。

他走进电梯，冷冷道：“陪我出去一趟。”

栩如笙“哦”了一声，觉得沈山南这反差有点大。

电梯下行期间，沈山南拿出手机，对着屏幕一顿敲。结果他刚刚发完消息，栩如笙的手机微信提示音“小主小主——你的好友给你发微信了”响彻电梯。

沈山南奇怪地看了她一眼。

栩如笙不明所以地回看了他一眼，她手机有信息，他关注个什么劲。结果一打开微信——

沈山南：你喜欢小怪兽吗？

原来沈山南在给兔子小姐发消息。她心虚地看了一眼沈山南，好在他自顾自地玩手机，没再关注她。

她赶紧打开设置，准备关掉提示音，但消息提示音再次响起。

沈山南：我家里有很多小怪兽模型。

栩如笙没顾得上回信息，赶紧关闭提示音。

但似乎有点迟了，沈山南疑惑地盯着她的手机看。栩如笙开始冒虚汗，大脑飞速运转，组织语言，正要开口解释：“其实是因为——”

话还没说完，却被沈山南打断：“你的提示音为什么和我的不一样？”

沈山南的微信提示音在没有关闭的情况下，是“嘟嘟”，而栩如笙的却是“小主小主——你的好友给你发微信了”。

“啊？”栩如笙一时间没反应过来，她以为自己要穿帮了，结果沈山南问的是微信消息，“啊，那个，我下了个App，里面有各种提示音，我觉得好玩，就把微信消息提醒也换了一个……”

沈山南把手机递到她面前："我也要。"

栩如笙赶紧给他下了一个一样的App。等到了车上，沈山南忙于开车，她则是把提示音一个个打开给他挑选。

然而一路上挑了上百个，沈山南的反应无非都是一般。

栩如笙看屏幕看得眼睛都干涩了，他还是没挑到中意的。栩如笙无力地说道："沈总，你直接告诉我方向或者需求好吗？提示音太多了，一个个听，十天半个月也听不完。"

沈山南略微迟疑了下，才缓缓说道："'小兔子蹦蹦跳跳地来啦'……大概是这种……"

"噗——"栩如笙忍不住笑出声来，高冷如沈山南，微信提示音的取向也太萌了，"这种一般要定制，我帮你上传要求，24小时内你就会收到提示音。"

等她操作完了，车子也停下了，栩如笙一看，竟然是超市。上班时间，总裁带着助理逛超市是个什么套路？

许是上午的关系，超市里人并不多，甚至有些冷清，除了一些专职家庭主妇外，几乎见不到上班族的身影。栩如笙觉得这样也好，省得被公司的人撞见了，又得惹出谣言来。

沈山南带着栩如笙走到零食区，淡淡道："挑一些女生爱吃的零食。"

"嗯？"在栩如笙听来，他的口气就和平日给她布置工作时毫无差别，"挑零食？我还有一堆的活没做完，你竟然让我来帮你挑零食？"

况且，沈山南平日根本不吃零食，这明显就是给别人买的，对方一定是个女生，或许还是她的情敌，一想到这儿，她就无法心平气和。

"现在五月，你六月毕业，毕业后马上转正，工资上涨百分之五十。"

栩如笙眼睛一亮："包在我身上，挑零食我最在行了。"

按照IDEA的惯例，毕业后还需要见习三个月才有机会转正，转正比例是1:3，栩如笙现在却能跳过这个阶段，别说是挑零食，就算是挑衣服、挑包包都不在话下。

“很好，以后我需要你的时候，你都要用这种积极饱满的态度来回应。”沈山南说道。

沈山南看到她雀跃的模样，忍不住愉悦起来。其实按照栩如笙的在校成绩和实习情况，在IDEA转正是迟早的事，而转正后，工资本就会上调百分之五十，他现在不过是把转正时间稍微提早了些。

“没问题！”栩如笙拍胸脯保证。

栩如笙推着车，沈山南跟在一旁，两人时不时讨论一下零食，从背影上，和谐得像一对新婚夫妇。

然而，事实是——

“这个不行，膨化食品容易上火。”

“这样吗？”

“巧克力容易让人发胖，是女生的天敌。”

“那为什么女生还喜欢甜食？”

“这个好，这个健康。”

“健康归健康，但是你都不喜欢吃，你确定其他女生会喜欢？”

栩如笙心虚地看看货架，再看看地板，她确实是答应帮他，但是可没说会认真帮，明明知道对方是情敌，还要帮着心上人去讨好情敌，这算个什么事？

“看电影的时候大家一般吃什么零食？”沈山南不耻下问。

看电影？

栩如笙恍然大悟，他这是在为晚上的约会做准备：“早说嘛！”

“嗯？”

“我的意思是，我早说了我会帮你的，我肯定会好好干。”她笑得灿烂。

沈山南虽然不知道她为何突然兴致高涨，但她的笑容总是能感染他，让他忍不住心情愉悦：“走吧，去那边看看。”

下班后，栩如笙一刻都没耽误，直奔家里，拉上卧室窗帘，洗漱上床睡觉，她越早入睡，和沈山南相处的时间就越多。

舒默看看挂在西边的太阳，再看看床上的栩如笙，倚在栩如笙卧室门口，疑惑道：“你是身体不舒服，还是今天上班太累了？”

“我在梦里有个约会。”栩如笙闭着眼回答。

舒默：“在梦里能和谁约会？”

“出去的时候帮我把门带上哦。”栩如笙说道。

舒默耸耸肩：“晚安。”

但栩如笙的入睡之旅并不顺利，她尝试数绵羊、听音乐、冥想，但奈何一点困意都没有。她甚至求助舒默，让舒默在床头讲故事。

但不管怎么努力，仍旧是毫无睡意。

舒默合上《格林童话》：“故事讲完了，我画画去了。”

栩如笙从被子里伸出手拉住舒默的衣角，可怜巴巴地眨眼：“不要放弃我。”

“不是我想放弃你，是周公放弃你了。十点了，我该开工了。”舒默扯回自己的衣角，“这次我签了很棒的公司，就靠这本漫画一炮而红了。你就躺着数数绵羊吧，我保证数到一万就睡着了。”

失去外援的栩如笙，毅然决然掀开被子，开始仰卧起坐、平板支撑、俯卧撑、深蹲、蛙跳。就这样，时间一分一秒过去，十一点的时候，已经运动一个小时的栩如笙，神采奕奕地坐在床边。

她觉得舒默说得没错，周公已经放弃她了。但是今晚是她和沈山南的第一次约会，说什么也不能错过。她换了身衣服，戴上面具，决定让小助理栩如笙代替兔子小姐赴约。

十一点半，栩如笙到达沈山南家门口。

夜色朦胧，清风徐徐，送来花香，吹散忧愁。

嗯……也有吹不散的忧愁。栩如笙忐忑地深吸一口气，鼓足勇气按下门铃，祈祷着：千万不要穿帮。

过了良久门才打开，门内是穿戴整齐的沈山南，门外是戴着面具的栩如笙。

沈山南解释道："我以为你会从三楼进来。"

他一直在三楼的消防窗口等着，却没想到兔子小姐今天竟像普通人一样从大门进来，但转念一想，这或许是兔子小姐对此次约会的重视。

面具遮住了栩如笙的心虚和尴尬："不好意思，我来得有点迟。"

"不管你何时到，我都觉得刚刚好。"沈山南笑起来，明亮如星辰。

沈山南在儿时读过一段话——

如果你说你在下午四点来，从三点钟开始，我就开始感觉很快乐，时间越临近，我就越来越感到快乐。

他当时很疑惑，等待的过程难道不该是煎熬吗？为何会快乐？

但是今天他感悟了这句话，他知道她会来，那么这个等待的过程本身就是幸福，快乐的来源是她。

栩如笙被他的笑容晃了眼，平日里见惯了不苟言笑的沈山南，没想到他笑起来，如此明亮干净。

"不进来吗？"

"啊？"栩如笙回过神来，"哦，谢谢。"

栩如笙来过沈山南家两次，第一次顾着逃命，第二次忙着逃跑，来得突然，走得匆忙，从未好好参观过他家。在此前，她最熟悉的地方是他家厨房的柜子，宽敞无异味，但是藏人的话，还是略显拥挤了些。

今天，她头一次从大门进去，从容淡定地参观这座宅子。

一楼客厅十分敞亮，舒适柔软的浅灰色布艺沙发搭配几个黑色靠枕，深咖色地毯柔软舒适，简约的抽象派壁画和整体风格一致；厨房和餐厅均为开放式，以一个吧台隔开；大厅正上方是一盏白色鹿角吊灯；客厅拥有一个大落地窗，窗外是一个小花园。

栩如笙很喜欢这样的北欧简约风，让人感觉很舒适。

二楼是沈山南的卧房、健身房和客房，他的卧房栩如笙是去过的，健身房和客房她不便参观，也没兴趣参观。

"三楼是电影院，四楼是游戏厅。"沈山南一边带她上楼一边介绍。

栩如笙从三楼的消防窗离开过一次，她依稀记得三楼空荡荡的，一眼就能看完，什么都没有，怎么短短几周时间，三楼就变成电影院了，再说了，正常人也就装一个家庭影院，谁会整一个电影院出来。

等到达三楼时，栩如笙发现三楼多了个门。

沈山南为她推开门，她这才信了他的话，三楼是个迷你电影院。一个等候区，一个售票区，一个零食区，一个影厅。

零食区整齐摆放着今天早上从超市采购来的零食，另外还有一台爆米花机和一台饮料机。更神奇的是，零食区竟然有工作人员——一个智能机器人。

“顾客您好，我是全宇宙第一可爱的兔子小姐的专属机器人小Q，请问要点什么？”

所以在沈山南眼中，她是全宇宙第一可爱？

栩如笙藏住唇边的笑意，但是幸福却忍不住从眼神中溢出。

沈山南笑着示意她点餐。

栩如笙走上前去:“一桶爆米花,两杯可乐,一包薯片,一盒巧克力。”

“好的，请稍等。”机器人下好单，开始备餐。

栩如笙看着机器人忙碌的样子，觉得很有意思。看来沈山南早就考虑到她不方便去电影院这一点，否则短短一天，如何能折腾出一个迷你电影院。

两人一起抱着零食走向影厅，推开影厅大门，栩如笙更加喜欢这里了。这个影厅和普通电影院的VIP厅相差无几。正在播放广告的大银幕、可以调整高度的沙发、放零食的旋转托盘、柔软的毛毯等一应俱全。

这时，沈山南从兜里拿出两张票：“我们的座位在5排3号和4号。”

“噗——”栩如笙忍不住笑出声来，“哪来的电影票？”

他淡然道：“听说约会的时候，男生要先买好票。”

她有些错愕，现在这个样子，就像是一个真实的约会。可是，兔子小姐是不可能被曝光的，继续这么下去真的没关系吗？

沈山南引着她找到座位，放好零食后，从旁边的位置拿起一个礼盒：“希望你能喜欢。”

“这是什么？”栩如笙接过礼盒。

他笑笑：“打开看看就知道了。”

她好奇地打开礼盒，里面是一个白色兔斯基面具，同样是兔斯基面具，但和她现在戴的有些不同，这个面具只有一半，脸的下半部分可以露出来。

栩如笙诧异地看着他：“我有面具，为什么……”

“听说女生看电影的时候要吃爆米花、喝可乐。”

这款面具，是沈山南亲自设计的，材质更是试验了上百种。

栩如笙轻轻抚摸面具，她判断不出是什么材质，但触感有些微凉，而且面具很薄，贴合度很好，是一款很适合夏天戴的面具。

这样的用心，让她忍不住心生欢喜：“谢谢。”

栩如笙借着到洗手间的机会换上了沈山南送的面具，之后的两个小时，她和他一起看电影，一起吃爆米花，一起喝可乐，就像一场……真正的约会。

但只有栩如笙知道，美好的事物往往不能长久。不久之后，作为兔子小姐的她将要离开沈山南的生活，只有这样，小助理栩如笙才有机会和沈山南在一起。

电影情节曲折缠绵，男女主人公爱情感人，动听的插曲，唯美的画面，昏暗的灯光，影厅里面气氛和谐美好。

许是沙发太舒服了，抑或栩如笙晚上运动过量了，电影还未结束，她竟睡着了！更可怕的是，当她睁眼的时候，她在三楼影厅外的零食区。

零食区的机器人小Q看着她，系统开始高速运转，最后因为无法识别从天而降的栩如笙而死机。而沈山南的宠物馒头却突然蹿到三楼，朝她亲热地叫唤。

栩如笙捂住馒头的嘴巴，大脑飞速思考，当前的状况让她一个头两个大，沈山南的兔子小姐本该在影厅内，但她却出现在这里，而最大的问题不在于此，而在于她没有带面具，万一碰上沈山南，身份随时可能暴露。

所以她现在首要任务是，不要被沈山南发现。

栩如笙找到电闸，将整栋楼的电源切断，然后溜进电影院，打晕沈山南，将落在影厅的面具戴到脸上。

之后，她又重新连上整栋楼的电源，回到三楼。但已经迟了，她回到三楼时，沈山南已经醒了，而且他正打开机器人的心脏，取出了一张记忆卡。

“你在做什么？”栩如笙心虚地问。

沈山南转身，眼里满是惊喜：“你回来了？我还以为……”

“以为什么？”她有些紧张道。

“没什么。”

沈山南以为，她走了。

栩如笙见他似乎还未起疑，便试探道：“你在做什么？”

“哦，这个。”沈山南看看手里的卡，“刚才突然断电了，断电前，我听到馒头一直叫唤；断电后，我被人打晕了；醒来的时候，发现你不见了，小Q死机了，我想看看是不是这中间发生了什么。”

“是我！”如果不找到真相，沈山南肯定会坚持看监控，“是我打了你。断电之后，一片漆黑，我听到影厅内动静，担心有人闯进来，就顺着动静给了对方一拳，之后我就出来看看，奇怪的是，没有任何异常，断电也只是跳闸了，这么看来，可能我听到的动静是你发出的。是我误会了，对不起。”

沈山南点点头：“没关系。我也检查了，确实只是跳闸。不过，为以防万一，我们还是看一下断电前发生了什么。”

“啊？好啊。”她嘴上说着好，但内心忐忑不安，想着如何掩盖过去。

沈山南打开电脑，正要插上记忆卡，栩如笙突然捂住心口，“哎呀”一声。

沈山南关切道：“怎么了？”

“我觉得心脏有点难受。”栩如笙握住他的手腕，“你能扶我去休息一会儿吗？”

沈山南立刻把记忆卡扔在电脑旁，他露出担忧的神情，转身扶着她走向等候区，而栩如笙则悄悄往后伸手将记忆卡攥在手里。

栩如笙坐好后，沈山南拿出电话。她瞟了一眼他的手机屏幕，正在拨号，对方是吴医生，连忙制止：“不用帮我叫医生，我只是最近太疲劳了，有些心律不齐，小毛病而已。”

沈山南迟疑了下，挂了电话。

“能给我一杯热水吗？”她虚弱道。

三楼只有饮料，拿热水需要去厨房，她需要把沈山南引开。

他点点头，毫不起疑地下楼。

栩如笙竖着耳朵，听到他的脚步声愈发小声，才放心地松开手心，一张小小的记忆卡出现在她眼前。但是她该怎么处理，他才不会起疑呢？

直接扔了？找不到记忆卡的话，沈山南会更加怀疑今晚发生的一切。把记忆卡破坏到无法读取的状态？那沈山南一定会追究是谁动的手脚。愁人，太愁人了。

这时候馒头摇着尾巴扑向栩如笙，她摸摸馒头的脑袋，计上心来。

她用锐器把记忆卡的芯片刮坏，然后扔给馒头玩。馒头似乎对记忆卡很有兴趣，欢快地用爪子拨来拨去，然而记忆卡既薄又小，它怎么都无法从地板上抓起记忆卡，反倒把地板抓出了几条痕迹。

栩如笙听着脚步声，感觉到沈山南在靠近，便佯装生气喊道：“馒头！”

馒头疑惑地抬头看看她，然后继续和记忆卡做斗争。

沈山南听到她的声音，匆匆赶到，却只能看到馒头用爪子在破坏记忆卡的芯片。他将热水递给栩如笙后，才捡起记忆卡。

他拧着眉头，将记忆卡随手放到一旁。

栩如笙带着歉意：“对不起，我刚才想看看小Q有没有看到什么，结果不小心把卡掉到地上，就变成你现在看到的这样子……”

“没关系。反正也没出什么事，看与不看也无所谓了。”沈山南舒展眉头，如果是她的话，他选择无条件信任，“怎么样？你好点了没有？需要我送你回去吗？或者留下来休息一晚再走？”

一颗粉色子弹击中栩如笙的心脏——留宿请求，这个发展会不会太快了？

她十分矛盾：怎么办怎么办？好想留下来啊。可是这么发展下去，小助理栩如笙就会直接出局，兔子小姐和沈山南也不会有结果，啊啊啊，好纠结，好纠结。

沈山南见她一直不言语，误以为是自己唐突了，便主动说道：“抱歉，我没考虑周全。我送你回去吧。”

“啊……”栩如笙面具下的神情有些失落，“不用麻烦了，我休息一会儿可以自己回去。电影很好看，今晚谢谢你。”

“这个电影院每天都为你开放。”沈山南看着她，眼里带着爱意。

栩如笙咬咬牙，狠心道：“我要离开岚城了，以后应该没有机会再来了。”

“为什么？”沈山南难以置信，这个消息于他而言，犹如晴天霹雳。

栩如笙一时间也扯不出什么理由来，只好说道：“很抱歉，我不能告诉你，因为这是一个机密行动。”

“去哪儿？”

“嗯？”她当然也不知道去哪儿，但既然他问了，就挑一个远的说吧，“去非洲，那里需要我，我要去守护正义与和平。”

沈山南沉默不语。

云层聚集，遮住星月，夜空失去了光辉，黯淡无光。花园里的蟋蟀不再鸣唱，萤火虫也躲进了草丛。

万籁俱寂。

这个夜晚沉默得让人害怕。

而另一边，岚城街头的某个大排档，舒默醉醺醺地趴在桌上。桌上几碟下酒菜几乎是原封未动，但几瓶烧酒都已见底。

大排档老板娘拍拍她："小姑娘，醒醒，我们要打烊了呀。"

舒默已然醉倒，毫无反应。

这种事情，老板娘也是见多了去了，要是个男的，也就不管了，反正钱都付过了；但是一个小姑娘家家喝成这样子，不管也于心不忍。

老板娘从舒默包里拿出手机，按照通话联系的时间，打给了最近联系的人。

"哎，你好，这个手机的主人在我这里喝醉了，我要打烊了，你快来把人接走，我这里是……"

十分钟后，沈骆扬出现在大排档。

老板娘终于可以安心收摊了。她一边收拾，一边絮絮叨叨："你们小年轻啊，别动不动就吵架，吵不吵日子不都得过下去。人家小姑娘晚上哭了一宿，你赶紧把人领回去，哄一哄就没事了。"

沈骆扬知道老板娘误会了，也没吭声。他把舒默抱进车后，舒默似乎睡醒了，又开始"嘤嘤嘤"哭着闹着要下车。

沈骆扬便把车停在一边，带她在附近走走。为了防止她乱跑，沈骆扬一直牵着她的手。

舒默意识不清地看着两人拉在一起的手，甩了甩，没甩开："怎么……粘在一起了？"

"怎么了？为什么哭？"沈骆扬摸摸她的脑袋。

被他这么一问，舒默又瘪着嘴哭起来了："嘤嘤嘤，我被解约了……我明明那么认真画画，为什么要和我解约？不管提什么修改要求，我都能做到，为什么不相信我？呜哇哇哇哇——"

沈骆扬松了一口气，原来是因为漫画："不哭了，我帮你告他们违约。你的漫画很好看，会有新的出版社找你的。"

"真的？"舒默眼泪汪汪地看着他。

沈骆扬点点头。

"我……"舒默刚开了口，就忍不住犯恶心，吐到了沈骆扬的外套上。

沈骆扬连忙先用袖口帮舒默擦干净嘴巴，然后才扔掉外套，又去附近的便利店买了水和纸巾，帮舒默擦拭干净，再让她用水漱口。

之后，舒默又昏昏沉沉睡了过去。

沈骆扬用舒默的钥匙开了门，却看到客厅里有一个兔子面具，这个面具他再熟悉不过了。他没想到，面具的主人竟然是舒默……

沈骆扬将舒默送回卧房，凝视着她，心里五味杂陈。

他心心念念要除去的人，屡次被舒默救下。舒默和沈山南之间，到底有什么关系？他一直在追查面具人的下落，现在查到了，这人却是舒默，他该怎么办？

沈骆扬在舒默额头轻轻一吻，安静地离开了。

第八章

可恨之人必有可怜之处

阳光明媚的初夏六月，IDEA却一直处在低气压中。因为沈魔王将加班变成了常态，公司日常运营仿佛被按下了双倍快进键，业绩自然提高了许多，但全体员工却是叫苦不迭。

当林姐拿到本周的第三份辞职报告时，她幽幽地叹了口气：“这么下去，人都要走光了。”

“你说沈总最近是怎么了？我们公司不是一直号召理性工作，弹性休息吗？”A同事提出疑问。这么一提起，大家纷纷觉得很不对劲。

“沈总是受什么刺激了吧？”B同事附和，“我听说，沈总打算开拓非洲市场，这太不正常了。”

C同事提出自己的意见：“会不会是失恋了？”

“不可能，你觉得他有可能谈恋爱吗？他要是谈恋爱，我直播吃椅子。”B同事反驳。

“哈哈，这是你说的，我给你们看个照片。”D同事神秘兮兮地拿出手机，“当当当当——你们看。我呢，对吃椅子直播没兴趣，请客就好。”

大家立刻凑上前去，照片上的场景是沈山南正在买巧克力，他边上站着一个女生，但是因为拍摄角度的问题，女生的脸被巧克力挡住了。

周简蕴恰好到人事部交一份材料，听到大家的讨论，不免有些来气："你们哪只眼睛看到沈山南谈恋爱了？"

说罢抢了D的手机，将照片删除："警告你们，不许胡说。"

大家一哄而散，觉得没趣。

周简蕴离开人事部，气冲冲地到十六楼，因为她认出了照片里的女生，那是栩如笙！她本来就觉得栩如笙不同意换岗是别有目的，现在看来，果真如此。

"叮"的一声，电梯门打开，周简蕴"噔噔噔"踩着高跟鞋，气势汹汹地向栩如笙的位置走去。

栩如笙从座位起身，正要开口问她有什么事情，结果却——

"啪！"

一个巴掌声响彻十六楼。

与此同时，沈山南和秦宋谈完工作，从办公室出来，目睹了这一幕。沈山南正要上前，却见栩如笙毫不犹豫，抬手还了周简蕴一巴掌。

秦宋拉住沈山南，让他暂且看着。

周简蕴不可置信地捂着脸："你竟敢打我？"

"这一巴掌是还你。"栩如笙面不改色道。

栩如笙这半个多月以来，一直和他人保持距离，不发生肢体接触，所以这半个多月来，她不曾入过别人的梦。但因为周简蕴的这一巴掌，今晚十有八九会进入周简蕴的梦境，凶险不得而知，她觉得，还一巴掌，轻了。

周简蕴气得不轻："你勾引沈山南不说，你还敢打我？给你一个机会，立刻、马上向我道歉。"

"既然是你先动手，那你先道歉吧，之后，我会向你道歉。"栩如笙冷冷说道。

周简蕴嘲讽道：“我道歉？我凭什么道歉？可笑。你到底还想不想在IDEA待下去了？”

栩如笙正要反驳，沈山南的声音响亮地替她解围。

“栩如笙能不能在这里待下去，我说了算。至于你，被开除了。”话是对周简蕴说的，但是沈山南却一直看着栩如笙。

周简蕴不害怕沈山南对她冷心冷肺，因为他对谁都如此，但他现在维护了栩如笙，这让她怎么释怀：“你为了她开除我？”

“离职手续我会交代人事部，你可以直接走。”沈山南面无表情道，“秦宋，送她回周家。”

周简蕴愤恨地瞪了栩如笙一眼，气急败坏地离开了。秦宋耸耸肩，无奈跟上。

栩如笙则是给了沈山南一个白眼，他还真是会给她拉仇恨，这么一来，周简蕴该恨不得杀了她吧。

沈山南见她左脸颊已经有些红肿，便让她提早下班。

栩如笙当然不会客气，简单收拾了东西就下了楼。因为左脸颊已经肿得相当显眼，她便一路低着头，步履匆匆。

行至公司门口时，不慎撞到迎面走来的人，那人扶住栩如笙，用温柔的嗓音致歉：“抱歉，你没事吧？”

栩如笙下意识地甩开对方的手：“我没事，是我没看路，对不起。”

“栩如笙？”

她听到自己的名字后抬头，眼前人正是沈骆扬。

她好看的眉拧在了一起，她今天是造了什么孽，先是和周简蕴发生肢体接触，后是沈骆扬，看来今夜凶多吉少。

沈骆扬的目光停在她的脸颊上：“如果你在IDEA待得不开心，致力科技随时欢迎你。”

这句是真心话，毕竟她也算个人才。

“嗯，我还有事，先走了。”她一想到今夜，哪里还有心思应付他。

夜幕如期而至，栩如笙却盘腿坐在沙发上，用手指撑着眼皮，努力让自己不要入睡。

舒默歪着脑袋看着栩如笙，脸上写满疑惑。

栩如笙眼珠子微微转动，看向舒默：“不用管我，你快去画画。不是说和原公司解约，又签了圈内一线大公司吗，你得把握住机会，咸鱼翻身就靠这次了。”

“可是你这样真的没关系吗？已经一点了，你明天怎么上班？”舒默关心道。

栩如笙挨不住困意点了点脑袋，强睁着眼：“我今天不打算睡了。要是下一次你离开房间的时候，我已经睡着了，你一定要叫醒我。”

“好吧……那我回去画画了……”舒默不放心地一步三回头。

舒默关上房门的一瞬间，栩如笙倒在沙发上，呼呼大睡。

入睡后，正如栩如笙所担心的，她入了周简蕴的梦。在周简蕴的梦中，栩如笙保持着自己原有的样子，而周简蕴……拿着一把大刀，仇视地看着栩如笙。

栩如笙大概知道这是个什么戏码了，无非就是情敌见面分外眼红。对于周简蕴来说，这只是个梦；但对栩如笙而言，这是灾难。因为她在梦里所受的伤，都是真实的。

在毫无反击能力的情况下，栩如笙只有一个选择——跑。

她奔跑在岚城的大街小巷，越过山丘和平原，翻过雪山和城墙；在奔跑中，她经历狂风暴雨，大雪纷飞，电闪雷鸣；在逃亡中，日月如梭，历经一个又一个春夏秋冬。

但不论栩如笙怎么跑，周简蕴都像甩不掉的牛皮糖一样，紧紧跟随。

栩如笙知道自己肯定甩不掉周简蕴，因为这是周简蕴的梦境，但是她不能停下来，她不能受伤，只要她一直跑，跑到舒默将她叫醒，她就能得救。

栩如笙挥汗如雨，她实在没想到，周简蕴知性优雅的模样之下，竟有这么暴力的一面。

“栩如笙，你竟然勾引山南哥哥，我今天就要让你知道，他是我的！”

栩如笙在心里不住地抱怨：都说红颜祸水，蓝颜更甚啊！

“我不喜欢沈山南，而且沈山南已经有喜欢的人了！”不管有没有用，栩如笙都要试试撇开自己和沈山南的关系。

周简蕴拖着一把大斧头，慢慢靠近栩如笙，斧头把地面划出一道深深的痕迹：“你还敢狡辩？你们要是没关系，你们会一起逛超市？你是不是当我傻？”

超市？原来是因为超市的事情，知道原因这就好办了。

“你真的误会了！沈山南找我去超市，是为了给他喜欢的人准备零食！”栩如笙连忙解释，“他说要约人看电影，所以让我帮忙准备，如果我拒绝，他就开除我，我也没有办法啊！”

周简蕴停下脚步：“真的？”

栩如笙如小鸡啄米般点点头：“比钻石还真！”

“那你说说，他喜欢什么人？”周简蕴问道。

栩如笙有些为难：“我不知道，他没和我说。”

周简蕴一阵冷笑：“不知道的话，那你刚才说的，我一个字都不信，受死吧！”

周简蕴拖着大斧头跑向栩如笙，栩如笙只能继续狂奔。乒乓球大小的冰雹从天而降，砸得栩如笙无处可躲，回身一看，周简蕴那儿却是天朗气清。

栩如笙大喊：“不带这样的！”

不知道跑了多久，也不知道跑了多远，但栩如笙觉得自己已经跑不动了。眼看着周简蕴要追上了，栩如笙内心一片荒凉，关于死亡，她想象过许多画面，但不承想，会死在周简蕴手里。

正当栩如笙要放弃的时候，眼前出现一道门，她欣喜地跑了进去，周简蕴则被关在了门外。

门内是一个明媚而忧伤的世界。

这是一个孤儿院，这里的孩子本该天真无邪，却都带着一丝忧伤。孤儿院的空地上，孩子们跑跑跳跳做游戏，暂时忘记了悲痛。

一个十岁左右的男孩，坐在孤儿院的铁围栏边，孤零零的一个人，一言不发，一动不动。

栩如笙觉得这个男孩有些眼熟，再定睛一看，竟发现他是沈骆扬！虽然他的穿着和发型与进入沈家后差异很大，但模样没有太大变化。

过了良久，一个五六岁的女孩出现在铁围栏外。她穿着粉嫩嫩的蓬蓬裙，头上扎着斑点红蝶结，脚上是一双干净得发亮的红色小皮鞋，和铁栏内的那些孩子形成了鲜明的对比。

因为小女孩的出现，小骆扬脸上的表情变得生动。

小女孩将肉嘟嘟的手臂从围栏的缝隙伸进去，然后摊开手，一颗裹着亮粉色糖纸的水果糖在她的手心发亮。

阳光很好，糖纸折射出美丽的光。小骆扬接过糖果，放进自己的口袋。

“你今天不吃吗？”小女孩奶声奶气地问。

小骆扬拍拍口袋：“我要把它藏起来，一直带着。”

小女孩因为他的回答“咯咯”笑：“小哥哥，你真傻，我明天还给你带，你不用一直藏着。”

小骆扬脸上的笑容逐渐消失，他低着头，手紧紧贴着放糖果的口袋。

“你怎么不说话呀？”小女孩软软糯糯地问道。

小骆扬抬头，勉强扯出一个微笑：“你明天不要来了。”

“啊？为什么啊？你讨厌我了吗？”小女孩慌张道，“我不缠着你讲故事了，也不缠着你出来陪我玩了，你不要讨厌我啊，我明天还来好吗？”

小骆扬将手伸出去，摸摸小女孩的脑袋：“不是那样的，我怎么会讨厌你？只不过我明天就要走了，不在这里了。”

“你要去哪儿？”小女孩眼泪汪汪。

小骆扬有些失神："我也不知道那里是哪里，可能是一个比孤儿院要好的地方吧……"

次日，沈城带着秘书来到孤儿院，办理了领养小骆扬的手续。

孤儿院院长十分开心，大多数父母都偏爱领养年纪小的孩子，小骆扬这个年纪，几乎已经没有被领养的可能了，没想到岚城最有名的生意人领养了小骆扬。

小骆扬却并没有表现出欣喜，只是淡然地收拾着自己的行李，在其他孩子羡慕或嫉妒的目光中，离开自己住了快十年的房间。

沈城看了看小骆扬的行李，无非是几件衣服和一个汽车玩具，他忍不住流露出心疼："这些都不要带了，等回了家，我给你买新的。"

小骆扬看了看汽车，顺从地将行李放在地上。那个汽车，是他唯一的玩具，他心里满是不舍，但他丝毫没有表现出来。因为他知道，眼前这个男人，即将成为他的父亲，他要听话，才有机会得到更好的未来。

"以后，你就随我姓沈，沈骆扬。"

小骆扬点点头。对他来说，姓什么都无所谓，只要能让他好好上学，不再因为没有父母而受人歧视就可以了。况且，他原本就没有姓……

听说，他一出生就被父母遗弃在公园，还听说，他父母连名字都没来得及给他取，他的名字，是送他来孤儿院的好心人给他取的。

姓氏是为了感恩父母，但他没有需要感恩的人。

沈城拉着小骆扬，离开了孤儿院。

孤儿院院长看着崔秘书离去的背影，喃喃自语道："是在哪里见过吗？为什么这么眼熟？"

"笙笙！笙笙！快醒醒！"

栩如笙听到舒默在呼唤她，栩如笙慢慢脱离沈骆扬的梦境，回归到自己的本体。

"笙笙？你醒啦？"

栩如笙睡眼蒙眬地点点头："几点了？"

"五点。"

五点，外面的天，还只是灰蒙蒙亮。

可是栩如笙不敢再睡了，万一又入了周筒蕴的梦，还不知道有没有命醒过来。

自从入了周筒蕴和沈骆扬的梦之后，栩如笙变得更加小心翼翼。条件许可的情况下，她都尽量戴着手套，甚至为了避免挤公交时不小心发生肢体接触，她早起一个小时步行去公司。

兔子小姐从沈山南的生活中消失了，但奇怪的是，沈山南似乎在逐渐恢复正常，IDEA的高压态势消除；更奇怪的是，沈骆扬也消停了，没有了任何小动作。

晚上，栩如笙在梦里拯救世界；白天，沈山南就是她的整个世界。日子就这么如流水般慢悠悠地过去，眨眼就到了秋季。

但栩如笙没想到，这般宁静的生活是暴风雨的前奏，可怕的事情将要发生。当真相一层层剥开，之后的事情愈发不可控制。

正如沈山南所说，孤儿院那么多孩子，沈城为何要领养他？领养一个已经具有思维和记忆的十岁孩童，沈家什么都没问，偏偏挑中了他？是因为仁慈和怜悯吗？

不，不是，是因为内疚。沈骆扬多年前一次寻找亲生父母的时候，就知道他现在的一切是自己母亲的死换来的。

但是随着成长，随着对沈家了解的逐渐深入，他才意识到，他找到的真相只怕是冰山一角。

沈骆扬回到孤儿院，找到孤儿院院长。二十多年过去了，她依旧记得沈骆扬，因为他是从这个孤儿院里走出的"最幸运的孩子"。

"你那时候已经十岁了，我们已经放弃有人领养你的希望了，没想到，岚城最有钱的人决定领养你。从沈家做出决定到带你走，前后不过一天时间。我当时想，你这一辈子或许会变得不一样，现在看到你，我更加确定我是对的。"孤儿院的院长六十多岁，但看着比同龄人苍老许多，说话也不是很利索，“你不知道，你有多幸运。”

“幸运吗？”沈骆扬并不这么认为，他的幸运是建立在他出生的不幸之上，因为被父母抛弃了才凸显了别人口中的“幸运”。

他的记忆是从四五岁开始的，那时候他不知道自己和其他孩子有什么差别，他会有自己的喜怒哀乐，以为大人会来哄他。五岁那年，他偷吃了一只鸡腿，被厨师打得半死不活，他才意识到，孤儿院不是自己的家。再大点，他终于发现，孤儿院的孩子和外面的孩子不一样，他们没有父母。

之后，他变得沉默寡言，也变得出奇地听话，因为这样他才能获得更多被领养的机会。有许多次，他觉得自己会被领养，甚至有一对夫妇答应第二天来接他，可奇怪的是，最后都不了了之。刚开始，他会去问院长，院长只是说，尊重他们的选择。再后来，他就不问了。

九岁那年，他认识了一个小女孩。她当时三岁左右，因为和父母走丢了，被孤儿院食堂买菜的阿姨捡到暂时带回来。

小女孩来了之后一直哭，谁都哄不住。他觉得她很吵，孤儿院里面的孩子，不会这么肆无忌惮地大吵大闹，因为没人会来哄，也没人会心疼。所以他厌恶那个孩子，因为她有父母撑腰，所以才敢这么吵闹。他甚至坏心眼地认为，假如她父母找不到她，她就会变成孤儿院众多孩子中的一员，到时候她就会变得温顺懂事了。

到饭点的时候，大家都齐聚在食堂里，她仍旧是哭。但当他端着饭菜从她面前走过，她神奇地停下了哭声，并且拉住了他的袖子。

他下意识地护住了自己的饭菜。

可是，她眼泪汪汪地望着他，他便心软了，他想着，毕竟她还只是三岁的奶娃娃，哭闹也正常。于是，他将自己的饭菜分了一半给她，还把他唯一的汽车玩具给她玩。

熟悉了环境之后，小女孩便不哭了。她变成了他的小尾巴，他走哪儿她就跟哪儿。

三天之后，几个警察来到孤儿院，小女孩的父母把她接走了。

之后，小女孩常常来孤儿院找他，直到他被沈家领走，他便再也没见过她了。

却不想，过了二十多年，他们竟然重逢了……

沈骆扬从回忆中抽离："院长，你还记不记得送我来这里的人长什么样？"

院长拧着眉思索了良久，摇摇头："过去这么久了，不记得了。"

"送我来的人就没有留下什么吗？"沈骆扬不死心地问。

院长迟疑了下，说道："没有，就算有，过去这么久了，怎么可能还留着。不过……"

"不过什么？"

"你被沈家领养的那天，来了好些个人，有一个人我一直觉得很面熟，后来等他们走了，我想起来，那人好像就是当年送你来的人。但是我细想了下，又觉得不大可能，哪有把孩子送来再领走的道理？"

沈骆扬被领养的时候十岁，他记得他被领养的那天，来了三个人，沈城、崔秘书以及沈家司机老高。老高一直在车上等着，院长所说的眼熟的人，不是沈城就是崔秘书。

沈骆扬离开孤儿院后，拜访了崔秘书。打从沈城不管公司的事之后，崔秘书也不再当秘书，而是在公司里混了个闲职。正经事一件没干，反倒坑了公司不少钱。

沈骆扬接手公司的时候，多次建议他荣誉退休，都被沈城拦下。

夜色渐浓，沈骆扬沉着脸从崔家离开。

从崔秘书闪烁的言辞中，他可以肯定当年领养的事情没有他想的那么简单，但是为什么崔秘书不肯坦白？到底有什么是他不能知道的秘密？

他在车上坐了许久，然后给侦探社打了个电话："帮我查一个人。"

几天后，他收到调查结果，结果显示沈家二十多年前的司机老高还在世。

这个高司机当年从沈家辞职的时候，也就是三十多岁的年纪，却游手好闲，嗜赌成性，曾经因为抢劫蹲过几年监狱，出来后，还染上吸毒的恶习，导致债台高筑。

通过侦探社，沈骆扬顺利找到了高司机。

高司机被套着头套绑到一个废弃工厂，侦探社的人审问高司机，沈骆扬在幕后听，他必须亲耳听到真相，任何转述他都不相信。

头套一被摘下，高司机就开始哭爹喊娘地求饶："别打我了，我现在是真没钱，再给我一周，不，三天，我保证能弄到钱。"

看高司机的反应应该是经常被追债，这样的话，事情就更好办了。

"别嚷嚷了！我问什么你答什么，如果你说的都是真话，我会给你一大笔钱，要是敢糊弄我，你别想活着走出这里！听明白没有？"

高司机忙不迭地点头，这种好事他不干才傻。

"听着，沈家二十多年前从明兴孤儿院收养了一个孩子，你知道这事吗？"

这个事情高司机印象太深了："知道知道，是我开车去的。那天是我儿子生日，我没陪他，我儿子很生气，把生日蛋糕给砸了，我回家后，把他揍了一顿。"

"停！问什么答什么，别废话。"

"哦哦。"

侦探社的人按照沈骆扬的需求提问："你知道被沈家领养的孩子是谁吗？"

"知道，沈骆扬嘛，现在岚城有谁不认识他。"高司机笑笑，仿佛在嘲笑侦探的智商。

侦探忍住想打人的冲动："你知道沈家为什么要收养沈骆扬吗？"

"哦——"高司机恍然大悟，"原来是找我打听这事，呵呵，说吧，你们打算给我多少钱？"

通过那件事情，高司机已经捞了不少好处，当年他正是仗着知道这桩丑闻，才敢辞职。他没想到，这么多年过去了，还有人在关注这个事情，对他而言，这就是一个捞钱的大好机会。

侦探迟疑了，派人去请示沈骆扬，得到指示之后，继续审问高司机。

此时，高司机面前摆了一个密码箱和一支枪，侦探冷冷说道：“要么你把事情说了，拿着钱走，要么我们送你上路。”

高司机看了看密码箱，有些不屑，这些钱远不够他还高利贷：“再加一倍。”

高司机话音刚落，“砰”的一声，一颗子弹擦过他的手臂，他呆若木鸡。

“再废话一句，就废了你的手臂。”

高司机连忙摇头：“我说我说。”

……

半个小时后，高司机抱着一箱子钱乐不可支地离开了工厂，而沈骆扬回到家，面色阴沉，眼神冷冽，他紧握着拳，极力克制着自己的情绪。

回到自己的房间后，沈骆扬最终还是没忍住心里的怒火，将自己的卧室给砸了。

沈骆扬十多岁开始调查自己的身世，他查到自己的母亲是因车祸而死，而肇事车辆正是沈家的车。所以他一直认为沈家收养他，是沈城出于对母亲的内疚。

但是经过后续的调查，他才知道，养育他二十多年的养父正是自己的亲生父亲！是自己的父亲害死了自己的母亲，而他的父亲将他从母亲的身边夺走，送到孤儿院。待他孤苦无依过了几年后，由于沈城的某种私心，他才被接回沈家。

而今天，他终于知道为什么沈城抛弃了他，却又在他十岁那年收养了他。

虎毒不食子。该是如何狠心的人，才下得去手使得孩子和母亲分离，剥夺孩子的幸福童年？

第九章

我喜欢的那个人，戴着兔子面具

沈骆扬销声匿迹了许久，没了沈骆扬的捣乱，栩如笙追求沈山南的热情更甚，她本以为兔子小姐消失了，她就有机会了，但事与愿违。

公司上下都觉得沈山南恢复了正常，但只有栩如笙察觉到，他比以前更加不爱言语了。直到有一日，栩如笙发现他卸掉了微信，她决定背水一战。

那是一个周六，馒头有些精神不振，由于沈山南加班，栩如笙便主动请缨，带着馒头去了宠物医院。晚上，馒头恢复了精神，她带着馒头去海边散步，加班结束的沈山南前来接馒头回家。

那日，她准备了很长的一段话，但当她看到沈山南的时候，却一个字也记不得。

沈山南冷冷道：“大晚上把我叫来海边，难道是为了让我看海吗？栩如笙，你怕是不想要这份工作了吧。”

龙凤头度假村的海风迎面吹来，伴随着海浪呼啸，没有星光烛光，更没有鲜花美酒，大海漆黑无边，夜空黑暗无际。

栩如笙查了日历，说今日万事皆宜，但没想到天公不作美。

“呃……我有话要说。”她支支吾吾。

沈山南看了看手表：“我给你十分钟。”

“这么短？不能给我多点时间吗？我们可以边散步边聊。”她建议道。

话音刚落，天空飘起蒙蒙细雨……

沈山南看看天：“你确定这种天气适合边散步边聊？”

“那我们……换个地方？”她尴尬地挠挠后脑勺。

“我不是来听你说废话的。”

栩如笙深吸一口气，鼓起勇气道：“我说完之后，我可能保不住工作，但是就算是那样，我也要清清楚楚、明明白白地告诉你，我有多喜欢你。你不要惊讶，也不要怀疑，我没有喝醉，也没有发烧，此时此刻的我比刚开始喜欢你的时候更加清醒。我说完了，到你了。”

“哦，我不接受。”沈山南不假思索。

“什么？”

栩如笙预想过他可能会拒绝，但是没料到，他拒绝得这么直接干脆，一句话就把她打发了。按照舒默的漫画情节发展，他不是应该要内疚、纠结或挣扎吗？这时候她就可以哭得撕心裂肺，他便开始有所动摇，然后以此撬开他的心房。

果然……漫画只是漫画……

栩如笙叹了口气：“理由呢？”

沈山南沉默了许久，久到栩如笙觉得他不会回答，但他开口了，好似酝酿了许久的感情——

“我喜欢的那个人，戴着兔子面具。”

栩如笙突然间惊慌失措。

兔子小姐的离开并没有让沈山南讨厌兔子小姐，他的心里依旧只有她。为了兔子小姐，他拒绝了助理栩如笙，可是，她就是她啊……

沈山南话已说完，带着馒头，转身就要离去。

栩如笙思考了许久，同时开始质疑自己的选择。当初兔子小姐的离开是为了成全助理栩如笙，但是现在的情况和她预想的完全不一样，她是否应该向他坦白？

她拉住沈山南的衣角。

沈山南转身，疑惑道："你还要说什么？"

冰冷的口气让她心生胆怯，她不害怕兔子小姐的暴露会给她带来危险，但是她害怕沈山南因此讨厌她。因为《总裁大人禁忌录》中有一条：厌恶一切欺骗的行为。

栩如笙摇摇头，松开了手。

沈山南毫不迟疑地离开了海边。

秋风瑟瑟，雨越下越大，豆大的雨点打在栩如笙身上，她却感觉不到冷。她在海边徘徊了许久，终于下定了决心，她要向沈山南坦白，下一次入梦时，以兔子小姐的身份向他说明一切。

想通之后，她瞬间觉得这雨水有些冰冷，不禁打了个冷战……

当夜，大雨滂沱，狂风呼啸，雨点噼噼啪啪敲打着窗户，惊扰了许多香甜的梦。栩如笙怀着忐忑的心情入睡。

十二点不到，栩如笙睁眼，她环顾四周，欣喜地发现自己身处沈山南家的卧室中，她终于变成"兔子小姐"了？

沈山南穿着睡衣从浴室走出来，头发似乎刚洗过，有些蓬松。

"沈山南……我有话对你说。"她鼓足勇气开口。

沈山南没有看她，也不回答她的话，反倒对着馒头呵斥道："馒头，别胡闹。"

她顺着沈山南的视线望去，馒头正在地毯上撒欢。可是，现在这种时候还管什么馒头？"你先别管馒头，我真的有特别重要的事情和你说！"

但奇怪的是，沈山南无视她的存在走向馒头，她伸出手想拉住沈山南，却动不了。

馒头却突然转头朝她靠近，她在馒头的眼中看到了一根狗狗磨牙棒。怎么回事？她为什么是根磨牙棒？

栩如笙有些慌乱，继续说道："沈山南，你看我，我是兔子小姐，我回来了。”

但是沈山南依旧毫无反应。

馒头叼住磨牙棒栩如笙，丢到一边，栩如笙在地上滚了几圈，头晕眼花，她这才认命地相信，自己是一根磨牙棒。

但是她想不明白，她今天明明没和任何人发生过肢体接触，怎么会入了这样的梦？这里到底是谁的梦？是沈山南的梦吗？

她还没理出头绪来，馒头对她伸出魔爪，重重拍了几下，她有些生气，吼了馒头一句，反正馒头听不到。

馒头却似乎察觉到什么异常，歪着脑袋疑惑地盯着磨牙棒。

沈山南哭笑不得地看着它，他觉得馒头的行为举止特别……像个人。

“你是在……好奇吗？”他说罢又觉得这话有点荒唐，又摇摇头，“我八成是疯了，肯定是今天被栩如笙给扰得神经错乱了，你怎么可能好奇？”

栩如笙抬头哀怨地看了他一眼：我都这样了，你还说我坏话。

沈山南摇摇头，自我否定。他上床盖好被子，然后命令道：“馒头，回去睡，出去的时候帮我关门。”

馒头“汪”了一声表示抗议。

“耍赖对我没用。”沈山南关了灯说道。

一束月光透过窗帘的缝隙溜进卧室，卧室晦暗不明。

关灯后，馒头对磨牙棒失去了兴趣，栩如笙终于松了一口气。

馒头迅速跳上床，钻进沈山南的被子，用吃奶的力气将他拱下床。不得不说，一只近六十斤的成年哈士奇还是很有力气的。

由于这一切发生得太突然，沈山南甚至还没反应过来，就已经滚到地上了。

“啪”的一声，灯亮了。

沈山南坐在地上，看着床上的哈士奇，大眼瞪小眼。

栩如笙看着沈山南的狼狈样，有些解气。

馒头得意地摇着尾巴，威风凛凛地沿着床边走了一圈，颇有示威的意味。然后四脚朝天往床铺中间一躺，表示这个地方它占了。

沈山南打算将哈士奇抱下来，奈何它死抓着床单不松手。他觉得，这一架不能输，便用力一扯，连狗带床单一起抱起。

哈士奇扯着床单，让床单在空中划出一道美丽的弧线，然后覆盖住沈山南。

馒头扑腾了几下，挣脱床单的笼罩。

“你今天是怎么了？我平时就是这么教你的吗？”沈山南一脸严肃。

馒头“嘤嘤嘤”低叫了几声，然后蹭了蹭他的脸颊，表示自己知错了。

“撒娇也没用。”

馒头在地上来回滚了几圈。

“打滚也没用。”

馒头可怜巴巴地盯着他。

沈山南抚额，不晓得的人，还以为他虐待了狗：“你可以和我一起睡，但是，不许胡闹，闹钟没响之前不许叫我起床。做得到吗？”

虽然平时馒头偶有赖在他卧室睡觉的习惯，但像今天这样锲而不舍还是头一回。馒头听罢，灵活一跃，跳上了床，满足地闭上眼。

栩如笙的眼前突然陷入一片黑暗，等她猛地再次睁眼，已经从梦里醒了过来。她这才恍然大悟：“原来是入了馒头的梦！”

栩如笙的推测是，因为她照看了馒头一整天，和馒头有了接触，所以夜里入了馒头的梦。这就意味着，她以后不仅不能和人发生肢体接触，就连动物也不能碰。

这……都是什么事啊？

她仰天长啸：“苍天啊，我到底什么时候才能变回兔子小姐啊？”

窗外的风雨逐渐停歇，夜晚恢复了宁静，月亮也摆脱了乌云，露出了亮光。皎洁的月光透过窗户，洒在床上。

哈士奇趴在被子上酣睡，但沈山南却无论如何也睡不着。不管是沈骆扬还是兔子小姐，都有太多疑点。

沈骆扬的身世，沈山南从中学就开始调查，如他所料，沈骆扬确实是他的哥哥，同父异母。但是，还有许多谜团一直无法揭开，就好像有人在刻意隐瞒一样。

其一，沈骆扬是被谁送到孤儿院的？沈骆扬被送进孤儿院的时间，要早于沈骆扬生母出车祸的时间，明明生母在世，他为何会被送走？而他的生母又为何没去寻他？

其二，沈城——作为沈骆扬的生父，怎么会看着这一切发生而不阻止？难道是因为这段婚外情会影响到他的利益，还是有其他原因？

其三，沈骆扬的生母在沈骆扬被送到孤儿院一个月后，出车祸过世了，肇事的车辆正是沈家的车，是谁在开车，车上都有谁？车祸到底是怎么发生的？

而兔子小姐，更是一个神秘的存在。对沈山南来说，她的出现犹如黑夜的光，照亮他充斥着阴暗的内心世界，但是她似乎在隐瞒什么，甚至不惜从他身边消失。

当初他被沈骆扬逼上君山，兔子小姐为何会找到栩如笙前来帮忙，而她自己当时又去哪里了？在沈山南的印象中，栩如笙从未和兔子小姐打过照面。

更令他费解的是，他对兔子小姐总有一种莫名的熟悉感，这种熟悉感常常在栩如笙身上出现。

难道是因为栩如笙认识兔子小姐？

这么一想，似乎就通了。合理解释了为什么兔子小姐会找栩如笙帮忙，为什么他会在栩如笙身上产生兔子小姐的熟悉感。再联系今晚栩如笙告白一事，兔子小姐离开一事也能理解了。

沈山南忍不住感慨：兔子小姐强悍的个性之下，是善良柔软的内心。栩如笙简直就是一个巫婆啊。

“呼——呼——”

沈山南警觉，谁在打呼？

一扭头，居然是馒头……

次日，随着朝阳冉冉升起，卧室逐渐明亮，沈山南在馒头热情的爪子拍打下醒来。

他给自己简单地做了早餐，金枪鱼蔬菜三明治，热腾腾的煎培根，色泽诱人的溏心蛋，搭配一杯香气四溢的黑咖啡。

“馒头，吃过早餐，我们去医院复查。”

馒头循着香气爬上了餐椅，嘴都已经快凑到餐盘上了。

“下来。”沈山南呵斥道。

馒头回头幽幽地看了沈山南一眼，不情不愿地爬了下来。咬着沈山南的裤管，呜咽地表示自己想上桌吃饭。

沈山南看了看纹丝不动的狗盆，心生疑惑。栩如笙不过带了一天馒头，馒头就变了个样，看来以后不能让栩如笙帮忙看狗。

他不知道，和栩如笙过了一天的馒头，不再是一只只吃狗粮的哈士奇了，栩如笙带着它尝遍了各种美食。但出于对馒头的健康考虑，沈山南只会让馒头吃狗粮。

馒头盯着餐桌，流下了哈喇子……

早餐后，沈山南带着馒头去了宠物医院。蹲在副驾驶座上的馒头忽然一个激灵，从窗户探出脑袋，进进出出的人手里抱着猫狗鼠兔，还有极个别的抱着松鼠。

想起昨日被白大褂按着打针的经历，馒头有些抗拒这里。

沈山南停好车，帮馒头打开车门：“下来吧。”

馒头摇摇头，扒着副驾驶座不撒手，哦，是不撒爪。

“下来。”

“汪！”就是不下。

僵持不下了许久，沈山南动手将它抱了下来。馒头在他怀里胡乱挣扎，慌乱间，爪子划过他的脖子，留下了四道红印。

但胳膊拧不过大腿，馒头还是被沈山南带进了医院。趁着沈山南和医生聊天，它想伺机逃跑，奈何被工作人员看得严严实实，最后因为多次“潜逃未遂”，被工作人员套上了狗绳……

馒头含泪咬着狗绳，它的主人变了，不爱它了，它想念昨天陪它玩的小姐姐。

工作人员见这哈士奇反应奇特，还纷纷凑上前来逗它，它冷哼一声，把头别开。

“有什么症状？”医生问道。

沈山南回答：“饮食习惯突然转变，不吃狗粮，喜欢培根三明治之类的；性情大变，变得特别黏人，感觉被换了个狗……”

医生慎重道：“一般来说，疾病、绝育手术、受到重大打击或虐待、生活环境或生活方式突然改变，都可能导致狗性格突变。”

“没有虐待，生活环境也没有改变，更没有接受绝育手术，那也就是说，馒头有很大概率是生病了？”沈山南推导出结论。

医生点点头，认可了他的观点：“很有可能，所以馒头要接受详细的检查。”

馒头听到“检查”二字立马竖起了耳朵，“汪汪汪！”

它开始蹦蹦跳跳，以示自己非常健康。

“一说检查，它就慌了，这狗很通人性的样子呢。”一个身材凹凸有致的漂亮女护士对沈山南说道。

“嗯。”沈山南淡淡地回。

但是对方依旧是百折不挠：“我也养了一只哈士奇，一直呆呆的样子，改天我能向你取取经吗？哎呀，你脖子上怎么出血了，我帮你处理一下吧。”

漂亮护士显然是看上了沈山南。

“汪汪汪！”

哈士奇对着漂亮护士狂吠，吓得护士一惊，连连后退到沈山南身后。

馒头淡定地坐在地上，手口并用，解开狗绳，将护士从沈山南身边撵走，然后大摇大摆坐在沈山南身边。除了栩如笙，它暂不接受其他的女主人。

虽然在馒头眼里，栩如笙有些奇怪，一会儿戴面具，一会儿不戴面具，但是栩如笙给它吃好吃的，陪它玩，最重要的是，她不喷香水。

沈山南摸摸它的脑袋："不许胡闹。"

漂亮护士拿着一支大针筒靠近："乖，不要怕，我们抽个血检查一下哦。"

馒头抖了抖，"咻"的一声蹿走，一溜烟跑出了医院。针筒那么粗，太可怕了，它要找栩如笙求安慰求抱抱。

馒头出了医院大门就往栩如笙家的方向跑，路过公交站的时候，瞥了一眼站点，这里距离栩如笙的家大概十三公里。

它似乎并不打算用四条腿跑去栩如笙家，它站在路边开始拦出租车，但竟没有一辆车愿意停下！

唯一一辆停下的出租车，司机探头问了一句："有钱吗？"

馒头摇摇头。

出租车毫不犹豫地绝尘而去。

打车行不通的情况下，馒头走向了地铁站，但由于馒头不是导盲犬，所以还没过安检，就被拦下了。

它垂头丧气地离开地铁站后，远远瞥见沈山南四处张望的身影，不巧的是，沈山南也看到了它，正朝它一路跑来。

情急之下，馒头溜上了一辆公交车。

折腾了半个多小时，馒头终于到达了栩如笙的家。奇怪的是，不论馒头在门口怎么吠，都没人开门。

"叮"的一声，电梯门开了，沈山南从里面走了出来……

馒头下意识地想逃，却被沈山南迅速地逮到。它胡乱挣扎，奈何一点用都没有，五分钟后，它精疲力竭，但依旧是被沈山南死死钳制住。

沈山南笑了笑："你脖子上的项圈，有定位功能，你觉得你能跑到哪里去？"

如果不是因为馒头，他肯定是不会来这里，因为这里是栩如笙的家，想到昨晚海边告白一事，他只想赶紧离开这里。

进了电梯，馒头扒着电梯门不让关上。沈山南挪出一只手关电梯的时候，馒头逮到机会溜出了电梯，然后扒着栩如笙家的大门狂吠。

沈山南察觉到异常：“你怎么了？”

他沉思了一会儿，馒头在门口吠了这么久，都没人出来，要么是栩如笙不在家，要么就是栩如笙出事了。看馒头的反应，栩如笙十有八九是出事了。

沈山南拿出电话：“尤特助，马上找一个锁匠。地址在××花园公寓2号楼703室。”

“好的总裁，大概需要半小时到指定地址。”

“半小时来不及。”

他果断挂了电话，观察了公寓外墙情况，决定利用墙壁上的管道和空调外机从阳台进入栩如笙家。大门的锁破坏不了，但是要开阳台的锁轻而易举。

“你好好待着，哪里都不要去。”沈山南嘱咐馒头，别等他救完人出来，馒头又不见了。

沈山南从走廊的窗户爬了出去，按照计划的路线，顺利地进了阳台，身手利落，完全不像当初那个弱得天天被追杀的人。

其实，打从兔子小姐那一句“帮助弱者义不容辞”后，沈山南就找了教练进行特训，不管是体能还是技巧都有了很大提升。

沈山南进屋之后，打开大门，将馒头放了进来。

馒头循着栩如笙的气味，直奔卧房而去，但不论它怎么叫唤，她躺在床上一动不动。

沈山南紧随其后进了栩如笙的卧室，他发现栩如笙脸颊异常地红，便伸手探了探她的体温，烫得可怕。

“怎么会烧成这个样子……”

他话刚出口，就想起昨夜的事情，昨夜他离开不久，大雨就倾盆而至，难道栩如笙没有马上离开，所以淋到发烧?

沈山南无奈地叹了口气，将人送至医院。

病房内充斥着淡淡的消毒水的味道，一只哈士奇安安静静地守在病床前，夕阳的余晖洒在它白色的皮毛上，染出一层金黄。

房间里还有一个好看的男人，他坐在沙发上闭目养神，他的五官如雕塑般完美，但不知道为何，眉头深锁。

栩如笙睁眼时，觉得自己浑身无力，喉咙干涩，开口说话都困难。她看了看插着针管的手臂，再看看沈山南和馒头，大概明白发生了什么。

“嘎——”她艰难地用公鸭嗓求水喝。

沈山南警觉地睁眼，看到栩如笙醒来，便难得体贴地给她倒了一杯温水。

栩如笙动了动四肢，准备撑着坐起身。奈何高烧了一日，又许久未进食，一丁点力气都使不出来，只能可怜巴巴地望着沈山南。

沈山南又一次叹气，他到底是招了个助理还是招了个祖宗，栩如笙除了给他添麻烦，阻碍他的感情发展，还做了什么好事吗？

他放下水杯，将病床摇起来，又帮栩如笙垫了个枕头在后背，她这才顺利喝到水。

温润的感觉从喉咙滑下去，她如获重生。

“谢谢你啊，沈山南。”栩如笙真诚地说道。谢谢他及时将她送到医院，否则近四十摄氏度的体温烧上一天可不得烧成个傻子。

沈山南一愣。

栩如笙直呼他全名的时候，总让他产生错觉……

“栩如笙，你现在对我已经直呼其名了。”沈山南冷笑着说。

栩如笙虚弱地笑笑，刚进公司的时候，她特别害怕沈山南发脾气，相处久了，她发觉沈山南是只纸老虎，刀子心刀子嘴只针对对手和敌人，对待下属和朋友，他的高冷只是习惯而已。

“现在不是上班时间，我不是你的下属，所以我有权利叫你的名字。”她笑着反驳，“沈山南，你好，我是栩如笙。”

金灿灿的夕阳笼罩着他们，在阳光中，沈山南甚至可以清晰地看到她脸上的小绒毛；她嘴角微笑的幅度，让他觉得熟悉；她说话的口气，让他觉得可爱；她微笑的脸，似乎戴上了一张兔子面具……

一双手从沈山南眼前挥过：“你发什么呆？”

沈山南的目光却跟着那双手，觉得十分熟悉……

“栩如笙，或许……”

栩如笙期待地看着他，心里有些小紧张，毕竟这种开头一般都是用于表白：“或许什么？”

“或许你有没有什么姐妹？”沈山南问道。

她叹了口气，她果然期望太多了，沈山南的脑回路，怎么能和正常人一样：“没有没有没有！”

沈山南一脸莫名其妙，他不过想问问她和兔子小姐是不是亲戚关系，她却发这么大的火：“中气十足，看来是好得差不多了。”

“我……我还很难受，我觉得我可能还在发烧，喀喀……”栩如笙立马换上虚弱的小表情，说话间，忍不住用余光观察着沈山南。

他却又恍了神，将病床上的人，看成了兔子小姐。

“既然你清醒了，我就先走了。”他害怕再待下去，他会更加混乱。

沈山南刚转身，就被栩如笙拉住了衣角。

他回身，看着栩如笙满含失落的眼神，立即联想到了昨夜表白之事。他先发制人：“不准说你喜欢我。”

“我是想说帮我买个晚餐再走……”一阵“咕咕咕”表明了这话的真实性。

沈山南尴尬地咳了两声：“这是VIP病房，到时间了自然会有人给你送来晚餐。”

“VIP？”

他点点头：“不用太感激我，毕竟你要赶紧好起来周一才能去上班。”

“沈总，你觉得我那点工资够住VIP病房吗？”栩如笙扯了扯嘴角，“还是说，你这是为了打击报复昨晚的事？”

沈山南笑笑：“难得你聪明一回。馒头，走，回家。”

“沈山南！你个幼稚鬼！”

走廊飘荡着栩如笙哀怨的声音，沈山南突然觉得解气了。

栩如笙撇着嘴给舒默发短信，问她这次采风什么时候结束。这时，一只鹦鹉扑棱着翅膀停在窗户上，映着夕阳的余晖，它一身羽毛格外色彩分明。

栩如笙忍不住走近，觉得这鹦鹉似乎是家养的，爪子上的脚环也印证了她的猜测："你是迷路了吗？"

她有些心疼地摸摸鹦鹉，又给它喂了些面包屑和水，完全忘记了自己前晚的教训。

岚城的夜已深，崔秘书的书房却还亮着灯。他正和谁打着电话，看神情有些不安，书房里的鹦鹉扑腾了几下，也没能引来他的注意。

"他好像听说了什么？您放心，我什么都没说。"

"可是，我担心瞒不了多久了……"

没一会儿，崔秘书挂了电话，心神不宁地端起桌上的高脚杯，一饮而尽。

半小时后，崔秘书的妻子前来敲门，催促他早点休息。

崔秘书有些无力地点点头，打算和妻子一起回房。但刚起身，他觉得自己头晕得无法站立，旋即跌坐到椅子上。

妻子赶紧上前："老公，你怎么了！"

但是崔秘书无法回答，他开始不断抽搐，并且呼吸困难。

妻子连忙打了急救电话，但救护车还没赶到，崔秘书就陷入了昏迷。送到医院时，都没来得及抢救，医生直接宣告死亡，死因是急性肾功能衰竭。

凌晨五点，栩如笙从噩梦中惊醒，大口大口地喘着气。在医院的这一夜，她睡得十分不安稳，她梦到有人在自己眼前死去。

她看向窗户，天已微亮，天际的一抹金黄预示着新的一天的到来。

她打开窗户，深吸几口气，努力平静自己的情绪。她的梦实在太过于真实，每一个细节，每一帧画面，每一句话，都活生生地在她眼前。她在梦里惊慌失措，却无能为力。

栩如笙平复之后回到病床上，却辗转反侧，无法入眠。时间刚过八点，栩如笙给自己办了出院手续。

回到家后，她终于舒舒服服地睡了一个回笼觉。

这次，她又做了一个梦。在梦里，很多人来来往往，神情悲伤，而在上一个梦中死去的人，在这个梦里，成了一张遗像。

栩如笙惊叹，她的梦，竟然是连贯的。

在陆陆续续前来吊唁的人中，她看到了一张熟悉的面孔——沈骆扬。对此，她有些疑惑。沈骆扬在吊唁后走出了灵堂，趁着无人注意走向二楼。

栩如笙想要跟上，刚抬脚就“扑通”一声，跌在地上，摔了个七荤八素。她用手掌撑着起身，可是……

“这是什么？”

她的声音怎么变了，为什么一开口就是“喳喳喳”？手呢？她哪里还有手，这分明就是一对翅膀！

前来吊唁的亲戚看着她，悲戚道：“养了这么多年，倒是有了感情，这鹦鹉也算是有情有义了。”

栩如笙抬头，鹦鹉？她是鹦鹉？她是鹦鹉！

她这才醒悟，这竟然是一只鹦鹉的梦！难道是昨天在医院的那只鹦鹉！她就不该去碰它！

大家被鹦鹉吸引的同时，沈骆扬顺利地到了二楼，消失在走廊上。鹦鹉扑棱扑棱翅膀，朝二楼飞去。

谁说飞翔的感觉很棒，她不但感觉不大好，还提心吊胆地害怕自己随时会掉到地上。更加不敢往下看，因为会晕，这可能是“晕飞”？好在她不用当一辈子的鹦鹉。

鹦鹉跟着沈骆扬进了书房，悄悄停在书架最上方。

沈骆扬用手帕拿起书桌上的高脚杯，扔到了屋外。

栩如笙有些云里雾里，沈骆扬这是在做什么？而且，这个杯子……似乎她在上一个梦里见过，这个杯子到底有什么秘密？

沈骆扬将手帕收到兜里，朝门外走去，走到门口时，他停下脚步，转身和书架上的鹦鹉对视，然后露出一个诡异的微笑。

这个微笑，似乎在表达胜利，又似乎在嘲讽。

栩如笙强装镇定，在心里默念："这就是个梦，我不害怕。"

但由于太过紧张，栩如笙从梦里惊醒，她摸摸柔软的被子，看看四周熟悉的环境，这才放下心来……

栩如笙躺在床上思考着方才发生的一切，她现在有太多疑问。出事的那个人是谁？是什么原因导致他突发疾病？而沈骆扬和那个人有什么关系？他为何会去书房扔掉一只高脚杯？明明觉得很可疑，却毫无头绪，实在是闹心啊。

"主人——那家伙又来电话啦——"来电铃声打断了栩如笙的思考。

"喂，你好。"

"你在哪儿？"

对方声音有点耳熟。

栩如笙看了看电话屏幕，来电显示是"大魔王"，原来是沈山南的电话，难怪声音这么耳熟："是你啊……"

"你在哪儿？"沈山南重复了一遍问题。

栩如笙没精打采地回答道："家里。"

"嗯。"

嘟嘟嘟。

这就挂了？栩如笙有些莫名其妙，沈山南打电话来就是为了问她在哪里？她在哪里重要吗？难道……

她马上给沈山南回拨了电话："你是在担心我吗？你是不是去医院看望我，发现我出院了，担心我出事，所以给我打电话？"

"你想多了，我只是确认一下你明天是否能来上班。"沈山南冷冷道。

栩如笙意味深长地"哦"了一声："原来如此，为了不辜负沈总的关心，我明天一定会按时到公司。"

第十章
迷雾

次日，乌云密布，一场暴雨即将到来。栩如笙喝着咖啡看着窗外，想着昨天的梦。到底在梦里死的人是谁，他和沈骆扬有什么关系，而沈骆扬为何要将那只高脚杯扔掉？这几个问题一直困扰着她。

没一会儿，豆大的雨点打在玻璃上，噼噼啪啪作响，暴雨终究还是来了。

这时，秦宋从电梯里走出来，神情严肃，步履匆匆，直奔沈山南的办公室而去，甚至没顾得上和栩如笙打招呼。

秦宋进了沈山南办公室后，立刻将门反锁。

沈山南抬头，这么严肃的秦宋可不多见：“怎么了？”

“崔秘书死了。”

“什么时候的事情？怎么死的？”沈山南拧紧眉头。

秦宋“咕咚咕咚”灌了一杯水：“前天晚上的事，说是急性肾功能衰竭。昨天早上你家老爷子和沈骆扬都去吊唁了，今天早上崔秘书的儿子、女儿都回国了，要求尸检，但奇怪的是，尸体已经火化了。”

“这么快就火化了？”沈山南觉得这有些不合常理，子女都不在国内的情况下，竟然匆匆地火化了。

秦宋点点头：“昨天早上吊唁结束后，立马送去了殡仪馆。据说是崔太太大受打击，一蹶不振，沈骆扬受了崔家的委托，帮忙主持了崔秘书的后事，火化的时间也是他安排的。”

沈山南神色凝重，崔秘书虽然已上了年纪，但身体健朗，怎么会去得这么突然：“你有没有觉得哪里不对劲？”

“哪里都不对劲！”秦宋一拍桌子，“打从你家老爷子退居二线后，崔秘书捞了公司不少钱，沈骆扬多少次想把崔秘书弄走，奈何都被老爷子拦下，他俩不对付不是一天两天了，现在人去了，他倒是对崔秘书上心了，我才不信他没阴谋。”

沈山南也有同感：“崔秘书一向健朗，这去得太蹊跷了。沈骆扬这么着急火化，肯定有问题，他一定是怕尸检检出什么来。假设崔秘书的死和沈骆扬有关，那就更奇怪了，这么多年来，他因为母亲的车祸一直针对我爸和我，为什么突然转变目标了？”

“说起这个！”秦宋突然想到了什么，“我的眼线告诉我，崔秘书出事的那天夜里，沈骆扬去找过崔秘书。”

沈山南沉思，崔秘书的死十有八九和沈骆扬脱不了干系，但是为什么沈骆扬会对崔秘书下手？

“我一会儿去一趟崔家，看看能不能打听点什么出来，要是崔秘书的死和沈骆扬有关，我们得趁这次机会扳倒他！”这几年，沈骆扬对沈山南都做了些什么，秦宋比谁都清楚，沈山南蛰伏了这么多年，也该反击了。

“嗯，我同意。”

沈山南和秦宋相视一笑，达成了共识。

秦宋起身离开：“等我好消息。”

秦宋走了之后，沈山南就再也没离开过他的办公室。一直到午饭时间，栩如笙要去食堂就餐前，打了内线电话，提醒他午饭时间到了。

IDEA的食堂宽敞明亮，风格简约大方。就餐员工和后勤人员都保持了良好的秩序。食堂菜色每日都翻新，今天是主打异域名菜，各国美食，应有尽有，让人食指大动。

栩如笙盯着铁板上“嗞嗞嗞”响的牛排咽口水，吃还是不吃，这是一个问题。

她掐了掐自己腰上的肉，觉得自己进公司后似乎胖了不少，思考着要不要稍微控制一下体重。

煎牛排的阿姨关爱地看了一眼栩如笙：“小姑娘今天还是来两块七分熟牛排吗？今天牛排可好嘞。”

“不不不，阿姨，我吃一块就好。”栩如笙连声拒绝。

阿姨给牛排翻了个身：“你这么瘦，吃一块哪里够，今天牛排啊，特别好。”

栩如笙腼腆地笑开了花，她还是瘦的！

“那……给我两块，一份蘑菇酱，一份黑椒酱。”

两块七分熟牛排落入栩如笙的餐盘。她找了可以看到电视的位置，美滋滋地开始午餐。

不得不说，公司的伙食真好，从中餐到西餐，从川菜到粤菜，每天都变着花样来。就连海鲜都做得不比酒店差。要是有一天IDEA在电子科技行业混不下去了，开个饭店也绝对稳赚。

栩如笙慎重地切下第一口牛排，均匀地蘸上蘑菇酱，外焦里嫩，一口下去，满满都是肉汁，简直就是享受。

“致力科技高管崔某在家中突发疾病，不治身亡。据了解，崔某死于急性肾功能衰竭……”

栩如笙被“致力科技”四个字吸引，这不就是沈家的公司吗？想当初沈骆扬就是以致力科技的名义来挖墙脚的。

她抬头看新闻，却发现一张熟悉的脸，新闻里面崔某的样子，和在鹦鹉梦里的遗照一模一样！

“据本台记者调查，由于滥用药、服药后饮酒等用药不规范，我市急性肾功能衰竭患者数量逐年上升，今年同比提高0.5%。再次呼吁广大市民，如有身体不适请及时急诊，请勿自行服用未知药物……”

栩如笙没心思听新闻播了什么，她现在满脑子都在想：沈骆扬和这件事有什么关系？为什么他会偷偷将红酒杯扔掉？

她应该怎么办才好？

大雨滂沱了整日，沈山南托人调查孤儿院一事有了眉目。当年将沈骆扬送到孤儿院的人，正是刚刚过世的崔秘书，而指使崔秘书这么做的人，正是他和沈骆扬的父亲——沈城。

这个调查结果一出，沈山南几乎可以笃定崔秘书的死绝对和沈骆扬脱不了干系，现在他要做的，就是收集证据。

“小兔子蹦蹦跳跳来啦……”

沈山南一愣，他卸载微信已有数月，已经很久没有听到这个微信提示音了，他甚至以为，这个提示音一辈子都不会再响起。没想到……

可是，是谁帮他重新安装了微信？

他打开微信。

兔子小姐：崔秘书的死可能不是意外。吊唁崔秘书那天，沈骆扬偷偷去了书房，从窗户往花园方向扔掉了一只高脚杯。

他回复了两个字：谢谢。

沈山南立刻打了秦宋电话，电话接通过程中，他看着窗外的暴雨，一筹莫展。这种天气下，是否还能留下痕迹？

“喂，山南，我快到崔家了，你收到我让人送去的孤儿院调查资料了吗？”

沈山南点点头：“收到了。另外我还收到一个消息，崔秘书的死可能还有证据。你去崔家花园找找，看看能不能找到一只高脚杯。我一会儿过去和你会合，你自己注意安全。”

“放心，我没问题。对了，我帮你把微信装回去了，你想她，就告诉她，喜欢她，就追求她。千万不要再萌生去非洲开分公司的念头了，我真的一点都不想去非洲。”

“你……”

“你什么你，赶紧的，把该说的话说了，省得以后后悔。我快到了，挂了。”

结束通话后，沈山南有些心神不宁，拿了车钥匙就离开了办公室。

刚刚结束午餐回到十六楼的栩如笙和他撞了个正着：“沈总，您这是要出去吗？您下午两点还有个会……”

“下午所有行程都取消。”

栩如笙还没反应过来，沈山南已经进了电梯，电梯门缓缓关上。

沈山南出发不过十五分钟，就接到秦宋来电。

“我找到你说的东西了，已经碎成碴了。东西我拿到了，但是下了一早上大雨，我不知道还能检测出什么来。”

这个问题沈山南也考虑过：“先送检再说。”

“对了，我刚才碰到崔秘书的二儿子了，就是和我们一个中学的那个。”

“记得。”因为他个崔家唯一一个出淤泥而不染的人，“你们今天碰面了？”

“不但碰面了，还聊了一些关于沈骆扬的事情。因为崔秘书火化的事情，他已经和沈骆扬掐了好几次了。”

火化这个事情一直存有疑点，奈何现在尸骨无存，没办法做尸检。

“我也旁敲侧击了一下高脚杯的事情，他说是崔秘书有点神经衰弱，所以每天晚上睡前都要喝一杯红酒，而喝酒的那只杯子，是他前年送给崔秘书的礼物。”

沈山南觉得真相呼之欲出，现在就差一个关键性的证据了：“嗯，我们一会儿研究所见面细说。”

“砰——”

“秦宋？秦宋！”

电话里只剩嘈杂声。

沈山南立刻掉转车头，转向崔家方向。

仁民医院。

抢救室一直亮着灯，医生护士进进出出。

沈山南自责地等在门外，是他把秦宋卷到和沈骆扬的斗争中，否则秦宋现在也不会鲜血淋漓地躺在抢救室。

时间一分一秒过去，血袋一袋袋送进去。

五个小时后，沈城赶到，正好手术结束，医生满脸疲惫地走出手术室。沈城着急地上前询问："他怎么样了？"

医生的表情看不出喜悲："我们尽力了，至于患者能不能醒过来，还需要继续观察。一会儿我们会将患者转到ICU，家属去办理一下住院手续吧。"

沈城神情悲戚，秦管家出事后，秦宋就像是他的亲儿子一样，他看着秦宋一点点长大，但现在，秦宋生死未卜。

"都是我的错……"沈城喃喃自语，语气悲伤，像一个失去孩子的父亲。

沈山南看着日渐苍老的父亲，心中五味杂陈，自从出国读书后，这还是他们第一次碰面，却没想到是在这种情况下。

"阿南……"

沈山南直视沈城的眼睛："什么都别说了，我一定会让沈骆扬付出应有的代价。"

"不可能是骆扬……"沈城表现出极大的震惊。

沈城不是没想过这个可能，自崔秘书出事后，他就隐约察觉到沈骆扬不对劲。只不过从沈山南口中得到确认，他还是无法坦然接受。

沈山南嘲讽道："这些都是你当年种下的恶果。"

"都是我的错，是我害了秦宋……"

沈骆扬的母亲原是致力科技的普通职员，沈城婚后不久就喜欢上了她。后来她便辞去了工作，住进了沈城为她准备的金丝笼。沈骆扬的母亲怀孕期间，沈城安排秦管家照顾。沈骆扬一出生就被崔秘书抱走，按照沈城的指示，送去孤儿院。

沈骆扬母亲醒来后找不到孩子，难以接受，便跑到沈家求证。秦管家心有不忍，却也只能按照沈城的吩咐，骗她说孩子一出生就夭折了。自此，沈骆扬母亲大受打击，精神恍惚。

一日深夜，岚城大雨倾盆。沈骆扬的母亲在沈家附近等着沈城的车，终于守到沈城的车子出现，便从路边蹿出来拦住了车，司机一时慌乱，错把油门当刹车，将人撞死。

沈城惊慌失措，给了高司机一笔钱，让他扛下了所有事情，在牢里蹲了几年。

听到这里，沈山南明白过来，秦宋是被沈城卷进了这场复仇战争中。因为秦管家早已去世，所以沈骆扬把对秦管家的仇恨转移到秦宋身上，这才导致了今天的车祸。

“如果不是我让秦管家欺骗骆扬的母亲，骆扬也不会报复在秦宋身上，是我对不起秦宋，对不起骆扬。”沈城异常愧疚。

沈山南冷笑：“你对不起的人何止一两个，我的母亲，沈骆扬的母亲，秦管家，还有我，哪个不是你为了一己利益而伤害的对象？”

沈山南的话提醒了沈城，沈骆扬既然已经开始，肯定不会就此收手：“阿南，我们……”

“不是我们，是我和你。”沈山南纠正道。

“他下一个目标一定是我和你，你必须报警，协助警方找到证据，不能看着他一错再错。他是我的儿子，也是你的哥哥啊。”

“我的事情，不需要你来操心，你管好自己吧。”沈山南拂袖而去。

看着沈山南决绝离开的背影，沈城颓然地坐在手术室外的长椅上，仿佛被抽去了所有力气，一下子老了几十岁。

看着秦宋被推出手术室，他的心情更加沉重，他记忆中那个开朗聪明的孩子，现在满身是伤地躺在那里，而他，甚至不敢直视秦宋。

秦宋对他而言，弥补了他和沈骆扬、沈山南情感上的缺失。

沈骆扬一直对他很恭敬，恭敬到毫无真心；而沈山南，打从沈骆扬被领养到沈家，沈山南的笑容越来越少，他们父子之间的沟通也越来越少。

后来，秦宋来了，比起沈骆扬和沈山南，秦宋和他更亲近，更像是他的孩子。

秦宋八岁那年，沈城生日的那天，秦宋送了沈城一幅画，画上有沈城、苏芩、沈骆扬以及沈山南，后来，沈城亲手和秦宋一起在画上补了他自己。

秦宋十岁那年，学校开家长会，沈城刚巧有空，便去了一趟学校，老师一直夸他把孩子教得好，说秦宋比一般孩子聪明许多，成绩一直是年段拔尖。那天，沈城突然有了当父亲的真实感。

秦宋十二岁那年，参加学校运动会受伤，为了不让远在美国的沈城担心，回了家一直没说，直到半夜摔下楼梯，被沈山南发现，才送去医院。沈城当即回国，一下飞机直奔医院。

秦宋十五岁那年，那时候沈山南为了就读大学的事情和沈城关系更僵了，秦宋为了缓和他们父子关系，做了许多傻事。那些事，沈城都看在眼里。

秦宋知道他喜欢吃什么，不喜欢吃什么；知道他平日几点出门，几点回家；知道他爱穿什么颜色的衣服，喜欢什么款式的领带；甚至他皱个眉头，秦宋就会知道他在烦心什么。

每年生日，秦宋都会认真给他准备礼物——领带夹、袖扣、领带、皮鞋、手表、笔记本、钢笔，没有特别贵重的东西，但即便小到一张生日贺卡，他都十分珍惜。因为那些都是秦宋用心准备的。

他和秦宋的共同回忆，远比他和沈骆扬抑或是沈山南的回忆更多，相处也更加自然。

“沈伯伯，这是我给你画的，生日快乐！

“沈伯伯，我拿了年级第一，终于超过阿南了。

“没关系，一点小感冒，我没事的，您快去开会吧。”

一点一滴的记忆被唤醒，沈城更觉伤心。那个他最熟悉的人，满身是伤地被推出手术室，想到伤害秦宋的人是沈骆扬，他不知道该如何自处。

隔着ICU的透明玻璃，沈山南愧疚地看着秦宋，他满身插着管子，戴着呼吸机，完全没了平日的风采。若他现在还有意识，一定会抱怨现在的自己不够帅吧。

沈山南和医生详细了解了秦宋的病情后，又为秦宋找了几个看护和保镖，这才离开医院。

沈山南到家的时候已是深夜，正在撒欢的馒头感受到主人的情绪低落，耷拉着耳朵，跟在他身边。秦宋遭遇车祸对他的打击是巨大的，悲伤和愧疚填满了他的内心。但是他清楚地知道，现在不是软弱的时候，他要做的是阻止沈骆扬继续复仇，否则受害者还会继续扩大，包括他的父亲。

他联系了尤特助："第一，找几个人跟着我父亲，有什么异常马上联系我；第二，打听高司机的下落，找到人就带到我面前；第三，盯着沈骆扬，一刻都不准离开。"

"好的，沈总。"

沈山南打开微信，盯着兔子头像许久，依旧没有勇气告诉她，他现在有多想念她。疲惫和困倦袭来，他靠着沙发不安地睡去。

睡梦中，他始终眉头紧锁。过去的回忆在梦里翻涌，他在沈家的那些年，他失去母亲时的痛苦，得知父亲出轨时的恨意，父亲带回沈骆扬时的迷茫，沈骆扬陷害他时的无助，父亲维护沈骆扬质疑他时的愤怒……那些他最想遗忘的，一直藏在内心深处的过去，都在一夜之间重现。

在梦里，房间昏暗，年幼的沈山南无助地抱着小怪兽，坐在房间的角落，低头不语。

栩如笙"嘎吱"一声推开了房门，踏进他的梦。

小山南警惕地循声看去，眼中满是戒备。

栩如笙小心翼翼将房门关好，停在门边，不再前进。

两人大眼瞪小眼，均是一言不发。

过了一会儿，小山南终是按捺不住孩子的好奇心，开口问道："你是谁？"

栩如笙歪歪脑袋，这个问题有点深奥："我说我是小仙女，你会信吗？"

"原来脑子不好使。"小山南露出怜悯的神情。

她走近，盘腿坐在他的对面，笑着说道："你的小怪兽真可爱。"

小山南别扭地"哼"了一声："不要试图和我套近乎。"

"哟，'试图'这种高级词汇你都会用，你多大了，上几年级了？"栩如笙依旧笑嘻嘻。

他扭头，不回答她的问题。

"看你样子，不过八九岁，你读二年级吧？"

"才不是，我读四年级了！"小山南反驳，"我跳级了。"

栩如笙"哇"一声表示赞叹："很厉害哦——"

她看着小山南有些得意，却又忍住不表现出来的模样，不由得有些好笑，在心里吐槽他从小就是个别扭的个性。

小山南抱着小怪兽的手似乎松了一些："你快走吧，你要是和我说话，沈骆扬会找借口开除你。"

无疑，他将她误会成家里的用人了。

栩如笙得意地一笑："我都说了，我是小仙女，沈骆扬不能拿我怎么样。"

"随便你。"小山南显然不信。

她看着满地的奥特曼，随手拿了一个："我看其他小朋友都喜欢奥特曼，你为什么喜欢小怪兽？"

他低着头，沉默了一会儿，才说道："它们没有战斗力，不会伤害人，只是太孤单，所以总是和奥特曼打架，就算被打也很开心。"

"小怪兽为什么会孤单？"栩如笙问道。

"因为他和别人不一样，没有家人，没有朋友，他只能生活在地下，他很孤单。"他的一番话，已然超出了他的现有年纪。

她有些心疼，在他心里，他就是小怪兽，没有人陪伴他成长，他孤单无助，长此以往，长出了一身尖刺。

他看着栩如笙，缓缓道："不要用同情的眼神看着我，让人很不舒服好吗？”

栩如笙一愣，她刚才有那么一瞬间，将他当作了成年后的魔王沈山南：“我才不同情你，你都不知道你长大以后有多可恶，天天压榨员工，欺负你的小助理，嘴巴还特别坏，个性别扭傲娇。”

“你又瞎说。”他眼里写着两个字——不信。

她翻了个白眼，不管是真话还是假话这孩子都不信，真难伺候：“俗话说‘三岁看老’，你真的是从小就个性恶劣。”

小山南傲娇地“哼”了一声，表示不屑。

栩如笙把他从角落拉出来：“走，我们出去晒晒月光。”

“你干吗？”他挣开栩如笙的手。

她把阳台的落地窗帘拉开，指着月亮：“今晚的月亮又大又圆又亮，我们去花园走走，赏花赏月。”

话音未落，小山南跳起来挂在了她的手臂上：“不要指着月亮，耳朵会被割掉。”

“嗯？”栩如笙随即想到儿时外婆说的故事，小孩子不能用手指指着月亮，否则晚上睡觉的时候耳朵会被割掉，“哈哈哈，我还以为你不信这些传说呢。”

她故意揉乱他的头发：“小孩就该有孩子的样子嘛。”

最后栩如笙生拉硬扯将他带离了那个阴暗的房间。

花园里种满了波斯菊，正值花季，满园盛放。柔软大朵的黄色花瓣在月光下似乎闪着金色的光芒，随着轻风摇曳，身姿绰约。花海中央架了一个秋千，不知名的花藤绕着两侧柱子而上，将秋千和这一片波斯菊融在了一起。

栩如笙的指尖轻轻拂过花蕊，惹起一阵芳香。

“你说你，外面的世界这么好看，你怎么老是在房间待着？”她忍不住吐槽。

他看着波斯菊，红了眼眶，却强忍着不让自己流出眼泪。

栩如笙察觉到异常：“怎么了？”

“这些花……是我妈妈种的。”

原来，沈母知道自己身患绝症药石无灵之后，想到的第一个事情不是绝望，而是如何让小山南继续快乐地长大。她给小山南栽种了一整个花园的波斯菊，给他买了一些基金和房产，委托信任的人打理，离世前把自己所有积蓄以他的名义存在了银行。沈山南只要一成年，就可以接手这些财产。

栩如笙恍然大悟，难怪沈山南大学毕业出国之后就敢和家里断绝往来，原来是沈母给他铺好了路。

她蹲下身子和他平视："你知道吗，波斯菊的花语是永远快乐。你的母亲希望你可以快乐健康地长大，你如果一直逃避的话，你母亲的心思就白费了。

"生而为人，本就不易。你现在不过八九岁，以后你会经历更多磨难，但这些磨难不会将你打倒，而会帮助你迅速成长。你现在所有的悲伤和痛苦，都将是你成长的力量。你要带着母亲的期许，好好活下去，活成你最好的模样，这样你才对得起这满园的波斯菊，才对得起你母亲给你准备的一切。"

小山南认真感悟了这番话，竟然觉得她说得十分有理，不禁对她刮目相看："你说得对！"

栩如笙感动地点点头，心想：我说得太有说服力了，我简直太优秀了！

她决定乘胜追击："那我再给你讲个故事好不好？"

他看着她兴致盎然的样子，恶作剧道："不要。"

"嘴巴长我身上，我管你要不要听。"

于是，在沈山南的梦里，儿时的他荡着秋千，一个自称小仙女的人给他讲了一个关于波斯菊公主的故事——

据说，美丽的波斯菊王国有一位比花还美的公主，但巫婆说，她是个永远的孤独者。这是波斯菊王国里最强的诅咒，没有任何人能够破解这个诅咒。所以，波斯菊公主从小就一个人住在公主城堡里面。

波斯菊公主一个人在城堡里度过了很久很久，她看碧空万里，看日升月落，看潮涨潮退，看春去秋来，看世事无常。但她始终只有一个人，寂寞无时无刻不侵蚀着她的心。

漫长的黑夜里，波斯菊公主常常坐在花园里的秋千上独自哭泣。

日复一日，年复一年，她不知道过了多久，或许是几年，或许是十几年，或许是好久好久，终于，一个来自远方的骑士路过她的城堡。

这是一场华丽的遇见，骑士和波斯菊公主一见钟情，幸福的摩天轮降临，爱解开了波斯菊公主的诅咒。

“这个故事里没有王子，因为只有勇敢的骑士才可以带给公主幸福。沈山南，未来的你也会拥有一个勇敢的骑士，你的骑士戴着兔子面具，她将给你带去幸福。”

阳光从落地窗照进客厅，慢慢笼罩整个沙发，因为强光略感不适的沈山南拧着眉醒来。

喝完一杯水后，他的不适才得以缓解。

他回想起昨夜的梦，眉头逐渐舒展，本该是个噩梦，却因为那个梦里人而成为一个美丽的记忆，可惜他始终记不起那人的模样。

“……未来的你也会拥有一个勇敢的骑士，你的骑士戴着兔子面具，她将给你带去幸福。”

沈山南琢磨这句话，不由得自嘲：“这难道是日有所思，夜有所梦吗？”

在沈山南醒来的同时，城市另一处的栩如笙也迎来了一个明媚的清晨。她离开了沈山南的梦，心满意足地睁开眼。

但是栩如笙的好心情并没有持续多久。当她到达公司的时候，听到有人在讨论秦宋车祸的事情。

她心下一惊：怎么回事？秦宋怎么会出车祸？难道和崔秘书猝死有关？到底是不是沈骆扬做的？

不管这件事是如何发生的，可以肯定的是，秦宋出车祸对沈山南来说都是个不小的打击。栩如笙心里担忧，疾步快行抵达十六楼。

但是到了办公室，又不知道如何开口安慰他，只好泡了一杯咖啡进去。

沈山南似乎有些疲惫，但处理工作依旧没有任何马虎：“早上下班前我会把文件签好放在桌上，你下午上班直接进来拿。”

“那下午……”

“下午的会议取消，通知各部门，需要上会讨论的议题，全部以邮件形式发送给我。”沈山南有条不紊地布置道。

栩如笙在笔记本上认真记下：“那今天晚上和客户的晚餐？”

“晚餐让副总代我出席，让尤特助去我的酒窖挑一瓶最好的红酒送去，就说是我的歉意。”

“好的。”

工作都布置完了，栩如笙还未想到如何开口，欲言又止的样子引起沈山南的注意。

“还有什么问题吗？”

栩如笙连忙摇摇头：“不是不是，我就是问问，有什么我帮得上忙的地方吗？”

“嗯？”沈山南狐疑地看着她。她只是单纯地指秦宋住院的事，还是说她知道的比他想象的多？

在沈山南探究的眼神下，栩如笙知道自己口不择言，便补救道：“我听兔子小姐说的，崔秘书的死、秦总监的车祸好像都不是单纯的意外，她说，如果有什么需要帮忙的地方，希望你可以第一时间想到她。”

沈山南原来就怀疑栩如笙和兔子小姐相识，栩如笙方才的解释，倒也说得通。但是现在的沈骆扬俨然已经被仇恨蒙了心，沈山南怎么能把栩如笙和兔子小姐也拖进危险中来。

“你好好工作就是帮了我。”

栩如笙有些泄气，无精打采地抱着文件离开了他的办公室。

处理完沈山南交代的工作后，她接到了舒默的来电。

栩如笙怀疑沈骆扬的时候，舒默在北方采风，栩如笙当时联系过舒默一次，暗示她警惕沈骆扬，当时舒默明显没有放在心上。

栩如笙问道："你什么时候回岚城？"

舒默："下午的飞机。"

"我去接你。"

舒默："不用啦，我回岚城以后还有个地方要去，等我忙完，我回家找你。"

栩如笙也不坚持，但是想到沈骆扬，便又一次提醒舒默："你最近还是不要和沈骆扬见面了，我觉得他很有问题。"

电话另一头沉默了许久。

"舒默？"

"如笙，其实沈骆扬不像你们想象中的那么坏，他从小就受了很多苦，去了沈家之后也经历了很多，他一直很努力，他本质并不坏。"

栩如笙听出了舒默的言下之意："可是，他也没有你想象中的那么纯良，这世上没有绝对的好人，也没有绝对的坏人，沈骆扬打小在孤儿院长大，确实经历了很多苦难，我也很同情他。但是不能因为同情而忽略了其他。他最近对沈家做了很多事情，还牵扯进了一桩命案，你不要因为喜欢就失去了理智。"

电话另一头又是许久的沉默。

"舒默……相信我好吗？暂时不要和沈骆扬见面了。"栩如笙继续劝说。

"我会找他问清楚的，你不要太担心我。等见面了细说吧。"

嘟嘟嘟……

栩如笙对着已被挂断的电话无奈地叹了口气，然后给舒默发了一条短信：照顾好自己，有什么事情第一时间联系我。

当天下午，沈山南离开公司，去了一趟研究所，去拿高脚杯碎片的检测报告，由于大雨冲刷，高脚杯碎片上检测不出任何有毒物质残留。

沈山南捏着那一纸报告陷入沉思。如果无法证明崔秘书的死不是意外，那沈骆扬在这个事件中间将毫无嫌疑。

他决定亲自去一趟崔家。

崔家依旧沉浸在悲戚之中，尤其是崔家的二儿子，形容枯槁。

“节哀。”

崔家二儿子摇摇头：“我做不到，山南。我根本不相信我爸是死于急性肾衰竭，我每年都陪他去体检，他的身体情况我很清楚，虽然年事已高，但不至于突发疾病而去。”

沈山南拍拍他的肩膀：“你的心情我理解。”

“看在我们同学多年的分上，帮帮我。”他拉住了沈山南的手，“除了你和秦宋，我根本不敢相信其他人。”

沈山南坦诚道：“秦宋昨日从你家离开后，就遇到车祸，现在还在医院里昏迷不醒。我相信你的话，我也相信崔秘书的死和秦宋的车祸都不是意外。”

“秦宋怎么会出车祸？”他震惊不已。

沈山南不想将他也扯进这个复仇的旋涡，便隐瞒了部分事实：“他把你父亲平日喝酒的高脚杯碎片带走了，可能那杯子里有什么线索。”

“你们是怀疑有人下毒？”

沈山南点点头：“是。所以你如果有想到什么可能性，及时和我说，我会帮你，我不会让秦宋白白躺在医院。”

“嘎——”

一只鹦鹉扑棱着翅膀停在沈山南肩上。

崔家二儿子将手臂伸到鹦鹉面前：“下来。”

鹦鹉叫了两声，跳到他的手臂上。

“不好意思，让你见笑了。这是我爸养的鹦鹉，打从我爸去世后，它就不服管了。前两日还飞到了外面，好在没多久就回来了，要是这鹦鹉没了，我爸该多难过。”

沈山南表示理解：“没关系。”

他怜惜地抚摸鹦鹉的羽毛：“这几日我疏于照顾，这鹦鹉的羽毛都不如以前鲜亮了，这黏糊糊的也不知道沾了些什么。哦，不好意思，我又自说自话了。”

“没事。如果有其他我可以帮得上忙的地方，不要和我客气。”

崔秘书满腹坏水，他的二儿子却是个正直善良之人。沈山南、秦宋和他，三人同学数年，虽说不是至交，但同窗情谊也算不薄。

“谢谢你，山南。”

沈山南在他的带领下，又去了崔秘书出事的书房。

沈山南发现，正如兔子小姐所说，书房窗户外面是个小花园。但是远在非洲的她是如何得知的？

难道……她回来了？

栩如笙看着沈山南空空的办公室，思绪万千。

她怕疼、怕受伤，更怕死。沈骆扬现在就是个疯子，假如她掺和进去，沈骆扬肯定不会放过她，可是秦宋出车祸了，沈山南孤立无援，他需要她。

她决定以兔子小姐的身份回归，帮助沈山南揭穿沈骆扬的阴谋，保护他不受伤害，等事情圆满解决之后，她就坦然地将真相告诉他。

可是……沈骆扬到底为什么这么丧心病狂？如果说他此前针对沈山南是因为亲生子和养子之间争夺家产的矛盾的话，那他为什么要杀了崔秘书，还伤害了秦宋？这些事件之间有什么联系？

她现在该怎么做才能帮到沈山南？思前想后，她决定冒个险。她将工作处理完之后，去了致力科技，点名要见沈骆扬。

“您有预约吗？”前台礼貌地询问。

栩如笙迟疑了一下：“你和你们沈总说，栩如笙要见他，如果他拒绝，我就走。”

“那……好吧。”

前台联系了秘书室，当沈骆扬的秘书告知栩如笙来访，他颇有些意外：“让她上来。”

没一会儿，栩如笙出现在沈骆扬办公室外面，她深吸一口气，告诉自己不要紧张，她一定可以成功的。

“沈总。”

沈骆扬客气地起身迎接，依旧彬彬有礼：“请坐。”

她有些拘谨地落座。

“我以为你不会来找我。”沈骆扬微笑着说。

要不是为了沈山南，我才不来，她心想。

栩如笙努力让自己笑得真诚：“是吗？我以为您应该猜到了，毕竟致力科技对我一个新人提出如此丰厚的待遇，我很难不心动。”

沈骆扬眼里含着笑意，但是栩如笙看出了他的怀疑。

此时，沈骆扬的秘书端着咖啡进来，走到她面前的时候，她伸脚一绊，秘书一个不稳，咖啡悉数泼到沈骆扬身上。

栩如笙赶紧抽了纸巾给他擦拭，甚至还碰到了他的手。

沈骆扬似乎不喜欢别人触碰，礼貌地和栩如笙拉开了距离：“没关系，我自己来。”

秘书惶恐地道歉。

沈骆扬扶了扶眼镜，非但没有责骂，还关心道：“我没事，不用担心。你有没有被烫到？”

“没有。”

“你的衣服好像也溅到了咖啡，快去清洗一下吧。”

“谢谢沈总。”

栩如笙忍不住眯着眼审视全过程，要不是在沈山南和沈骆扬的梦里看到了过去，真的很容易被他的礼貌和绅士所迷惑，他的演技完全可以媲美奥斯卡影帝。

沈骆扬抬头看她：“抱歉，让你见笑了。”

“不会不会，都是意外。”栩如笙连忙把目光转移到他的衣服上，“沈总您这衣服……”

他苦笑：“是我失礼了。你方便等我一会儿吗？我换身衣服就回来。”

“没关系，你去吧。”

沈骆扬离开办公室后，栩如笙警惕地关好门，开始翻他的抽屉，她一定要找到证据，她要帮助沈山南。

沈骆扬文件柜上都是公文，办公桌上收拾得十分干净。办公桌下方的抽屉引起了她的注意。

抽屉还插着钥匙，似乎是刚开过忘记拔下了。

栩如笙小心翼翼地打开抽屉，最上方的竟然是一份亲子鉴定！当她看到鉴定双方的名字时，她忍不住惊叹。

她捂住自己的嘴巴，难以置信地翻到鉴定结果，上面写着：依据现有资料和DNA分析结果，支持“沈城”为沈骆扬的生物学父亲。

栩如笙震惊不已，沈骆扬居然不是沈家的养子，而是沈家的亲生儿子，他是沈山南的亲哥哥！但是为什么沈骆扬会以养子的身份进入沈家？

在亲子鉴定下面的另一份材料解释了这一切。

那是一份事故调查报告。

报告里有一份个人信息，那个人，是沈骆扬的母亲，死于车祸。而事故调查报告中，肇事车辆居然是沈家的车。

栩如笙大致猜到沈骆扬的目的了，他要为母亲报仇，而事故调查报告的日期已是多年之前，也就是说，沈骆扬一直都知道真相，但他一直在蛰伏，等着最后的复仇！

栩如笙将东西拍了照，然后原样放回，便匆匆离开沈骆扬办公室。

由于过于慌张，她没看到盆栽上闪着微弱红灯的摄像头。

栩如笙刚到门口，就遇到了重新泡好咖啡的秘书：“沈总说，请您等他一会儿。”

“帮我转告你们沈总，IDEA要召开紧急会议，我先回去了，改日再来拜访。”栩如笙哪里敢继续待下去。

栩如笙离开致力科技后，她将方才看到的资料发给了沈山南。

沈山南收到栩如笙发来的照片时，他正要离开崔家。当他看到照片的内容时，他立刻拨通了栩如笙的电话。

电话接通的过程中，他有些焦虑。

栩如笙发来的资料，他早已调查到了。但是以栩如笙的智商，以沈骆扬的狡诈，她怎么可能如此轻易看到这些。即便这是沈骆扬的失误，那沈骆扬也绝对不会允许栩如笙带着这些秘密继续活下去。

他终究还是把她也卷了进来。

“你在哪儿？”电话接通后，沈山南脱口而出。

“我在致力科技附近的一家咖啡店。”

咖啡店人多，相对安全，沈山南稍微放下心来：“你把地址发给我，我去接你。”

“啊？哦，好。”栩如笙迟疑的声音里带着一丝欣喜。

比起栩如笙的轻松，沈山南一路上都没有松懈，因为他了解沈骆扬。沈骆扬为了达到目的，他会清理掉所有对自己不利的人。

沈山南到达咖啡店的时候，栩如笙正悠哉地吃着蛋糕，喝着咖啡，看他进了门，乐呵呵地向他招手。

沈山南知道栩如笙是个乐天派，但眼下的情况不容乐观：“你还笑得出来？”

“那我哭给你看？”她调侃。

他用眼神表示了无语：“你为什么去找沈骆扬？”

“明知故问。”她回嘴。

沈山南一时语塞：“你现在敢和老板顶嘴了是吗？”

“你今天问题真的很多啊！能不能好好喝咖啡？”

被栩如笙这么一说，沈山南这才发现他座位上已放着一杯黑咖啡了。

两人正尴尬地各自喝着咖啡，“咔嚓”一声，两人被店员拍进了相机。

一个年轻的女店员上前道：“打扰啦。我们店里正在做周年庆，情侣可以打八折，刚才为二位拍的认证照，会挂在店里的照片墙上，明年店庆的时候如果两位还在一起，可以免费享受我们999元的‘情侣真爱套餐’，祝福两位。”

情侣？情侣！

栩如笙眉开眼笑，原来她和沈山南看着这么像一对情侣。

沈山南正要开口解释，却被栩如笙的“谢谢”给堵住。

店员点头微笑离开，然后继续帮其他桌情侣拍照。

这个小插曲并没有让沈山南忘记正事：“沈骆扬的事情很复杂，你以后不要再插手了。最近一阵子，你出去旅行也好，走亲访友也好，总之不要出现在岚城。”

栩如笙哭笑不得，心里却有些感动，他是在担心沈骆扬伤害她，所以才要求她离开，可是——

“当我下决定的那一刻，我就已经做好了承担后果的准备。”

此刻，沈山南又一次从她身上看到了兔子小姐的影子，他有些恍神，栩如笙和兔子小姐到底有什么关系，为什么自己会对她们有相同的熟悉感：“不管怎么说，我是不会同意的。”

“我做的决定，不需要你同意。就像我喜欢你，是我一个人的决定。”栩如笙反驳。

沈山南直视她坚定的眼神，越发觉得熟悉。

咖啡店里琴声悠扬，音符围绕着他们，奏出一曲浪漫的秋日私语。

第十一章

真相初露

当沈骆扬回到空无一人的办公室的时候，他就猜到了栩如笙的本意。对于她的行为，他不意外，这原本就是一场测试，测试栩如笙到底是站在哪个阵营的。

前几日，舒默和沈骆扬提到了和自己关系最好的朋友兼室友——栩如笙，当时的沈骆扬想着即便是为了舒默也不能伤害栩如笙，但前提是栩如笙不主动参与到这个事件中来。

然而，没想到栩如笙主动和沈山南站成了一线。

沈骆扬面色阴沉地看着视频里面的画面，听着秘书的汇报。

“栩小姐说，公司要召开紧急会议，她先回去了。”

“嗯，没关系，你去忙吧。”一抬头，他还是那个待人谦和、绅士礼貌的沈骆扬。

秘书将门关上后，他便不再掩饰自己的冷漠与恨意。

他讨厌沈山南，更讨厌支持沈山南的人。从小到大，所有人都喜欢沈山南，不管是沈城、秦宋、周简蕴、秦管家，抑或是沈家的亲戚长辈，他们的眼里，沈山南不但是沈家名正言顺的儿子，更是优秀的代名词。不管他沈骆扬做什么样的努力，都不及沈山南的万分之一。

即便是沈山南和家里断绝了联系，沈城也从未对沈山南有过失望，甚至于他能够回到沈家，也皆因沈山南。

手机铃声响起，打断了他的思绪，他看到来电显示，忍不住嘴角微扬。即便全世界都站在沈山南身后，只要舒默陪着他、爱着他，他就心满意足了。

“一切都还顺利吗？”沈骆扬柔声问道。

“嗯，顺利。你最近……在忙什么？”

沈骆扬敏锐地捕捉到她言语中的情绪：“怎么突然这么问？我除了忙工作还能忙什么？”

“那工作以外呢？”

“工作以外的时间都是你。”沈骆扬回答道。在他看来，复仇也是工作的一部分，除了工作，他的眼里心里确实只有舒默。

“我以前怎么不知道你这么贫嘴？”

“不过是实话实说。”沈骆扬道，“你是下午五点到岚城机场吗？”

“嗯，如果不晚点的话，应该是五点。”

他嘱咐道：“出发前给我发个短信，路上注意安全，不要随便和陌生人说话。”

电话另一头忍不住“扑哧”笑出声来：“不要和陌生人说话？如果我不和陌生人说话，我又怎么认识你？”

“我和你是旧识。”

“嗯？”

沈骆扬眼里满是温柔：“等你回来我和你说。”

沈骆扬之前一直没有告诉舒默，当年她在孤儿院认识的小哥哥就是他，他不想舒默是因为当年的情谊才和他在一起。现在他们两人已经在交往，也是时候告诉她了。

和舒默相处中的沈骆扬一直都是谦谦君子，温润如玉，但现在的他才是真实的模样。

他冷漠地告诉电话里的人：“抓到了是吗？把人送到我先前说的

地方。另外，找个机会把栩如笙处理了，手脚干净点，别像上一次那样人没死就算，还打草惊蛇，现在病房里外都是保镖，到处都是监控，你告诉我，你要怎么收尾？”

他坚信，自己一定可以完成复仇计划，把本该属于他们母子的东西夺回来。他唯一担心的是，舒默如果知道了他所做的一切，是否可以理解他？

夜幕降临，华灯初上，岚城开始了热闹的夜生活。但是，热闹是别人的，栩如笙什么也没有。

栩如笙被沈山南要求无期限带薪休假，直到他点头，才能回归工作岗位。他还要求她不要外出，不要参加社交活动，但凡外出都要向他报备，否则就扣奖金。

对栩如笙来说，休假本身这个事情无所谓，反正工资照拿，但是休假就不能天天看到沈山南的盛世美颜了，她本想着抗争一下，但想到休假之后就有大把时间去追查沈骆扬，她就爽快地答应了下来，忽略了沈山南想要保护她的初衷。

栩如笙手里拎着面包，嘴上吃着冰激凌，悠哉地往家的方向走。她边走边回想今天在致力科技的经过，不出意外的话，她今晚就能入沈骆扬的梦境，希望这次能看到点有用的东西。

想到沈骆扬，她又一次担忧起舒默。这个时间点，舒默应该已经到岚城了。她大口地吃完冰激凌，腾出手给舒默打了电话，却没人接。于是她给舒默发了个短信：你到岚城了吗？几点到家？要不要一起吃消夜？

走了一会儿，她收到了舒默的回复：刚到，我今晚有事，可能会晚点回去，不用等我了哦。

栩如笙拧着眉，舒默不会是去找沈骆扬了吧？她为什么这么不安呢？她又回过去：你现在方便接电话吗？我想和你聊聊沈骆扬的事情。

正如栩如笙所料，舒默和沈骆扬在一起，舒默看了眼在开车的沈骆扬，给栩如笙发了一条短信后便关机了：这个事情等我到家再聊，我手机快没电了，一会儿就关机了，不用担心我。

栩如笙看着信息无奈地叹了口气。

“主人——那家伙又来电话啦——”电话铃声响起，是沈山南的来电。

栩如笙接起电话，还没开口，手机里就传来沈山南冷冽的嗓音：“栩如笙，这个时间你为什么还在外面？”

她突然觉得有些冷意，禁不住打了个冷战，疑惑着岚城今年的冬天来得早了些：“我在家呢。”

“汽车鸣笛声，商店的音乐声，摊贩的叫卖声，你当我耳朵聋了吗？”

栩如笙心虚地扫视四周——路上堵车，车主急躁地拼命按喇叭；人行道内侧的家电商场，门口的音响正播放着摇滚音乐；路边的章鱼小丸子摊人声鼎沸，摊主扯着嗓子喊“一份十块，排好队啊”！

“我看电视呢，是电视里面的声音。”她继续嘴硬。

“哼哼——”沈山南冷笑，“那你静音给我看看。”

她立刻飞奔到最近的一条巷子里：“我静音了，是不是很安静？我都说了我在家，你怎么就不信？人与人之间最基本的信任呢？”

栩如笙得意地走出巷子，刚到转角，就看到货真价实的沈山南冲她招了招手。她还没反应过来，就见沈山南飞身扑向了她。

她脑补了一出浪漫的都市言情剧——总裁大人笑着逮到了说谎的小助理，一把上去抱住她，温柔说道：“调皮。”

然而——她被沈山南扑倒在地。

“砰”的一声，一个花盆在他们身边摔裂。

栩如笙看看沈山南，再看看花盆，对事情了然，无奈地叹口气，沈山南果然还是沈山南，他做不出扑向她这种事情。

“怎么着？你这是可惜没被砸到吗？”沈山南冷冷道，“走吧，我送你回去。”

栩如笙起身拍拍尘土，嘟囔着：“一点都不了解女生。”

沈山南走在栩如笙前头，路灯将两人的身影拉得长长的。她走在里侧，他走在外侧，地上的影子仅一厘米的距离。

她悄悄往左边伸出手，她的影子便和沈山南的影子相交，单看影子，好似女生拉着男生衣袖。她忍不住拿出手机将影子拍了下来。

沈山南走她也走，沈山南停她也停，她和影子玩得不亦乐乎。

“对了。”他突然回头。

栩如笙吓了一跳，赶紧收回了手：“怎么了？”

沈山南并没有察觉她的异样：“如果这几天有异常，你一定要联系我。”

“哦哦，好。”做贼心虚的栩如笙随口答应下来，又生怕他看出点什么来，便转移了话题，“不过你怎么知道我在这儿？”

沈山南的目光落在了她的锁骨上。

栩如笙顺着他的目光低头一看，下意识地捂住了自己的胸口：“你要干吗？”

他叹了口气：“项链。”

“项链？”

她摸了摸自己锁骨上的那条项链，这条项链是她“被休假”前尤特助给她的，说是公司的新产品，正在内测，所以给她试用。她当时还纳闷着，好好的一家电子公司怎么突然开始做首饰了，敢情这不是普通的项链啊。

“这里面不会有导航之类的吧？”栩如笙试探道。

其实何须试探，沈山南原就没打算瞒着她：“这是秦宋出车祸前开发的一个新产品，不论是功能设计还是外观设计，都是他的创意。这个产品除了定位，还可以监测身体指标，唯一遗憾的是，摄像头的功能还未完善，所以你戴的这款，没有摄像头。”

“所以……是你让尤特助给我的？”她大胆一猜。

沈山南点点头：“嗯。”

这款产品的成品只有一个，就是栩如笙戴着的那个，如果不是沈山南授意，尤特助哪敢把项链交给栩如笙？

栩如笙扯扯嘴角，努力不让自己表现得太过于开心，她假意干咳了两声，故作严肃道："见过别人送花送项链送戒指的，头一次见人送个定位系统，你也是人才。"

"多谢夸奖。"

"呃……"

"最近都不要把项链摘下来。"他嘱咐道，"否则我是不会管你的死活的。"

栩如笙翻了个白眼，除了兔子小姐，他和谁讲话都这么欠抽："我知道了，老板，谢谢您的项链，我到家了，晚安！"

"栩如笙！"沈山南拉住了栩如笙的手腕。

栩如笙惊讶地看着沈山南的手，这是沈山南第一次主动和她发生肢体接触！

沈山南尴尬地松开手："抱歉。"

她看着自己空荡荡的手腕有些失落，她还没来得及感受他的温度……

"你还要说什么吗？"栩如笙失落地问道。

沈山南不自然地咳了两声："或许……兔子小姐是不是回来了？"

"啊？"她的神经瞬间绷紧，不明白为什么沈山南会突然怀疑兔子小姐回了岚城，"沈总，何出此言？"

沈山南很想问问清楚，但是又想到栩如笙和他告白时决绝的眼神，忽然觉得自己有些为难她了，便摆摆手："没事，你听错了，你赶紧上去吧。"

他不追问，栩如笙自然是松了一口气，一溜烟消失在他视线中，生怕他深究兔子小姐的去向。

当夜，秋高气爽的岚城莫名起了大雾，整个城市被笼罩其中。岚岛在海上若隐若现，万家灯火也变得晦暗不明。

栩如笙坐在床边，将手机闹钟设置成夜里一点，然后深呼吸几口，安慰自己道："没关系的，就两小时而已，不会有事的。栩如笙，你是一个踩了狗屎运得到上天眷顾的人，要勇敢，加油！”

关灯，上床，盖被子，闭眼睛，一气呵成。不知道过了多久，栩如笙的呼吸逐渐均匀，进入了梦乡。

当栩如笙睁眼的时候，她在一个墓园，她看到一块墓碑，墓碑上有个年轻女人的照片，一个十七八岁模样的少年在墓前放下一束百合。

她看不见少年的脸，隐约觉得此人身形有些熟悉，想来应该是沈骆扬了。

“妈，我是骆扬，我还没死。对不起，这么久才找到你，你这十几年来一定很想我，以后我一定不会让你孤单了……”

他的声音有些哽咽，栩如笙竟然莫名生出一丝难过。

“我会让沈城、高司机、秦宋、崔秘书、沈山南都下去陪你。”

栩如笙倒吸一口凉气，十七八岁的年纪，怎么能说出如此狠毒的话来，枉她方才还为他生出一丝怜悯。

“沈山南招你惹你啦？天天就想祸害我家貌美如花的大魔王。”她小声嘀咕。

沈骆扬拿出打火机，一张张点燃照片，每烧一张，他都会发下毒誓。

“沈城，一切罪恶的源头，如若不是他，你会嫁给一个爱你的人，有一个平凡的家庭，他太该死了！我会让他尝尽苦头，让他也体验到失去至亲的痛苦。

“高司机，那天就是他开车撞了你，我会让他生不如死，慢慢折磨他，把你经受过的痛苦以千倍万倍还他。

“秦宋，秦管家的儿子，要不是秦管家骗了你，你也不会以为我死了，也就不会有后面的事情了。虽然他多年前出了车祸，但是父债子偿，我会让秦宋下去给你赔罪的。

“崔秘书，是他把我送进了孤儿院，让我从此成为一个无父无母的人，我在孤儿院受尽委屈，我甚至因此恨过你，恨你为什么生了我却不要我。但是我现在都知道了，都是他们的错。

“沈山南，沈城最爱的宝贝儿子，我的弟弟。沈城把我从孤儿院带走，借着领养的名义，让我成了沈家的养子，他们看我的眼神总是带着同情，那些人的怜悯神情好像在说：沈家有亲儿子，你这个养子是永无出头之日的。”

沈骆扬深深叹了口气：“妈，沈城不值得你爱，他没爱过你，也没爱过我，他甚至不敢告诉别人，我是他的亲儿子，就算是私生子也好，我也曾那么渴望他承认我的存在。但是他没有，他小心翼翼地藏着秘密，他让崔秘书在公司作威作福，给了高司机一笔又一笔的封口费，他还资助秦宋上学，他想方设法埋藏我和你的存在。”

栩如笙听罢，终于厘清了事件的起因经过结果，先前的疑惑也都解开了。这么一来，崔秘书的死和秦宋的车祸肯定都是他做的！他接下来的目标还有沈城、高司机和沈山南！

“冤有头债有主，沈骆扬你心理变态啊！什么叫父债子偿，秦宋怎么着你了，什么叫沈家有亲儿子，你这个养子没有出头之日，亲儿子招你了啊？”

“谁？”沈骆扬警觉道。

“我……我是你姑奶奶。”栩如笙见自己已经暴露，便也不再躲藏。反正这只是个梦，一会儿闹钟响了，她自然就全身而退了。而等沈骆扬睡醒，他未必能记得住梦里的事，就算记住了，谁会当真呢？

沈骆扬狐疑地看着她：“你胡说什么？我哪来的二十几岁的姑奶奶？”

“我爷爷的辈分大，所以连带着我的辈分也大。再说了，我要不是你姑奶奶，我为什么来看你的母亲，这么些年我一直在找你，没想到在这里碰到了你，太欣慰了，来，喊一声姑奶奶。”栩如笙开始瞎忽悠。

但显然沈骆扬是智商在线的，他冷冷地看了栩如笙一眼，问道：“哦，那你找我做什么？”

她一身正气道：“我来阻止你，让你不要走错路、做错事。你母亲的事情我也很难过，但你应该通过法律手段去解决，从合法的渠道去要一个公道，而不是把无辜的人拖下水。”

“无辜的人？你告诉我，他们哪一个是无辜的？”沈骆扬讽刺道，“他们每个人的手上都沾着我母亲的血！”

栩如笙翻了个白眼：“沈山南对你母亲做了什么？他出生的时候，你母亲已经去世了，打从你进了沈家，你欺负他，挑拨他和沈城的关系，让他和自己的父亲逐渐疏远，他做错什么了，要承担你这样的报复？还有，秦管家欺骗了你的母亲，是他不对，但是他也是被沈城强迫的，而且我还听秦宋说，秦管家在世的时候，瞒着沈城偷偷地去孤儿院看你，你回到沈家后，饮食起居也都是他在照顾，就算他对你的好抵消不了你对他的恨，你也不应该把这些怨恨转移到秦宋身上。还有沈城、崔秘书他们，我不否认他们做错了，但是他们罪不至死啊。”

沈骆扬冷笑一声：“颠倒黑白。”

“颠倒黑白的是你好吗？”栩如笙觉得，他这种行为简直就是贼喊捉贼，“听我一句劝，不要继续错下去。”

“我做错了吗？”他笑着反问。

沈骆扬一步步走近：“你觉得我做错了是吗？”

栩如笙被他的气势吓得吞了一口口水，但还是坚持己见：“是的，你现在看问题的角度过于片面，想法也过于偏激，你未来会后悔的。”

沈骆扬露出一个骇人的微笑，栩如笙觉得沈骆扬似乎要发疯了……

“我没错！我沈骆扬做的每一个决定，都不会后悔！”

伴着这句话，空间开始扭曲，栩如笙在天旋地转中看不到沈骆扬的踪影，只能听到他那骇人的笑声，夹杂着一些不知何时发生过的片段。

她在扭曲的梦境中失去重心，她试图抓住一切物体以维持自己的平衡。有一扇门“哐”地朝她的方向飞来，她便伺机扒住了门框。

巧的是，门内竟然是她所熟悉的地方，她曾在鹦鹉的梦里见过——崔秘书的书房。

“崔叔叔，当年，我爸为什么会从孤儿院领养了我？”沈骆扬假装自己不知道私生子一事。

崔秘书躲开他的眼神：“这个……沈总的决定自然有他的道理，我这个下属不过是按着他的意思去做罢了。”

从崔秘书闪烁的言辞中，是个人都可以肯定当年领养的事情没那么简单，但是为什么崔秘书不肯坦白。

奇怪的是，沈骆扬也不继续追问，反倒拿出一瓶红酒，笑着说道：“听我爸说，崔叔叔几十年如一日爱喝红酒，我前阵子托人从法国带回一瓶葡萄酒，今天带来给你品鉴品鉴。”

“起子呢？您稍等。”沈骆扬边说着边走到酒柜旁，背对着崔秘书起开了红酒塞，倒了一杯，并往高脚杯里面加了些许不明无色液体，液体十分快速地溶于红酒中。

待他端着高脚杯回到沙发时，完全看不出高脚杯中的红酒有任何异常。

“您试试。”沈骆扬将高脚杯递出。

崔秘书正要伸手去接，安静了一夜的鹦鹉却突然撞上高脚杯，即便沈骆扬端得够稳，杯子还是倾斜了一下，红酒洒到了地毯上，也洒了几滴在沈骆扬的手背上。

但他们都没发现，红酒溅了一些在鹦鹉的羽毛上。

沈骆扬盯着地毯出神，拧着眉，有些不悦。

崔秘书赶忙抽出纸巾递给沈骆扬，顺手接过高脚杯，放在书桌上：“抱歉抱歉，我家这鹦鹉有些皮。”

沈骆扬抬头时，已换上绅士的笑容：“没关系。”

但是喝酒最佳时机却已经错过，直到沈骆扬离开崔家，都没能亲眼看着他将酒喝下。

栩如笙恍然大悟，难怪沈骆扬要把高脚杯扔掉，原来高脚杯里面有关键性证据！

另一个门从她身边晃过，她瞥见了秦宋出车祸的场景，便松开手里的门，试图去抓另一扇门。眼看就要够到了，却听“叮”的一声……

闹钟响了。

窗外的大雾已散了大半，一束微弱的月光照进窗户。

栩如笙看着凌晨一点的闹钟，懊恼不已："啊——天哪——我为什么要这么自己坑自己！"

等到冷静下来，她才意识到现在不是懊恼的时候，她要努力回想梦里的每一个场景，每一个细节，找出关键的证据，才能帮到沈山南。

"酒里面有药，可是酒杯被雨水冲刷了，什么都检测不出来。"她一点点厘清思路，"但是酒洒了，洒在了地毯上！对，就是地毯。"

可是，她在进入鹦鹉梦境的那次，并未看到书房有地毯，也就是说，沈骆扬也察觉到了这个破绽，已事先将地毯销毁。

"地毯不见了……"想到这里，栩如笙有点丧气，越丧气就越困。

她摇摇头："栩如笙，别犯困，努力想，一定还有什么线索的。"

她闭眼，反复在脑海中回放书房中的片段，终于捕捉到胜利的曙光——鹦鹉的羽毛！

她兴奋地打开手机微信，以兔子小姐的名义将线索告知沈山南：沈骆扬给崔秘书的红酒下了药，酒洒了一次，书房的地毯和鹦鹉的羽毛上溅到了许多。崔秘书出事后，地毯就不见了，这说明他用的药物是不可挥发的，他担心被人发现，所以把地毯清理了。但是他遗漏了鹦鹉，所以鹦鹉羽毛上一定可以检测出残留物质。

消息发出后，她看着对话框中的"对方正在输入"，有些忐忑，想着他是不是还在生气兔子小姐说走就走。

终于，"对方正在输入"几个字消失了。

栩如笙却发现，她上错了号！她现在开的不是小号，这是小助理栩如笙的微信，而不是兔子小姐的微信。

她赶紧操作撤回，系统却提示“超过两分钟，无法撤回”。

沈山南发来了回复：你怎么知道?

栩如笙慌了神，开始思索合理的借口。借口还没想到，手机却突然响起，来电显示“大魔王”，惊得她扔掉了手机。

“怎么办怎么办？”她嘴里碎碎念，“要不然假装没听到好了。”

果然没一会儿，铃声停了，她才战战兢兢地爬到床铺的另一头，捡回了手机。

她硬着头皮给他发了一条回复：线索是兔子小姐给我的，其他的我都不知道，你问兔子小姐吧。

发完之后她赶紧切换到小号上，却没想到小号上也有一条沈山南的留言：你不在线是吗?

留言的时间，和大号上收到“你怎么知道？”的时间一样……

也就是说，沈山南怀疑小助理栩如笙和兔子小姐不可能同时出现。

栩如笙立刻回复：抱歉，刚才在拯救世界。现在在了。

发完这条，她跳下床开始翻箱倒柜，翻出一部旧手机，用旧手机上了大号。这样子的话，两个微信号就可以同时在线了。

为了消除嫌疑，她用大号给沈山南发送“我要睡觉了”，小号给他发送“你收到我托如笙给你的线索了吗”，发送时间一致。

栩如笙操作完长吁一口气：“亏得我机智。”

之后，大号就安静了，小号收到了沈山南的信息：收到了。你不要再插手了，我的事情我可以自己解决。

“这话是什么意思？是还在生气我离开好几个月还是在怀疑我？”栩如笙嘀咕着。她又发过去一条：举手之劳而已。

栩如笙先前为了让小助理栩如笙有机会，故意让兔子小姐离开，却没想到，适得其反。她已经下了决心，等沈骆扬的事情解决了，就当面找沈山南说清楚。

沈山南：我不想让你陷入危险。

栩如笙的嘴角藏不住喜悦的心情，他没有生气，反而在担心她。她赶紧回复：同理。

“同理……”城市的另一处，沈山南琢磨着这两个字，她是同样在担心他，还是同样喜欢着他呢？

夜色正好，一束月光照进纱窗，落在他的心上。

那夜，他做了个奇怪的梦。在梦里，他徘徊在岚城的大街小巷，寻找一个戴着兔子面具的女孩。但是，她似乎有意躲他，不论他怎么追逐，她都不愿意停下来和他相见。

他跟着她的脚步，跑出了岚城，跑过了丛林，越过了大洋，踏上了非洲焦黄的土地。

一群羚羊从他们面前跑过，扬起了厚厚的尘土，她被羊群阻挡了前路，终于停下了脚步。

尘埃落定，她面对夕阳，迎风而立。风吹起她的裙摆，白色裙摆被夕阳染上美丽的颜色。

沈山南一步步靠近，每靠近一步，心跳就快一分。分别之后，被压抑了许久的思念，一时间涌上心头：“好久不见。”

但是她没有说话，也没有转过身来。

他轻轻从背后环抱住她：“对不起，我真的很想你。”

怀中的人轻微颤抖了一下。

“谢谢你没有推开我。”

她小声嘟囔着：“我就不该继续睡……”

“你说什么？”沈山南不明所以。

她低着头，他看不清她的模样：“我说，你能不能赶紧醒过来，你再不醒，这可能会变成一个噩梦。”

“怎么可能是噩梦？”沈山南抱着她，觉得自己幸福得仿佛拥有了全世界，“你不知道，你离开的这些日子，我有多么想念你。”

她叹了口气：“沈山南，我能问你一个问题吗？”

“你说。”

“假如，你的兔子小姐是你的蠢助理栩如笙，你能接受吗？”她的语气中带着一丝犹豫和害怕。

沈山南身子一僵，慢慢松开抱着她的手。

此时，她缓缓转身。

即便逆着光，他也能清晰地辨认出眼前的人——栩如笙！

“沈山南——”

“沈山南——”

“沈山南——”

栩如笙的脸在他眼前无限放大，她的声音在他耳边无限回放，他一时间不知所措，慌乱地从梦中醒来。

沈山南摸摸自己狂跳不止的心脏，不知道它的跳动是因为惊吓，还是因为其他。

“我可能是疯了……”

次日，按着兔子小姐提供的线索，沈山南顺利查到了鹦鹉羽毛上的残留物质——乙二醇。

穿着白大褂的化验员向沈山南简单介绍了这种物质。

“乙二醇是一种黏稠液体，可溶于水，无色，有甜味，易加入食物中。吸入中毒表现为反复发作性昏厥，口服后急性中毒一般可分三个阶段：第一阶段主要为中枢神经系统症状，轻者似乙醇中毒表现，重者迅速产生昏迷抽搐，最后死亡；第二阶段，心肺症状明显，严重病例可有肺水肿、支气管肺炎、心力衰竭；第三阶段主要表现为不同程度的肾功能衰竭。”

巧的是，崔秘书的死因正是肾功能衰竭。

沈山南心里有了判断，思考着是否先将这些证据提供给警方，但这些证据还不足以让沈骆扬定罪，反倒可能打草惊蛇。

此时，针对高司机的调查也有了结果。

“沈总，昨天夜里，高司机醉酒，失足掉进河里，警方找了一夜，至今下落不明，怕是……凶多吉少。”

沈山南听罢面色凝重，这高司机怕不是下落不明，而是落入沈骆扬手里了。如此一来，局面就更难控制了。

“昨天夜里，沈骆扬住所都有什么人进出？”

监视沈骆扬的人如实汇报：“他昨天是和女朋友一起回家的，似乎是从机场回来的，没看到有其他人进出。”

“机场？”

“是的沈总，他们回家的时候带了几只行李箱，行李箱上贴有标签，他的女朋友似乎刚从外地回来，他去机场是为了接她。”

行李箱？

沈山南心里了然，高司机十有八九是被沈骆扬藏在了家里：“继续盯着，有什么情况第一时间和我汇报。另外，把这个消息告诉警方。”

正如沈山南所料，此时高司机在沈骆扬家中的地下室。高司机作为造成沈骆扬母亲死亡的直接凶手，沈骆扬并不打算让他像崔秘书那样死得那么轻松。

地下室里，阴暗、压抑，各种医疗器械让人不寒而栗。高司机被牢牢地绑在椅子上，看样子似乎还在昏睡。

夜里，舒默入睡之后，沈骆扬便悄无声息进了地下室，用冰水将高司机泼醒。

高司机一睁眼看到是沈骆扬，便开始不断求饶：“我错了我错了，我把钱都还给你，不要杀我，我再也不敢了。”

高司机出狱之后不断勒索沈城，而沈骆扬找到他之后，他转而以当年的情报威胁，向沈骆扬索要了不少钱财。

沈骆扬知道此人本性难移，不断用金钱诱惑，让他一点点吐出真相。如今他已经知道了全部真相，那么高司机留着也无用。

“你二十几年前，撞死了一个女人，因为那个女人，你坐牢了，你还记得吗？”沈骆扬笑着问道，但这样的笑容，让高司机感到恐慌。

“那是个意外，那天大雨，根本看不清路，车胎打滑了，我不是故意的！”

沈骆扬推了推眼镜：“嗯，不是故意的，可是，因为你这个意外，有个孩子没了母亲，一个家庭就这么分崩离析了，你知道吗？”

“我不知道！我真的什么都不知道！我不知道我撞了谁，我很害怕，我躲在车上不敢下去。但是沈城说，他会搞定的，我只要蹲几年监狱就可以出来了。”高司机慌忙解释道，“都是沈城的错，那天是他坚持要走那条路的。”

沈骆扬好看的手指拂过各种大小的药剂，缓缓说道：“你说可笑不可笑，人是因你死的，你竟然不知道那人是谁？没关系，我告诉你，你撞死的那个女人，是我的母亲。”

高司机大骇：“对不起，我错了，求求你饶了我！”

沈骆扬终于选定一支药剂：“我的专业是经济学，对于药物这方面不算精通，你要祈祷我把握好用量，毕竟我只是想让你四肢乏力而已。”

“不要，不要！”

但是求饶毫无作用。

注射之后，高司机完全失去了反抗的能力，毫无逃跑的生机。

“下一个是用什么药呢？”沈骆扬“绅士地”征求高司机本人的意见，“眼睛、鼻子、耳朵、嘴巴，你想要最先失去的是哪个？”

高司机无力地摇摇头：“求你放了我，那天开车的不是我，是沈城……”

“你说什么？”沈骆扬震惊不已。

“我替沈城顶了罪，所以我出狱后，才敢不断勒索沈城，他担心我把事情抖搂出来，给了我很多钱。我说的都是真的，求你了，放过我。”高司机本想守着沈家最后一个丑闻，以此安度晚年的，但现在为了保命，他也只能说出来了。

沈骆扬痛苦极了，他的父亲抛妻弃子，还杀了他的母亲，将他扔在孤儿院十年，为了给沈山南治病，才将他领养，后来却发现沈山南的病是误诊，这才给他留下了生机，否则他的下场必然和他的母亲一般。

这是一个怎样狠心的父亲，才能做出如此的事来？

“你居然替沈城掩盖了二十多年，你简直该死！”

沈骆扬情绪激动，又给高司机注射了一支药剂。没过多久，高司机便开始视力模糊，直至完全失去目视能力。

“放了我，放了我……”高司机虚弱地求饶。

“啪嗒”一声，从地下室门口传来动静，沈骆扬警觉地往身后一看，并未发现什么。

他看了看高司机，便离开了地下室。

沈骆扬上了二楼，推开客房，舒默正在酣睡。他小心翼翼地走进房间，帮舒默掖了掖被角，又将窗帘拉严实了，然后才安心地离开。

他爱舒默，就算知道舒默就是戴兔子面具的女人，他也不忍伤她一分一毫。

而舒默听到关门声后，终于忍不住捂住嘴哭了出来。

她终于知道为什么从机场回来的时候，她的行李箱多了一只，也终于知道为什么栩如笙一直提醒她要注意沈骆扬。

可是，她爱他啊。

她该怎么办？

她的脑子已经乱成一锅粥。她从未想过，她爱的人，是这样子狠绝无情，这和她所认识的沈骆扬完全判若两人。她很无助，也很害怕，她更担心事发之后沈骆扬悲惨的结局。

不知道哭了多久，她终于昏昏沉沉地睡去。等睁眼时，已是次日清晨。

舒默揉了揉酸痛的眼睛，简单洗漱之后，就听到沈骆扬来敲门。她的心忽然就紧张了起来，她还没想好如何应对。

“睡得好吗？”

沈骆扬的笑明明和阳光一样灿烂，但舒默却看着心寒。

舒默点点头。

沈骆扬摸摸她的脑袋："我做了早餐，下楼吃饭吧。"

舒默心不在焉地有一口没一口地吃着。沈骆扬明显看出了异常，柔声问道："是不是哪里不舒服？"

"啊？没有不舒服，就是……就是还没睡醒。"舒默摇摇头。

"对了，上次送你回家，见到一个兔子面具，很可爱，哪里买的？"沈骆扬云淡风轻地试探道。

舒默满心都是地下室的事情，对于沈骆扬的套话，没有任何起疑，如实相告："面具是我做的，不过，我很早就把面具送给如笙了。"

沈骆扬听到这个回答，心里欣喜万分，一直阻挠他计划的兔子小姐不是舒默，而是栩如笙，如此一来，他便不用瞻前顾后了。

由于他一直误会舒默是兔子小姐，所以舒默一回岚城他就将人接到家中，以防她破坏了自己计划。

沈骆扬忍不住心情愉悦，笑着说道："我买了下周去新西兰的机票。"

"你要去哪儿？"

"不是我，是我们。"沈骆扬给舒默将火腿切好，将盘子放回她的面前，"等我这几天忙完，我们一起出去旅游吧。"

舒默诧异，这又是哪一出："怎么这么突然？"

"我已经准备很久了，还做了攻略，我保证这一定是一次很愉快的旅行，如果你喜欢那里，我们就在那儿定居，你说好不好？"

定居？

沈骆扬这是想离开岚城。

舒默不知道沈骆扬为何变成这样子，但是她不能看着他错到无法挽回的地步，她要寻求栩如笙的帮助："我考虑一下。对了，我一会儿得回家了，一晚上没回去，如笙该担心了。"

沈骆扬拿刀叉的手顿了一下，舒默回去了，他就很难对栩如笙下手了："舒默，你知道岚城北边有个孤儿院吗？"

"我知道，小时候我和父母走散了，被人送到了孤儿院，所以对孤儿院有点印象。”她还记得，那个孤儿院里，有一个温柔善良的小哥哥。

“我就是从那个孤儿院离开的。在我离开之前，我认识了一个女孩，我答应她，等我长大了，会去找她，现在我回来了，舒默，你愿意一直陪着我吗？”

舒默这才明白过来，他就是当初那个小哥哥：“真的……是你？”

“从我看到你的第一眼，我就认出了你，或许我不够完美，但是我对你的爱，一直都在。我想和你一直生活下去，在风景美丽的地方，从日出到日落，从朝霞到星空，生命中所有的好与不好，都想和你一起分享，所以，舒默，我有没有荣幸给你一个家？”

沈骆扬的眼中满是爱意和真诚，他的过去并不光彩，待他解决了眼前的事情，他只求和舒默平凡安稳地过一生。

舒默豆大的眼泪滴在白色的餐桌上，她摇摇头：“骗人，你不爱我，你如果爱我，那地下室是怎么回事？你知不知道你这是在犯罪？”

沈骆扬有些失望，没想到这么快就被发现了：“相信我，给我一点时间，我都会处理好的。”

“不要这样子，拜托了，我知道你不是坏人，你把人放了，我陪你去自首，一切都还来得及。”舒默劝道。

沈骆扬叹了口气：“你终究还是不相信我。”

“你如果爱我，你会为我们的未来负责。可你现在做的事情，是在毁灭我对你的爱，毁灭我们共有的未来。”舒默擦干眼泪，坚定不移地劝道。

沈骆扬想解释什么，但终究没有开口，只是淡淡地回了一句：“再给我一点时间。”

之后，舒默被囚禁在沈骆扬的家中。沈骆扬在家的时候，他看着她，沈骆扬不在家中，保镖会看着她。她的手机也被没收了，家里的电话线都被剪掉，她和外界完全失去了联络。她想尽一切办法想逃出去，奈何一丝机会都没有。

她假装生病，央求沈骆扬送她去医院，但沈骆扬将医生叫到家中；她说无聊，想玩电脑，但是电脑没有网络；她跳过窗，但被保镖发现并带回别墅；她也曾试图救下高司机，却被沈骆扬发现，而第二日，她便发现地下室的人不见了。

第十二章
我会去找你，不论你在哪儿

高司机失踪的第三日，岚城迎来最后一场秋雨，树梢的红花绿叶尽数凋零，冬日的寒冷裹挟着枯叶四处扫荡。

在凉风瑟瑟的夜里，栩如笙不断打着舒默的电话，得到的始终都是对方已关机。

沈山南告知她，舒默在沈骆扬家中，暂时一切安好，但她还是忍不住担心。

她瞒着沈山南偷偷出了门，还没到沈骆扬所在的小区，就被沈山南逮回家。

栩如笙在家中急得拍桌："沈骆扬那个疯子，我家舒默要是少了一根汗毛，我就把他扔到海里去！"

"你先顾好你自己，你自己数数，你今天出门，遇了几次交通事故，几次高空抛物，几次广告牌坠落。舒默的事情交给我吧。"沈山南宽慰道。

栩如笙哪里能听得进去："我担心她有危险。"

"比起舒默，你的处境更危险。你看看你手腕的擦伤，还有你脖子上的伤口，难道这些都是意外吗？”沈山南一语道破，“沈骆扬前阵子在新西兰买了几处房产，都在舒默名下，上周还在一个拍卖会上拍下了一颗价值不菲的钻石，所有权也是舒默，他已经做好带舒默出国的准备了，不会伤害她的。反倒是你，先处理好你的伤口。”

“我这就是一些小擦伤而已，连创可贴都用不到，你别小题大做。”她忍不住叹了口气，“想到舒默现在和一个疯子在一块，我怎么能安心？”

沈山南已经把收集到的证据和线索提交给警方了，有了警方的协助，应该可以事半功倍：“明日凌晨警方会有所行动，舒默一定会安全回来，你不要擅自行动。”

栩如笙正要反驳，沈山南的电话响起，短短一分钟内，他的面色逐渐凝重。

“沈骆扬提早动手了，高司机死了，他和舒默的机票都改签到明早五点。”沈山南匆匆披上外套，“我现在去一趟沈家老宅，尤特助联系了警察，你不要出门，好好在家里待着。”

栩如笙还没来得及开口，沈山南就已经出了门。

“明早五点，那舒默……糟了！”

栩如笙匆匆走到门口，想起沈山南的叮嘱，便又折回自己的卧室：“栩如笙不能出门，但是兔子小姐可以啊。”

她翻箱倒柜地找出了几颗安眠药，吞了两颗，躺在床上等待入睡。

得益于药物的作用，不到十分钟的时间，她便顺利入梦。

栩如笙入梦时在阳台，她冻得瑟瑟发抖地回到卧室寻找自己的面具，却找不到沈山南送她的那个，便匆匆拿着旧面具出了门。

雨后岚城，乌云散去，一摊摊积水中，都是明媚月色。

刚刚结束晚自习的几个中学生吃着热乎乎的章鱼小丸子，聊着明日考试的范围。

一阵疾风掠过，潮湿的地面出现一串脚印，却不见人影。

几个学生面面相觑，前后看看，并无人经过，再揉揉自己的眼睛，难道大家都看花眼了不成?

“明明有什么东西经过……这脚印……”

“可是，我什么都没有看到啊。”

“听说最近几个月，夜里会有面具人出现，难道……”

“啊——”

“啊——”

“啊——”

正在奔跑的栩如笙听到远处的尖叫声，立马“急刹车”，却没再听到其他动静，是自己听错了吗?

栩如笙一路狂奔到沈骆扬的住所外，奈何别墅四周都是保镖，连只苍蝇都飞不进去。她在附近蹲守了半个小时，也没找到漏洞。

她看了看手表，时间越发紧迫，她的心里也越发焦急。

“看来只能硬闯了……”

栩如笙做好了鱼死网破的准备，却在沈骆扬的家门口发现了一个熟悉的身影——周简蕴。

打从沈骆扬假装绑架周简蕴，让沈山南受伤之后，周简蕴和沈骆扬的关系就彻底决裂，两人更是顶着各董事的反对，解除了婚约。

但是这个时间，周简蕴怎么会出现?

“沈骆扬在哪儿？”周简蕴和大门口的保镖起了冲突，“让我进去！”

保镖岂能放她进去，却不敢伤了她，只好几人一起拦在了门口，围起一道人墙。

“沈骆扬那个浑蛋在哪儿？出来！出来！有本事坑我，就不要躲着我！吞了我那么多股份，你今天要是不给我个交代，我就和你没完！”

栩如笙见别墅北边的人手松懈，便偷偷绕到边上，打晕了北面剩余的保镖，从外墙爬进了二楼的阳台。

她本打算身手利落地翻进阳台，却被阳台的围栏绊了一个踉跄，差点儿摔一个跟头。她自嘲道："兔子小姐有一阵子没上线了，生疏了生疏了。"

栩如笙随意扫视了一下阳台门，寻思着是要打破玻璃进去，还是把锁给卸了，正思考着，阳台门"呼啦"一下打开了……

门内的舒默和门外的栩如笙面面相觑。

舒默原本只是想到阳台透透气，却不料一开门就看到一个面具人，着实吓得不轻，一时间都不知道该如何反应。

待她认真一看，这面具怎么如此眼熟？

"如笙？"舒默小声喊出她的名字。

栩如笙连忙摇摇头："不是我不是我！"

"就是你啊。"舒默指着面具，"这面具是我做的，我还能认不出来？"

栩如笙见已经瞒不住了，只好摘下面具："是我。"

舒默愁了几天的神色终于露出了微笑："我就知道你会来找我。"

"趁着沈骆扬不在，我带你走。"栩如笙一把拉住舒默，舒默却一动不动。

舒默轻轻抽回自己的手："对不起，我不能跟你走。我如果走了，沈骆扬会崩溃，他什么都没有了，如果我在这个时候走了，他一定会很难过。"

栩如笙一脸诧异："你这是在逗我吗？他限制你人身自由，还试图把你带到国外，做了一堆坏事，你还管他难过不难过？"

"我承认是有点可笑，但是我真的不能走。"舒默的语气十分坚定，"如笙，我有事情要拜托你，你一定要帮帮我。"

栩如笙摇摇头："我不，我什么都不会答应你，我来这儿，就是为了带你走。你笨，我不会跟着你笨。"

栩如笙戴上面具，将舒默扛在肩上，顺着原路返回。

栩如笙风驰电掣般的速度，让舒默惊讶得合不拢嘴，眼前的栩如笙还是她认识的那个人吗？她想起几日前沈骆扬好似无意地问到面具的事情，难道沈骆扬一早就知道了？

跑到了公安局的附近，栩如笙才将舒默放下："你暂时不要回家，家里不安全，你就在公安局待着，等我来接你。沈骆扬去找沈老爷子的麻烦了，沈山南已经赶去老宅了，我得去帮他。"

栩如笙刚要转身离开，却被舒默拉住。

"把你所有的好奇都咽回去，现在不是解释的时候。"栩如笙说道。

舒默摇摇头，不管栩如笙是什么样的，她都信她，何须多问："我要说的是，沈骆扬问过我面具的事情，他可能……想杀你。"

"什么？"

栩如笙没想到，自己已经上了沈骆扬的黑名单，经过办公室偷拍文件的事情，小助理栩如笙本就陷入了危险，现在连兔子小姐的身份都在他追杀的范围内，简直丧心病狂啊。

"你放心，我不会死掉，沈骆扬也不会，该惩罚他的不是我，也不是沈山南。"

说完这句，栩如笙便迅速消失在夜色中。

半小时前，沈山南匆匆离开栩如笙家，驱车前往沈家老宅，却不料在路上遇到沈骆扬设下的阻碍，被数十辆车围堵在路上，故而沈骆扬先他一步到了沈宅。

午夜时分的沈家老宅空旷静谧，除了二楼书房亮着灯，家里空无一人。因为沈骆扬给所有用人都放了假，今夜沈宅只有沈城一人。

二楼书房的门是虚掩着的，仿佛一早就知道有来客。

皮鞋和木质楼梯碰撞出低哑沉闷的声响，脚步声距离书房越来越近。

"嘎吱"一声，门开了。

"好久不见了，沈先生。"沈骆扬客客气气地打了招呼。

这一声"沈先生"在沈城听来，尤为讽刺。为了打垮他，沈骆扬喊了他二十多年的"爸"，但在沈骆扬心中，他的地位，其实一直都是"沈先生"吧。"即便你不愿意喊我一声'爸'，也改变不了你是我儿子的事实。”

沈骆扬将门反锁，云淡风轻地说道：“这二十多年，你有哪一天把我当作你的儿子了？”

“你怎么会有这种想法？是，我是对不起你和你妈，我也不该把你丢在外面十年，但是我醒悟了，我把你接回来了。打从你进了沈家的门，我对你，对山南，是一样的。我让你过上最好的生活，受最好的教育，为什么你感觉不到我也爱你？”沈城反驳。

沈骆扬不怒反笑：“我一出生你就把我扔在了孤儿院，到了十岁的时候，你是把我接回了沈家，但是，你为什么把我接回家，你心里没数吗？”

沈城大骇，沈骆扬知道的真相远比他想象中的多：“不是你想的那样的，不是的……”

“行了，别演了。”沈骆扬打断了沈城，因为沈城的解释让他觉得恶心，“你还当我是十岁的孩童吗？十二岁的时候，我就知道我妈是因你而死，我当时还误以为你是出于内疚才将我带进沈家；十五岁，我知道了我妈是你的情妇，我是你的私生子；十八岁，我知道是你让人把我送进的孤儿院。截止到我十八岁，我以为我已经了解了全部的真相，我以为你的面目不会更加恶心。可是，我又知道了你当初领养我不过是为了给沈山南治病，可笑的是，沈山南的病居然是误诊，倘若我那亲爱的弟弟不是误诊，你是不是要拿我的命去救他？还有，我现在甚至知道了，我妈不是高司机开车撞死的，而是你！”

沈骆扬的一番质问让沈城悔恨不已：“对不起，我真的不是故意的。我从没想过去害人性命。你母亲怀上你的时候，一直逼迫我离婚，我没办法离婚，但我还是留下了你，只不过为了免去麻烦，才将你和你母亲分开。”

“麻烦？我们母子居然是你的麻烦。你为了保住自己在公司的地位，就随意抛弃了我们，你居然还有脸反咬一口？”沈骆扬情绪开始有些激动。

沈骆扬深吸一口气，强迫自己平静情绪：“当沈山南在沈家庇佑下幸福成长的时候，你可知道我过的是什么日子？”

沈骆扬的记忆是从四五岁开始的。那时候，他天真地以为自己和孤儿院外面的孩子一样，他毫不掩饰自己的天性。他读书写字玩游戏，会哭会笑也会闹。

五岁那年。

他吃了厨房一只鸡腿，被厨师打得半死不活，他清楚地记得那人嘲讽他的嘴脸。

“你以为孤儿院是你家吗？一群没爹没娘的拖油瓶，能给你一口饭吃，你就好好感恩吧，不要奢想其他的。要不然，我就饿死你。”

他据理力争：“鸡腿明明就是好心的叔叔伯伯给我们买的，为什么我们不能吃？”

厨师咧了咧嘴：“你这是和我讲道理？呵呵，在这里，你们有没有的吃，吃什么，吃多少，我说了算，你竟敢和我讲道理？不想活了吧？”

一个巴掌扇下去，沈骆扬的脑子嗡嗡作响，跌倒在地。

还不等他恢复精神，他就被厨师拖走，他的双脚无力地在地上划出痕迹，他拍打那人的手，试图逃离，但他那点力气落在厨师身上，不过是挠痒痒的效果。

他被拖到了厨房边上的小黑屋里，阴暗潮湿。

他听到“啪嗒”的上锁声，心急地跑到门边拍打：“放我出去！放我出去！我没有做错事情，为什么要把我关起来？”

厨师不屑地收起钥匙，对门内的沈骆扬说道：“在这里，错没错我说了算。”

沈骆扬垂下眼帘，靠着门，蹲坐在地上。

他不明白为什么会这样，明明上课的时候，老师说这个世界充满了爱与和平，因为大家心存善良，所以这个社会更加美好，所以他们即便是身在孤儿院也会受到陌生人的关爱。

长久以来，他遵循老师的教诲，用最好的最大的善意看待这个世界，看待身边的每个人每件事，可是……

“骗人！都是骗人的！”

他第一次意识到，无父无母是这么凄惨的事情，第一次意识到，这是一个弱肉强食的世界，因为他是孤儿，所以活该吃不饱穿不暖，活该受人欺负，遭人白眼。什么爱、善良都是骗人的。

七岁那年。

孤儿院仅设有幼儿园，没有足够的资金和师资开设小学和中学，故而达到小学入学年龄的孩子，按照划片进入当地小学就读。在小学的头三年，他一点点对这个世界失去幻想。

同学们会对着他窃窃私语，说他没爹没娘，是在孤儿院长大的孩子；当老师说要开家长会的时候，他们会用怜悯的眼神注视着他；他更从来没参加过亲子运动会……

经过游乐场的时候，他曾试图和其他的孩子玩在一起，但孩子们的父母一般都惊恐地将自己的孩子带离。最后，游乐场只剩下他一个人，他想玩什么项目都可以，可是他却依旧孤独。

春游的时候，有个同学一直盯着他的馒头，他误以为同学想吃，便掰了一半给他。春游结束后，同学家长带着人到孤儿院闹事，说孩子吃了不干净的馒头拉肚子。他辩解道：“馒头是干净的，我也吃了。”而家长用不屑的眼神居高临下地望着他：“我的孩子怎么能和你一样？”

“我的孩子怎么能和你一样”这句话一直在沈骆扬脑海中回荡，原来他和别的孩子是不一样的。

他心里的善意一点点磨灭，他逐渐封闭自己的内心，不再主动与人沟通，他也逐渐明白自己的目标是什么，自己的人生要如何度过。

他学会了察言观色，更加学会了伪装自己。

十岁那年。

有一阵子，孤儿院上下都讨论着一个让人振奋的消息，说是沈城要来孤儿院领养一个孩子。但是这无法引起沈骆扬的兴趣，因为他知道，他这个年纪的孩子几乎已经没有被领养的可能了。

他要做的，就是在那天找个安静的角落，把同学们的作业写完，一份五块钱，写完了，他就有钱买课外辅导书了，说不定还能剩下一点钱买个面包。

那天，孤儿院院长把适龄的孩子都收拾得干干净净，领着沈城介绍了一圈。沈骆扬觉得很可笑，这和在市场挑一条鱼有什么差别。

却不料，自己正是那条鱼。

当院长把他领到沈城面前的时候，他认认真真打量着这个男人——他西装革履，不苟言笑，脚上的皮鞋没染上一丝灰尘，和传闻中的成功人士的形象相差无几。

可是，沈骆扬不明白，这个男人看着他的眼神，为什么是迫切的?

“你叫什么名字？”他蹲下身子和沈骆扬平视。

他淡然地回答道：“骆扬。”

是的，当时的他，还没有姓，因为他无父无母，不知该跟着谁姓。

沈城仔仔细细地打量着他，之后只问了院长一句话：“身体健康吗？”

院长点点头：“不仅健康，还结实着，别看他瘦，他运动可好了，前阵子还代表学校参加了区里的长跑比赛，拿了第一名。”

那个比赛，第一名的奖品只有一套童话书，所以班上的孩子都不愿意参加，班主任就直接指定了他参加。

沈城点点头：“就他了，我明天来带他走，领养手续今天就开始办吧。”

沈骆扬很意外，但他没有表现出过多的欣喜，以防招来其他孩子的妒忌。

次日，他在其他孩子或羡慕或嫉妒的目光中，离开自己住了十年的房间。

沈城看了看沈骆扬的行李，眼中竟有了一丝怜悯：“这些都不要带了，等回了家，我给你买新的。”

沈骆扬顺从地将行李放在地上。他现在要做的，是当一个乖巧的养子。因为他知道，眼前这个男人，即将成为他的父亲，他要听话，才有机会得到更好的未来。

“以后，你就随我姓沈，沈骆扬。”

自此，他有了姓氏。

十二岁那年。

沈骆扬出门上学忘记带作业，又折返回家，经过书房的时候，听到沈城和一个男人在争吵。

那个男人跷着二郎腿坐在书房的沙发上：“沈先生，我听说，沈骆扬现在和你很亲。”

“你想做什么？”

那人嬉皮笑脸道：“要是我和沈骆扬说，当年他妈车祸的时候，我们几个都在车上，你觉得他还会拿你当父亲吗？说实话，肇事入狱之后，我也挺难受的，老婆跑了，我出来之后，和我儿子相依为命，现在儿子要读中学了，我没学费了，难道你就忍心视而不见？”

沈城冷笑：“高司机，这十多年，我可有亏待过你？你现在一次次毁约，你信不信我再把你送进去一次？”

高司机立马收敛了表情，小心翼翼地讨好：“别，我这不是日子过不下去了，才来找你帮忙的吗？不过区区二十万，你又不是拿不出来。”

“我给你五十万，不许再出现在我面前，也不许出现在骆扬面前，否则，我会让你的下半辈子都在牢里度过。”沈城冷冷说道。

高司机满意地起身离开：“还是您大方。”

沈骆扬赶忙躲到了走廊转角。

他这才意识到，原来沈城领养他不是巧合，也不是缘分，是因为内疚，这份内疚是用他母亲的死换来的。于是，他的内心开始种下复仇的种子。

十五岁那年。

沈骆扬找了私家侦探调查自己母亲的车祸，却调查出，自己的妈妈是沈城的情妇，而他，居然是沈城的私生子。

得知真相的那日，他依旧在饭桌上演着父慈子孝的戏码。

看着沈城吃饭的样子，他说话的样子，他笑的样子，给他夹菜的样子，沈骆扬觉得恶心。

“恶心。”

沈骆扬的心声，出自沈山南之口。

沈山南放下碗筷，起身离桌。

沈骆扬低头继续吃饭。

他很羡慕沈山南，羡慕沈山南在家里可以随便流露自己的情绪，对不喜欢的事情说不，对不喜欢的人说讨厌。可是他不行，他要守着自己养子的身份，绅士礼貌、品学兼优，他才能守住现在得到的一切。

他只是一个不被承认的私生子，而沈山南才是大家眼中人人羡慕的沈家未来继承人。

但是，他会把这些都抢过来的，他会一直隐忍，不管遇到什么样的屈辱和困难，都要忍着，忍到把属于他们母子的一切都夺回来。

他的心里，复仇的种子开始生根萌芽。

十八岁那年。

沈骆扬上了知名的大学，沈山南和沈城的关系已经差到不再同桌吃饭，沈城终于让沈骆扬开始接触公司的业务。沈骆扬在经营方面展现出了很大的天分，让沈城十分惊喜。

进入公司后，他和崔秘书的接触多了，又发现了一些端倪，隐隐感觉领养这件事没那么简单。

二十三岁那年。

沈骆扬大学毕业的时候，沈城便给了他一个部门，让他尝试管理运营。尽管只是一个没有实权的部门，但是沈骆扬毫不介意，反而做得非常出色。

也正是那一年，沈山南考上大学，出国留学，和家里断绝了关系。

得益于沈山南和沈城的决裂，沈城将实权部门给了沈骆扬管理，试图让沈山南产生危机感。但这样的决定，并没有让沈山南动摇，他依旧在国外我行我素，并且拒绝了沈城给他的经济支援。

沈骆扬则是希望沈山南永远不要回来。

二十六岁那年。

沈骆扬研究生毕业，成为公司的副总。那时的他，已经在公司享有了权威和声望。他开始蚕食公司，一点一滴，日积月累。

沈城也似乎老糊涂了一般，逐渐让出公司实权。

复仇的种子在他心里开始茁壮成长。

但是没过几年，沈山南回国了。沈城试图夺了他的实权给沈山南。可笑的是，沈山南自己创立了公司，和沈家对着干。短短几年时间，就已经和致力科技势均力敌。

自打沈山南回国，沈骆扬没有一夜能够安睡。沈山南就是他心里的刺，就算知道沈山南无意争夺沈家财产，他还是无法接受沈山南的存在。

沈山南于沈骆扬而言，是眼中沙、喉中刺，势必不能共存。

沈骆扬开始陆续为沈山南制造各种“意外”和“惊喜”，但都被沈山南逃过。

他并不心急，他隐忍了这么多年，也不差这一时半会儿。

但是，从高司机嘴里，他得知沈城领养他不过是为了给沈山南治病，只不过因为沈山南的病是误诊，所以才没了后话。

但这个消息成了压垮他的最后一根稻草，他开始变得疯狂，不管不顾地一定要置沈山南于死地，他要所有的参与者，补偿他和母亲。在这个过程中，高司机为了保命，说出了最后一个秘密，撞死自己母亲的凶手不是高司机，而是沈城！

沈城本就对沈骆扬怀着愧疚，又听他说了过去的艰难，愈发觉得自己不是一个合格的父亲，不由得老泪纵横。

“是我对不起你和你母亲，这些年，我一直努力补偿你，我知道我做得还不够，往后的日子，我会一直陪着你，补偿你。”

沈骆扬丝毫不为沈城的忏悔而动容，他觉得，这些话不过是为了保命而说：“太迟了。我现在根本不需要你的陪伴，若说要补偿我，那你去死吧，你死了就是对我最好的补偿。”

“你……”沈城诧异，“你居然恨我到这个地步？”

“恨你？就你也配？你别忘了，你手里染的是我母亲的鲜血，葬送的是我的过去，让你死，已经便宜你了。”沈骆扬面无表情地说道。

沈城摇摇头：“我看着你长大，你不是这样子的人，你不会的。”

沈骆扬嗤笑一声：“你哪来的自信？我给你两个选择，要么你自己动手，要么我替你动手？”

沈城一声叹息，似乎已做好决断：“答应我一件事，不要伤害山南。”

“演什么父子情深的戏码？”沈山南是他复仇环节的最后一个目标，怎么可能放过他，“如果不是沈山南的母亲，我妈也不至于被逼得发疯！沈山南应该替他的母亲赎罪，他也该死。”

“他是你亲弟弟！他什么都没做错啊！”沈城宁可自己赴死，也不愿意看到沈山南出一丁点意外。他亏欠了沈骆扬他必须还，但是他不能拖累沈山南。

沈骆扬因为沈城维护沈山南的一番话情绪有些激动，他冲上前去，左手掐住沈城的脖子，右手拿出一支针筒：“你以为你还有立场替别人说话吗？”

沈城开始挣扎，却发现自己使不上力气。

“别挣扎了，这几年来，你的饮食都被我动了手脚，为的就是今天这一日。”

沈城脑海中回忆起几年前，沈骆扬以照顾他为名，将老宅的厨师、医生都给换了，之后，每日所吃食物，都要经过沈骆扬的批准，原来，照顾父亲是假，谋害是真。

“你这是……在犯罪……”沈城艰难地劝阻道。

看着沈城痛苦的样子，沈骆扬觉得十分解气。

针筒慢慢逼近沈城，针头在灯光下，闪着骇人的光。眼看针头要没入皮肤，这时候一声巨响，书房的门被踹开。

来人竟然是沈山南。

沈骆扬脸上闪过一丝诧异，随即打晕了沈城，直面沈山南。

沈山南见沈城似乎无碍，心里松了口气：“沈骆扬，沈城再有不是，他也是你亲生父亲，他做的所有错事，该受的惩罚，法律会给你一个交代，你不要一错再错。”

“崔秘书和高司机都是我杀的，秦宋也是我让人撞的，我既然能走到这一步，我就没想过回头。”沈骆扬决绝地反驳，“他这种人，不配当父亲。”

沈山南口袋里的录音笔闪着红灯，记录着他们二人的对话。

“你母亲的死，确实是一场意外，高司机已经为他的失误付出了代价，你为什么要牵连无辜的人？”沈山南质问道，此时他还不知道当年车祸肇事的真相。

沈骆扬摇摇头：“不，不是他。真正撞死我妈的人是沈城！他为了逃脱，让高司机顶了罪名，在牢里蹲了几年，便大事化了。可是我妈呢？我一出生就被沈城送走，欺骗她，我一出生就夭折。是沈城逼疯了我的母亲！更是他谋害了我的母亲！他既然这么轻贱人命，他就该为此付出代价。”

“那崔秘书、秦宋、高司机呢？为什么你要害他们的性命？”沈山南没想到真相如此，但他仍旧努力劝阻，因为警方正在赶来的路上，在那之前，要么拖延时间，要么制服沈骆扬。

可沈骆扬并不上当：“呵呵，沈山南，你这种拖延时间的小花招在我这儿不管用。”

说罢，他举起手，就要将针筒扎进沈城的脖子。

沈山南冲上前去阻拦，两人扭打在一起。

二人势均力敌，局面胶着。

沈骆扬一个反扑，将沈山南压在地上，顺势要将针筒扎向他。

沈山南握住沈骆扬的手腕，拼力抵抗。忽地身上一轻，却见沈骆扬被丢向书架，书架受到撞击，书本呼啦啦掉落，将沈骆扬砸得七荤八素。

沈山南一抬头，原来是她来了。

沈山南觉得很神奇，每次他有危险，兔子小姐都能及时出现，带着一身勇气和正义，拯救他于水火之中。但是，如此一来，她便要卷入危险当中。

兔子小姐向他伸出手，想要将他扶起。

沈山南一脸严肃：“你怎么来了？”

“因为你在这里啊。”兔子小姐回答道，“还不起来？”

沈山南握住她的手起身，却看到她手腕上有一处划伤，不由得失了神，因为这个伤痕，和栩如笙的一模一样……

“比起舒默，你的处境更危险。你看看你手腕的擦伤，还有你脖子上的伤口，难道这些都是意外吗？”

不久前，他还因为栩如笙擅自出门受伤而责备了她。为了验证自己心里的想法，他的目光从她的手腕挪到脖子，脖子上的伤口，果然清晰可见。

沈山南回忆起先前的种种：被困电梯之时，是栩如笙将他从电梯里拉出来；在君山醒来的时候，他看到的人也是栩如笙；给兔子小姐发消息的时候，栩如笙总能刚好收到消息；崔秘书一案，是栩如笙提醒他鹦鹉羽毛上有线索，刚好那时兔子小姐不在线。

以及他每次见到栩如笙时说不清道不明的熟悉感，他甚至多次认错人。

原来，不是他认错了，而是面具下面的人就是栩如笙。

“栩如笙？”

兔子小姐明显一愣。

沈山南更加确定了自己的推测。

就这么一愣神的工夫，沈骆扬已经从地上爬起来，并且扔了针筒，掏出了一把枪，直指沈山南。

还不等栩如笙做出反应，枪声已经响彻整栋大楼，她下意识一个转身，护住沈山南，子弹穿过她的背部，直击胸膛。

沈山南脑子“轰”的一声炸开，栩如笙软绵绵地倒在他的身上……

“沈总！”

尤特助带着人及时赶来，在数人的压制下，控制了沈骆扬。

沈山南已然听不进去任何声音，他的心口仿佛扎了一把尖刀，痛觉瞬间扩散至五脏六腑，茫然失措之间，仿佛全身的力气都被抽光。一时间，他抱着她，不知所措。

鲜血蔓延开来，触目惊心。

他自责不已，要不是他方才出神，也不会让沈骆扬有机可乘。

“叫救护车！”

说罢，他抱着受伤的栩如笙冲下楼，心急如焚：“栩如笙，你听着，我再也不因为你上班迟到骂你了，我也不让你加班了，我只要你好好活着，你不要死。”

刚跑到屋外，栩如笙扯了扯沈山南的领口，虚弱地说道：“你怎么知道是我？”

“现在不是说这个事情的时候，我以后再慢慢和你解释。”

半个月前，沈山南在公司隐约从栩如笙的抽屉缝隙中看到面具的一角，如果只是普通的面具倒不稀奇，但那个面具的颜色和材质与他送给兔子小姐的一样，那时他就开始怀疑。本想好好调查清楚，却因为沈骆扬一事耽搁了。

直到方才，看到兔子小姐手腕和脖子上的伤，便确信了兔子小姐就是栩如笙。

栩如笙又扯了扯他的领口：“你不要跑了，晃得我头晕，我有话要说，我有个秘密告诉你。”

沈山南停下脚步："以后再说好不好？"

"没有以后了，让我说完。"栩如笙从未在梦里受过这么严重的伤，她不知道自己的本体会怎么样，她想趁着最后的机会，把误会解开。

栩如笙摘下面具："助理栩如笙是我，兔子小姐也是我，但是，助理栩如笙在现实生活里，兔子小姐在我的梦里。我这样子说是不是像个神志不清的人？但是我特别清醒，因为我知道我可能一辈子都醒不过来了……第一次见你，是在十六楼的更衣室，那是助理栩如笙；第二次见你，是那天晚上你被困电梯，那是兔子小姐。我发现有人一直伤害你，所以入了梦就去保护你，可是，我不能让人发现我的秘密，我害怕他们会把我送去实验室解剖，所以我不敢告诉你，我就是兔子小姐。"

栩如笙一下子说了太多话，有些疲乏，眼皮也有些沉重，恍然间，她似乎看到自己的手指在慢慢消失。

"你说的我都信，我们先去医院好不好？"沈山南不理解她在说什么，他只想她好好活着。

栩如笙摇摇头，在死前，她想把心里的事情统统告诉他："我想过告诉你的，可是我不知道为什么，最近总是入别人的梦，许久没能变成兔子小姐。对不起，没能早点告诉你，你能不能不要生气？原谅我好不好？"

"只要你没事，你做什么我都不生气。"沈山南只求她安然无恙，若能时光回溯，他宁可受伤的是自己。

栩如笙心里的石头终于放下："真好……我终于可以安心去死了……"

"你不会死的！救护车马上就到了！"

"最后一个秘密，我真的真的，特别喜欢你……"沈山南还来不及做出回应，栩如笙的手已经无力地垂到了地上，面具掉落在地上，发出轻微声响。

他茫然地捡起面具："不要死……"

眼泪滴在面具上，溅起一朵水花。

尤特助追出屋外，看到沈山南跪坐在地上，手里拿着一个兔子面具，抱着一个受伤的女人，怅然若失。在寒风萧瑟的夜里，他觉得这样的沈山南格外悲伤。

尤特助小心翼翼地问道："沈总，救护车一会儿就到，您身上的伤要不要先处理一下？"

"沈骆扬呢？"沈山南反问。

尤特助指着屋内："在一楼大厅，绑着，等警方到了就——"

"帮我看着栩如笙。"

"栩如笙？为什么栩助理在……"

尤特助话还没问完，就见沈山南一身戾气地折回老宅。

沈骆扬此时被绑在椅子上，他的脸上毫无悔意，甚至有一丝得意。他看到沈山南走近，便蓄意挑衅道："看着她死掉你却无能为力，这种体验是不是痛彻心扉？"

沈山南铁青着脸，二话没说，拿起茶几上的枪，对准沈骆扬的额头。

"开枪啊。"沈骆扬笑着说道，反正计划已经失败了，用自己的命毁掉沈山南的未来也是值得的。

沈山南拉下枪栓，冷冷说道："你以为我不敢吗？"

沈骆扬闭上眼："我相信你，你敢。"

尤特助把栩如笙交给同事照顾，刚回到老宅，就看到了这一幕。他从未见过这样子的沈山南，冷漠狠绝的神情让人不敢靠近："沈总，你冷静一点。"

尤特助死死盯着沈山南，生怕他轻举妄动；而沈山南则死死盯着沈骆扬。

"砰"一声枪响。

空气中散发着一股烧焦的味道，子弹卡进了沙发。

尤特助看了看沙发，松了一口气，庆幸自己及时握住沈山南的手，让子弹偏移了原来的路线。

沈山南冷冷地盯着尤特助："松手。"

“沈总……”尤特助战战兢兢地松开了手。

沈山南扔下枪，抡起拳头，对着沈骆扬的脸就是一拳，沈骆扬连人带椅子翻倒在地。

“沈骆扬，如果她死了，我会让你陪葬。”

尤特助拉住沈山南，极力劝阻：“沈总！冷静一点！”

要是把人打出个好歹来，沈山南会被拖累。

外面传来了救护车急促而又凌厉的声响。

沈山南知道现在不是悲伤的时候，他努力收敛起自己的情绪：“你留在这里善后，我跟着救护车去医院。”

明明还不到寒冬腊月，沈山南却觉得今夜异常寒冷。下过雨的岚城，西北风里裹着薄薄水汽，潮湿而冰冷。

那日在公司，他看到栩如笙抽屉里有面具的一角，发现栩如笙有可能是兔子小姐的时候，欣喜若狂。他总是弄混兔子小姐和栩如笙给他的感觉，他甚至自责自己花心，明明心属兔子小姐，却总对栩如笙产生类似的熟悉感。

他很想当面问问兔子小姐，摘下她的面具看一眼，但是先前兔子小姐一直不愿意表明身份，他便想着，等沈骆扬的事情结束了，好好查清楚。

在沈家老宅，他看到兔子小姐手腕和脖子上有着和栩如笙一模一样的伤痕，他终于可以确定，自己长久以来的感觉不是错觉，栩如笙确实就是兔子小姐。

他有许多问题想问她。他想问问她，为什么要一直瞒着他；想问问她，为什么突然离开了许久；也想问问她，为什么总是不顾自己的危险去救他。可是，他没机会了。

他亲眼看着栩如笙受伤，他却无能为力，就仿佛多年前，他的母亲离开他时那般无助。

救护车上，他用哽咽的声音在她耳边轻声呼唤：“你醒醒，我是沈山南。”

栩如笙没有任何反应。

栩如笙的手机屏幕因为收到垃圾信息而亮起，屏保是栩如笙和沈山南在咖啡店周年庆中拍下的合照，照片里的栩如笙，笑靥如花，但他眼前的栩如笙，任凭他如何呼喊，都如沉睡一般。

“栩如笙！栩如笙！”

栩如笙在一片未知的黑暗中，听到沈山南焦急地呼唤她的名字，可是她在黑暗中飘浮着，无法睁眼，也无法回头……

第十三章
无限循环

纯白色的病房内，一个面色苍白的女孩躺在病床上。她面目安详，呼吸均匀，仿佛沉睡。她的左臂上插着针头，靠着营养液维持生命。

床边有个男人正温柔地注视她。

“栩如笙，这么多天没见我，你难道不想我吗？”

躺在病床上的患者，正是栩如笙。

沈山南找了无数专家，专家们都很是不解，她的手术很成功，却完全没有醒来的迹象。换言之，栩如笙成了植物人。

他也知道，那晚不是幻觉，而是栩如笙的梦境，更是现实。

沈山南给栩如笙擦拭手心，动作轻柔，仿佛怕惊扰她的美梦：“就算你不想我，你也不想满记的甜品吗？也不想公司附近的烤羊排吗？如果你今天醒来，就带你去吃，一辈子。”

他抬头看了她一眼，她依旧安安静静地躺在那儿，他失望地低头：“你是不是怕我生气，所以不想醒过来？可是，你躺在这里一天，我就难过一天，我哪里还有心思生气？”

“咚咚咚！”

沈山南看了看门口，习惯性地说了声：“门没锁。”

来人是尤特助。这几日，他每日都来医院，把当日需要处理的文件给沈山南送来，次日送新文件来时，再将前一日批好的文件带回公司。

“沈总，这是今天的文件，给您放桌上了。”

病房的角落，有一张小小的办公桌，桌上放着一摞文件，便是昨日他送来的那些。

“嗯。”沈山南并没有停下手里的活，他擦拭完左手，将她的手小心翼翼地放进被子里，又绕到病床的另一侧，擦拭栩如笙的右手。这些已经是他的日常习惯了。

尤特助看着病榻上的栩如笙，心里有太多的疑惑。为什么栩助理会带着兔子面具替沈山南挨了一枪？为什么栩助理一觉不醒，成了植物人？

更奇怪的是，栩助理住院后，沈山南对她的照顾无微不至，亲力亲为，甚至为了方便照顾她，把办公点设在她的病房。

但是，他什么都没问，作为一个合格的特助，他知道什么该说、什么不该说，什么该做、什么不该做。

尤特助例行汇报了工作后，将一沓材料递给沈山南：“这是您上次吩咐我找的资料。这家脑神经生物研究所有些神秘，查不到负责人的信息。但研究所的其他科研人员，都是全球颇具权威的专家。”

沈山南仔细翻看，除了负责人的情况，研究所的其他信息已经很详细了：“辛苦了。”

尤特助张了张嘴，欲言又止。

“怎么了？”沈山南随口问道。

尤特助扶了扶眼镜：“沈总，您是不是想把栩助理送到研究所？恕我直言，这家研究所有些奇怪，与其送到研究所，不如找专家会诊。”

沈山南自知将栩如笙送去研究所有些冒险，但是他也知道栩如笙的情况并非尤特助想的那么简单，假如任何专家都无法医治栩如笙的话，那么这个研究所，便是他最后的希望。

“我自有分寸。”沈山南转移了话题，“今天秦宋出院，你帮忙打点一下。另外，沈骆扬的案子明天开庭，你替我去一趟。”

尤特助点头，离开病房。

尤特助刚走没多久，病房来了另一位访客——舒默。

她给栩如笙带了一束花，一束纯白色蝴蝶兰。她将花放在床头，轻声说了句：“对不起。”

那日，舒默在公安局没有等到栩如笙来接她，却等到了栩如笙受伤的消息，如遭雷劈。她知道这一定和沈骆扬脱不了干系，心里更加内疚、悔恨。

看到栩如笙安静地躺着，舒默就忍不住责备自己，为什么那天从沈骆扬家里出来，她没有拦住栩如笙。她知道沈骆扬丧心病狂到不顾一切了，却没拦住栩如笙去沈家老宅。假如她拦住了，或许栩如笙还是那个活蹦乱跳的栩如笙。

沈山南没有说话，也没赶舒默走。他知道，这不是她的错，但是他做不到不迁怒于她。

“栩如笙！栩如笙！”

栩如笙听到沈山南焦急地呼喊她的名字，她努力地想要往声源方向去，却全身都动弹不得，仿佛有什么束缚了她，唯有意识还清醒着。

“我很想你。”

他说他想她？栩如笙心里雀跃，沈山南是喜欢她的，他原谅她了。可是，我为什么动不了？

“栩如笙，你再不起来，我就把的你办公桌挪到十五楼，你一天不醒，我就往下挪一层。”

“不行！”

栩如笙大声反驳，拼力挣脱了束缚，睁开了眼。白色的天花板，白色的吊灯，天蓝色的窗帘，原木色衣柜，这分明是她自己的卧室，哪有沈山南的踪影。

“刚才明明很清醒啊，为什么动不了？”她喃喃自语，“奇怪。都怪沈骆扬，一定是做了噩梦！”

栩如笙看看闹钟，显示：2018年11月30日，7:30AM。该起床上班了呢。

她打开衣柜，选了一条复古格子衬衫领连衣裙，搭配卡其色呢外套；用家里最后的两个鸡蛋，给自己做了鸡蛋火腿三明治。

“今天下班的时候得买鸡蛋了呢。”她提醒自己。

吃早餐时，栩如笙不小心把三明治中间的番茄酱滴到了连衣裙上，她只好换了一身，顺手将连衣裙丢进了脏衣篓。

等她出门的时候，已是八点半。

她慢悠悠地走到公司，卡着点进的办公室。

难得的是，沈山南居然没有嫌弃她来得太迟，反倒给她泡了咖啡：“早上好啊。”

栩如笙看着办公桌上热气腾腾的咖啡，再看看他散发荷尔蒙的微笑，觉得办公室的空气都是甜的：“沈总早。”

“没人的时候，叫我的名字。”

栩如笙一愣：“这……不好吧？”

“有什么不好？”沈山南温柔地帮她整理好碎发，“你是未来的沈夫人，你怎么称呼我，我觉得都很好。”

“扑通、扑通。”

栩如笙明显感觉到心脏在不安地跳动，她抬头，对上沈山南的眼，他的眼里一片柔情，仿佛闪着星光。

“未来的沈夫人”六个字在她脑海中飘来荡去，让她心神摇曳。

栩如笙不确定地开口：“你这是在表白吗？”

“不。”沈山南摇摇头，“这是求婚。”

“求婚……求婚……婚……婚……”栩如笙一整日都沉醉在沈山南的求婚中，心神荡漾，无心工作，以至于工作频繁失误。

可是，没有人责备她。

“啊，印成单面了。没关系，单面阅读更方便呢。”

“这个数据错了。看我这记性，这种容易错的错误，我应该提醒你的。”

“你弄坏打印机了？没关系啊，我们刚好可以换台新的。”

“嗯？把咖啡泡成了奶茶？刚好，我正想喝奶茶，感觉奶茶更好喝。”

栩如笙觉得，同事们仿佛都被洗了脑一样，温和、耐心，让她一整天都如沐春风，难道这是“未来的沈夫人”的魅力？

这么一想，居然还有点小害羞。

可是，总觉得哪里很奇怪。大家像失忆了一样，没人再提起沈骆扬的案子；车祸住院的秦宋一夕之间康复；以前恨不得杀了她的周简蕴，今天也和颜悦色的；而她和沈山南的进展快得扑朔迷离；就连陌生人也对她笑呵呵。

栩如笙疑惑不解，周简蕴明明被辞退了，秦宋明明昏迷不醒，沈山南爱的人明明是兔子小姐，可是一夜之间，全变了。

为此，她在晚餐的时候问过沈山南。

他带着浅浅的笑：“我怎么听不懂你在说什么？秦宋一直都好好的，周简蕴一直都在公司，还有兔子小姐又是谁？”

悠扬的钢琴曲在餐厅各个角落流淌，音乐让气氛更加浪漫，可是，栩如笙总觉得，这里的每一个人好像都戴着面具。

“兔子小姐是……”

是你喜欢的人啊……

沈山南关切地问道：“你是不是没有休息好？要不要找个医生看一下？”

“没大碍的，就是昨晚上做噩梦了，梦到自己中枪死了，没睡好。”难道沈山南真的忘记兔子小姐了？

沈山南握住她的手：“不要想太多，不管发生什么，你都有我。”

栩如笙盯着他的手，觉得十分陌生，她甚至感觉不到他的温度，她到底是怎么了？这种时候，她难道不该心动，不该雀跃吗？

“这首曲子真好听，叫什么名字？”她别扭地抽回了自己的手，转移话题。

沈山南依旧微笑：“《恍如梦境》，我一会儿把曲子发给你，你今晚睡前听一听或许有助于睡眠。”

“恍如梦境……”栩如笙琢磨着这四个字，不正是她此时的心情吗？

沈山南体贴地帮她将牛排切好：“尝尝看。”

她吃着牛肉，如同嚼蜡，她眼前的这个男人，体贴、心细、温柔、绅士、礼貌、开朗，完美得让她觉得陌生，她认识的沈山南，腹黑、嘴欠，又傲娇。

晚餐之后，她拒绝了沈山南送她回家的好意，独自走在街头。

不管是高楼大厦，还是街道行人，抑或是琳琅满目的橱窗，都与往日无异，这里确实就是她生长的城市。可是，熟悉的场景为何让她感觉如此陌生？

今天在公司发生的一切，是她的问题，还是大家都在演戏？

栩如笙想得出神，没有注意到对面的红绿灯已经变红，依旧径直走上斑马线。

一辆小货车来不及避让，冲向了栩如笙。“嘎吱”一声，小货车急刹车，可栩如笙已经被撞倒在了血泊中。

刚开始，她觉得身上哪里都疼，可渐渐地，她意识开始模糊，眼皮也变得沉重。

鲜血染红了她的外套，外套上如同盛开了一朵红色的花，在寒冷的夜里，格外扎眼。而栩如笙的生命在花朵盛开的同时流逝。

她终于扛不住困意，闭上了眼。

刺眼的阳光从蓝色窗帘的缝隙溜进了卧室，不偏不倚地照射在栩如笙的眼睛上，她感受到光线的刺激，拧着眉睁开了眼。

天蓝色窗帘，白色吊灯，原木色衣柜，这里是她所熟悉的卧室。

可是……她不是死了吗？

栩如笙赶紧检查自己的身体，哪里都好好的，难道车祸只是一个噩梦？

“是梦中梦吗？”

“丁零零——”闹钟响彻整个房间。

栩如笙被闹铃拉回了思绪，她的视线落在闹钟上，上面显示：2018年11月30日，7:30AM。

“居然和梦里的日期时间一模一样……”她没去细想，一笑置之。

打开衣柜后，复古格子衬衫领连衣裙和卡其色呢外套进入她的眼帘，但思及昨夜的噩梦，她特意挑选了别的衣服。

洗漱完毕，穿好衣服，她准备给自己做个早餐。打开冰箱一看，冰箱里仅剩两个鸡蛋和一块火腿。

栩如笙思考了几秒，什么都没拿，便关上了冰箱。按照她以往的习惯，仅剩的食材还可以做几个三明治，但是这样一来，就和梦境一样，总让她感觉不大吉利。

她打了个车到公司，在沈山南到达前，帮他煮好咖啡。

在她收拾茶水间的时候，沈山南到了。

他没有直接进自己的办公室，而是倚在茶水间的门口冲她笑：“早上好啊。”

“沈总早。”

“没人的时候，叫我的名字。”

栩如笙愣住，和梦里一样的话，一样的语气，怎么会这样子？为了验证她心里的疑惑，她说出了梦中那句：“这不好吧？”

沈山南走进茶水间，站在她的面前，温柔地帮她整理碎发：“有什么不好？你是未来的沈夫人，你怎么称呼我，我觉得都很好。”

栩如笙吓得后退了两步，为什么从醒来开始，发生的一切都和梦里一样，如果是这样的话，接下去沈山南是不是就该求婚了？

“你这是在表白吗？”

“不。”沈山南摇摇头，“这是求婚。”

“一模一样……怎么回事？”栩如笙喃喃自语，“难道我开发了新功能？能预见到未来？”

接下去的一天，沈山南对她温柔体贴，同事们对她包容耐心，晚餐依旧在那个餐厅，音乐仍是那首《恍如梦境》。

那么……在回家的路上，她会出车祸。

然而，车祸没有发生。沈山南送她回家，陪她上楼，她安全地到了家。

她很庆幸梦中的悲剧没有重演。

栩如笙刚到家一会儿，接到了舒默的电话，舒默回岚城了。

于是，她出发去机场接舒默。

在出租车上，她给舒默发了短信：我已经到跨海大桥了，大概半小时后可以到机场。我很开心你能打电话给我，我原本以为你会让沈骆扬去接你。是我多心了。对不起。

没多久，她收到舒默的回复：你在说什么？我和沈骆扬又不熟，为什么要让他来接我？你今天这是怎么了？

栩如笙心里咯噔一下，怎么回事？为什么沈山南和公司的同事变得那么奇怪，就连舒默也……

这和昨夜的梦境是一样的感觉，是她还没醒来，还是她记忆错乱了？

还没等她想明白，刺耳的撞击声、汽车鸣笛声接连响起，她所乘坐的出租车被撞离大桥，掉进海里。

海水从缝隙灌进车厢，栩如笙试图打开车门，但是车门被撞击得已经变形，根本打不开；她又试着开车窗，但车窗的按键也失灵了。

眼看海水越来越多，她能呼吸的空间越来越狭小，她在车子里面寻找锐器，好不容易在座位下方的工具箱看到一把钳子，但是怎么都够不到。

她回身看了眼驾驶座，司机已经昏迷了，再不快点，两个人都会死在海底。

栩如笙浮到最上方，深吸一口气，然后沉进水中，继续去够那把钳子，眼看就要拿到了，车子却突然被什么撞击，旋转了一圈，钳子滑到了车厢最远的角落。她的头撞在了窗户上，一阵眩晕。

她呛了好几口水，渐渐觉得无法呼吸，也再没气力去够钳子了。

栩如笙的意识逐渐模糊，她感觉自己浑身的气力都在流失，最终，她放弃挣扎和自救，她和车子，一同下沉，长眠于黑暗的海底……

正在温暖的被窝里酣睡的人，像是受了惊吓似的睁开了眼。栩如笙盯着白色的天花板，又看看映射在窗帘上的阳光，满眼的不可置信。

这是……她的卧室。

可是她不明白，难道溺水也仅仅是一个梦吗？

栩如笙起身，拿起床头的闹钟，依旧是那个时间——2018年11月30日，7:30AM。她心里闪过一丝不祥的念头。

她打开衣柜，映入眼帘的还是复古格子衬衫领连衣裙；打开冰箱，里面躺着最后两个鸡蛋。

事情的脉络似乎逐渐清晰。

但是栩如笙还是不甘心，她换上连衣裙，进了厨房，用最后两个鸡蛋做了三明治，果不其然，吃早餐的时候，番茄酱滴在了连衣裙上。

她盯着那滴番茄酱，久久没有动作，直到番茄酱凝固在她的连衣裙上，她才心如死灰地换了件衣服。

栩如笙知道接下去会发生什么，但是她还是要再确认一遍。

她到公司的时候，已经迟到了很久，但是没有人责备她，沈山南也没有问她为什么迟到，而是给她煮了一杯咖啡。

这一天里，他对她温柔体贴，每个相处的场景她都再熟悉不过了。

下班后，她和沈山南的约会依旧在那家餐厅，他们依旧点了同样的菜色，沈山南依旧体贴地帮她将牛排切好，餐厅里依旧放着那首《恍如梦境》。

悠扬的音乐中，栩如笙的心一点点凉透：“沈山南，如果我说，现在的你不是你，你会相信我吗？”

沈山南捏了捏她的脸颊：“瞎说什么呢？”

栩如笙盯着他的手，眼里一片死寂，真正的沈山南怎么可能做出如此幼稚的动作来。这人，根本就是她幻想中的温柔又霸道的总裁。

“你能和我说说你、沈骆扬、秦宋以及兔子小姐吗？”她问道。

沈山南疑惑：“你今天这是怎么了？还有兔子小姐到底是谁，为什么你要提到她？你是不是最近上班太累了？都怪我没有好好照顾你。”

栩如笙也懒得继续演下去了，长叹一口气：“算了，没事。”

如果她猜测得没有错，今天的最后一个事件，注定会发生。

晚餐后，沈山南送栩如笙平安回了家，栩如笙却没有放松警惕。她接到了舒默的电话，但是没有去机场接她。

她坐在床边，看着时间一点点流逝，心里存着一丝侥幸，或许一切都只是她想多了。

十一点半，门铃响起，她猜想可能是舒默没带钥匙，便去开了门。

然而，门外等待她的并不是舒默，而是一个通缉犯。

他手里拿着一支枪，抵住栩如笙的腹部，压低声音道：“不许说话，进去。”

栩如笙害怕地点点头，但这时，警车声音响彻整个小区。

“该死！”

于是，“砰”的一声。

栩如笙不可置信地捂着血流不止的伤口，忍不住爆了粗口：“这算什么事？”

2018年11月30日23:32，栩如笙，卒，死于枪杀。

栩如笙平静地睁开眼，回忆着梦里所发生的一切，所有的疑惑都随之而解。

准确点说，她回忆的是上一个11月30日。而今天，是第4个11月30日。

真正的11月30日，是沈骆扬动手那日，以兔子小姐身份出现的栩如笙，死在了沈家老宅，死在了自己的梦里。自此后，她便在梦里重复着11月30日，重复着死亡。

第一日，她在下班路上死于车祸。

第二日，她在去机场的路上死于溺水。

第三日，她在自家死于枪杀。

她直挺挺地躺在床上，心如死灰，她想念沈山南，想念家人，想念舒默，想念现实世界的每一个朋友，可她却被困在梦里，再也回不去了。

栩如笙越想越觉得心酸，忍不住红了眼眶，最后干脆蒙上被子哭了一场。

“嘤嘤嘤，老天爷，我为什么这么惨？”

话音刚落，“轰隆”一声惊雷，她被吓得心口一紧，开始疼痛。她捂住自己的心口，难受得蜷缩成一团。

她的内心，随着疼痛，浮现出一丝不祥的预感。

2018年11月30日7:40，栩如笙，卒，死于心肌梗死。

再次睁眼的栩如笙，迎来了第5个11月30日的阳光。

栩如笙瘪着嘴，忍住不让自己哭出来，不然她会因为过于悲痛，情绪过激，在晴天霹雳之时，被吓出心肌梗死。

她花了一小时，终于稍微平复了情绪，栩如笙，你要冷静，为了沈山南，你无论如何也要离开这个鬼地方。

“嘀嘀嘀。”

手机短信的提示音响起，她点开一看，是“沈山南”的短信：笙笙，你怎么还没到公司？路上堵车了，还是身体不舒服？你在哪里？我去接你。

栩如笙叹了口气：“问题这么多，还打了这么多字，果然不是我家总裁。如果是沈总，他肯定会说：给你十五分钟，再不出现扣工资。”

思及自己和沈山南相处的细节，她又忍不住红了眼眶，她死咬着下嘴唇，不让自己哭出来：“栩如笙，你如果不想死于心肌梗死，你就不能哭，不要激动，不要难过！”

她用力晃了晃脑袋，把沈山南的一颦一笑从脑海中甩掉，把所有的注意力都集中在现状上。

根据这五日的观察，她不管去哪里、做什么，都活不过11月30日，但假如，她撑过11月30日，或许就能走出梦境了。

于是，她在笔记本上，用力写下三个字：活下去。

第一日，她在下班路上死于车祸。对应的生存策略就是，不上班。

第二日，她在去机场的路上死于溺水。充分考虑到第一天的情况，她能做出的对策是，不出门。

第三日，她在自家死于枪杀。所以，今天的她，不能开门。

第四日，她在卧室死于心肌梗死。对应策略是，保持情绪平稳。

栩如笙写好攻略，放下笔，深吸一口气，开始了生存大作战：“加油，栩如笙，你一定会活下去的。”

她没有心思给自己做饭，但是为了防止自己被饿死，或者突发严重胃病，她找了点面包，就着白开水对付了一下。

时间一点一点地流逝，从清晨到傍晚，从阳光明媚到夕阳西下，过去了十几个小时，她依旧还活着。除了去洗手间，她几乎没有离开过自己的卧室。

栩如笙看着墙上的闹钟，第一次希望时间快点流逝，等待不知道是死亡还是生存的过程，比知道自己一定死亡更加煎熬。

在她等待期间，沈山南打了无数个电话给她，都被她挂掉，她已经清醒地认识到，那个人，不是她爱的人，她爱的人，在梦境之外等她。

晚上十点，外面开始下雨，雨点滴滴答答敲打着窗户，栩如笙盘腿坐在床上，裹紧自己的被子，心无杂念。

不管是下雨还是晴天，日升还是日落，对她而言，都是梦境。

一声惊雷，吓得栩如笙一个激灵，嘴里叨叨："我一点也不害怕，这都是梦。"

话音刚落，又一个惊雷，吓得她又是一个哆嗦。

栩如笙索性掀开被子，打开音响，让音乐声掩盖雷声，在音乐的作用下，她觉得内心的不安缓解了许多。

一道闪电，照亮了灯光昏黄的卧室，随着闪电的离场，音乐声也戛然而止。

栩如笙疑惑地下床查看，细细检查之后，发现是音响插头松开掉在地板上，她便捡起插头，插入插座。

天空划过一道闪电，笔直地落在栩如笙所在的大楼。

听到雷电的声响，一丝不祥的预感袭上她的心头，但是她还来不及松开插头，便失去了意识。

2018年11月30日22:40，栩如笙，卒，死于触电。

第6个11月30日。

"啊啊啊啊啊——"栩如笙的卧房传出一阵鬼哭狼嚎，"苍天啊，你为什么要这么对我？"

当然，悲痛没有持续太久，因为她知道，情绪过于激动，会死于心肌梗死。

她平复了心情之后，切断家里的电源。

不管今天下多大雨，打多少个雷，都不关她的事了。

"阿嚏！"

她这才发现自己还穿着单薄的睡衣，便折返卧室披了一件外套："糟糕！这不会是套路吧？让我感冒，死于肺炎或者高烧？"

栩如笙自己脑补了一出之后，决定喝一包感冒冲剂，可是电源被切断了，她没办法用电热水壶烧水，只能打开煤气，烧了一壶水。

然而，水还没烧开，她已经死于煤气中毒。

第7个11月30日。

栩如笙保持情绪稳定，关闭电源，关闭煤气，不出门，不开门。但由于心情太过紧张，她喝了一杯凉白开，被水呛死。

第十四章
生存大作战

如果让栩如笙选择一个最不喜欢的日子，那一定是11月30日，因为她已经在这一天死了二十几次了。每一次死亡，就像一次开机重启，睁眼之时，依旧是11月30日。

第25个11月30日。

栩如笙平静地睁眼，平静地写下自己经历的每一种死法。

这已经是她的习惯了，她每次醒来，都要排除一次危险，避免自己在当日死于同样的原因。

今天，她锁好门窗，关闭电源，关闭煤气，切断通信，远离刀刃，留心吊灯，担心脚下，不吃不喝，裹紧被子，待在自己的床上。

墙壁上的钟，时针第二次指向了十一点。

栩如笙死死盯着秒针，目光随着秒针一起转动。

这是二十几天以来，她最接近二十四点的一次，她自信今天的隐患排除做得非常到位，家里没有任何的危险会让她死亡。

二十三点三十分。

二十三点四十五分。

二十三点五十分。

二十三点五十五分。

二十三点五十七分。

二十三点五十九分。

栩如笙艰难地咽了咽口水，她已经一天没喝水了，喉咙干涩疼痛。

随着秒针越靠近“十二”，她的眼睛就越亮，那种亮光，是对生存的渴望。

眼看不到十秒就要撑过十二点了，大楼却突然剧烈地晃动。

二十三点五十九分，栩如笙，卒，死于地震。

第26个11月30日。

栩如笙崩溃了。

这仿佛是一个系统，这个系统的运行准则就是，不能让栩如笙活着到12月1日。不管是合情合理的死因，还是匪夷所思的死因，在这里都可以发生。

而栩如笙，作为这个系统运行的条件，她反反复复经历死亡，经历绝望。

“根本就是个死循环……我根本不可能离开……”

长期压抑在心里的委屈、怨恨、不安、伤心，一时间涌上心头，栩如笙再也忍不住，放声大哭。

一直哭到喘不上气，她才停下。

她的眼睛红肿，鼻头也红了，嘴巴干裂，已经是奄奄一息的模样：“沈山南……我想你……”

说完这句，一口气没喘上来，死于窒息。

第27个11月30日。

栩如笙醒来后，直挺挺地躺在床上，一动不动，看着白色的天花板，两眼无神。

此时的她已经失去了求生的欲望，因为不管她怎么努力，都活不到第二天，与其每天挣扎，还不如安静地等待死亡降临。

如她所料，死亡如期而至。

2018年11月30日23:50，栩如笙，卒，死于陨石撞击。

“栩如笙，求求你，醒过来好不好？”

无边的黑暗中，栩如笙又一次听到沈山南的声音。他的声音听上去悲伤而孤单，让她的心疼得纠在一起。

她在黑暗中摸索，企图找出一丝光亮，但无数次的跌倒之后，她依旧找不到出口。

“沈山南，你在哪儿？”

黑暗中一片死寂，没有任何回响。

“如笙！”

沈山南忽地从梦里醒来，一脸惊慌。

他梦到栩如笙向他求救，但是周围一片漆黑，他怎么都找不到她。可是他明明听到她的哭声，听到她喊他的名字，那么无助，那么脆弱。她需要他，但是他却找不到她。

沈山南捂着自己因为紧张而狂跳的心脏，转身确认病床上的栩如笙是否安好。

病床上的栩如笙，面色惨白，清瘦了许多，原本肉嘟嘟的脸颊，已经变得棱角分明。

沈山南赤着脚走到床边，给栩如笙掖了掖被角，轻轻在她额头上印下一个吻，仿佛床榻上的人随时都会被惊醒。

窗帘的缝隙透出一丝光亮，新的一天似乎已经开始。

沈山南拉开窗帘，看着天边金色的晨曦，却感觉不到一丝希望。

27天。

栩如笙陷入昏迷已经27天了，在这27天里，他的生活感受不到一丝阳光。他每天都在想方设法医治她，可是他的努力依旧没有唤醒她。

沈山南自己草草洗漱，然后认真地帮栩如笙擦拭手脚、翻身、按摩，直到医生来给栩如笙挂营养液，他才停下手里的动作。

在栩如笙挂营养液的时候，尤特助造访。

他例行汇报了公司的工作，尽管他知道沈山南根本没有在听。打从沈山南将公司的事情交给秦宋之后，基本不再过问了。而这每周的汇报也是秦宋要求他来的。

“沈总，公司一切安好。”

沈山南点点头：“研究所那边都准备好了吗？”

“刚刚联系过，明天。但是，他们说，今天需要跟您面谈。”

沈山南在栩如笙昏迷初期，给了这个研究所大量研究经费，就为了研究出一个能够唤醒栩如笙的办法。

而这个研究所，一直很神秘，不知道幕后老板是谁，也不知道研究人员的背景。但凡他有其他办法，都不会求助这个研究所。

但是已经过去了这么久，能尝试的办法都尝试了，这个研究所，是他最后的希望。

“面谈的时间、地点发给我。”沈山南说道。

尤特助欲言又止，犹豫了许久，还是开了口：“沈总，他们说，时间、地点会直接发给您，而且，必须你一个人去，我担心……”

“没关系。”

他知道尤特助在担心什么，但——

就算眼前是一个陷阱，为了你，我也甘愿踏进去。

密林深处，有一栋白色建筑物，建筑物似乎有点年头，周身爬满绿植。建筑物的四周有高高的围墙和电网，人迹罕至，异常萧瑟。

一辆黑色车子停在门口，一个身形挺拔的男人从车上下来。他眼眶深陷，有些憔悴。

大门口立着一个大铁牌，上面隐约写着：脑科学研究中心。

男人并没有在门口伫立太久，他看了看手机上的相片，比对了一下，确定自己没有找错地方，便径直走了进去。

研究所内部似乎也不像其他研究所那么井然有序。每个楼层的人都忙忙碌碌，对沈山南的到来，视而不见。

沈山南按照约定，到达顶楼。

顶楼整个楼层没有隔断，一览无余。北面开了窗户，但窗户面积不大，且窗外是密林，导致屋内光线不足；楼层正中央有一张巨大的办公桌，有一个人坐在椅子上，背对着他。

沈山南走向办公桌，在空旷的楼层中，“噔噔噔”的脚步声格外明显。

那人听到脚步声，转过身来：“我等你很久了。”

沈山南在办公桌前停下脚步，看着那人。

那人不到四十岁的年纪，戴着一副金丝框眼镜，斯文而沉稳，他的脸上没有任何表情，似乎对沈山南的到来，没有任何情绪波动，想来此人应该就是研究所的负责人。

“说吧，要怎么样才能救人？”沈山南开门见山。

“不要这么心急。”那人摇摇头，“一个好消息，一个坏消息，你要先听哪个？”

“随便。”

那人点点头，自顾自道：“那我就先说好消息。好消息就是，由于您的慷慨解囊，我们研究所不但渡过了财政危机，并且取得了新进展，所以，对于你之前提到的病状，我们应该可以医治。”

“什么时候开始治疗？”沈山南心急地问道。

那人不紧不慢地回答：“在那之前，你需要听一个坏消息。坏消息就是，能否治好她，取决于你。并且，我不保证，在治疗的过程中，不会不小心把你的意识‘弄丢了’。”

“没关系。”

只要能治好栩如笙，再危险的方法，他都愿意尝试。

对方许是没想到沈山南会如此干脆，愣了几秒道：“你是我们的投资人，我有必要再一次提醒你，这是一件极度危险的事情。并且在治疗的过程中，如果出现任何意外，我们研究所不对此负责。”

“签免责协议吧。即便我出了意外，也不会有人追究你们的责任。但是，你必须答应我，你们要继续当前的项目，直到她醒过来为止。”沈山南听出了对方的话外音，主动提出签下免责协议。

对方将早已拟好的协议递给沈山南，沈山南毫不犹豫地签下了自己的名字，并且在协议背面留下秦宋的联系方式。

“假如我没醒来，联系这个人，他会继续为这个项目提供研究经费。”

对方将协议收好：“跟我来吧。”

一束夕阳坚强地穿过密林，从狭小的窗户照进屋内，在地板上留下一个美丽的光点。沈山南看了看光，又看了看窗，带着日落前最后一丝明亮，走进了一个新世界……

第28个11月30日。

11月30日，是个有阳光的日子，不管重复多少次，这天的清晨，都是阳光灿烂。蓝色的天空，白色的云朵，和煦的微风，安详的城市，晨曦之下，没人可以料想到之后的狂风暴雨有多猛烈。

栩如笙以前总是会被这样的假象迷惑。

有阳光的清晨，她出门总不带雨伞，到了晚上被淋成落汤鸡了，才会抱怨一句，但是到了下一次，她依旧不长记性。

舒默因此说她的时候，她就故意摆出一副文艺青年的模样：“感受阳光的时候，何必去想狂风暴雨。”

可是，当她经历了28个阳光灿烂之后的狂风暴雨，她终于知道，假象终究是假象。

“假象终究是假象啊……”

栩如笙躺在床上无力地感慨。

在整个虚假的世界中，她是唯一的真实，尽管她的每一天都是最后一天，但那些经历确实是真实存在过的，并且深深刻进她的脑海。

在过去的27天里，她每天都在求生存，但每一次都以失败告终。11月30日，就像一个无限循环，把她困在十一月的最后一天，把她困在梦里，更把她困在自己的执念里。栩如笙不知道自己何时才能离开这个梦，或许一辈子都不能，那这一辈子她都要这么过吗？这样的人生，有什么意思？

栩如笙躺了许久，也想了许久，她终于下定决心，不再执着于离开，而是要把每一天都变成闪闪发亮的日子。就算一辈子都不出去，她也要做这个梦里最快乐的人。

“我自己的梦我要自己说了算！”

想开之后，栩如笙决定从满足自己的食欲开始。她打开冰箱，拿了一个苹果，坐到沙发上，一边削水果一边开导自己。

“万一沈山南发现我没死，把我唤醒，也不是没可能的吧。也不知道他现在在做什么？看在我在沈家老宅见义勇为的分上，他应该不至于因为我旷工就辞退我吧，我要是能……哎呀！”

一个大意，水果刀的刀刃微微碰到指尖，冰凉的触感却一下子让栩如笙惊得将刀子扔掉。

“啊啊啊啊，出血了出血了，呀呀呀，好疼！”

栩如笙慌忙抽了纸巾按住伤口，跑到客厅找药箱，然而药箱里面一张创可贴都没有，她只好捂着伤口出门去药店。

“我要一盒创可贴，我被刀子划伤了！”

栩如笙匆忙告诉店员。

年轻女店员看着她用纸巾捂住的食指，脑补了事情的严重性，赶忙将栩如笙扶到椅子上，为她找来绷带和碘伏。

“让我看看。”

店员深吸一口气，做好了心理准备，轻轻拿开纸巾，然而……店员拿着纸巾的手，顿在空中。

气氛逐渐凝固。

“小姑娘……你再来晚一会儿，这伤口怕是要自己愈合了。”

栩如笙的食指指尖上有一道不到一厘米的伤口，伤口很浅，血已经凝固了。

她委屈道：“太疼了，我还以为自己要死了……”

“没关系……惜命是好事……”店员一边把绷带和碘伏收拾起来，一边吐槽。

一分钟后，栩如笙委屈巴巴地走出药店，看了看贴着创口贴的食指，自言自语道：“真的很痛的。”

苹果没吃成，此时的栩如笙饥肠辘辘。初冬的冷风一吹，栩如笙瑟瑟发抖，裹紧了自己的外套，打算沿街找点吃的。

“这种天气，要是来一碗热乎乎的汤面就好了……”

“咕噜”一声，肚子发出了抗议，她这才意识到，时间已经到了午后，她连早餐都没吃成，难怪饿了。

栩如笙正心想着，就看到十字路口有一家牛肉拉面，门口广告牌上的大块牛肉吸引着她走向面馆。

推门而入，一股牛肉面的香气迎面而来。

“就算要死，我也不能当个饿死鬼，那不是我的风格！”

栩如笙找了个合适的位置坐下：“老板，要一份牛肉面，多加一份牛肉，要香菜！”

“好嘞！”

没一会儿，热气腾腾的牛肉面上了桌。大碗的面，大块的肉，大朵的香菜，冒着热气，散发着香气。

栩如笙赶忙喝了一口热汤，驱散了周身的寒气，温暖从口腔蔓延到胃部，直至五脏六腑。

吃饱喝足的午后，栩如笙去公园看了一会儿老人下棋，辅导了几个写作业的学生，喂了流浪猫流浪狗，劝住了要轻生的年轻人，重新找回了“活着”的感觉。

晃了一下午后，栩如笙想去看看夕阳，因为这是她曾经想和沈山南一起做的事。但此时的天空，黑云密布，遮住了夕阳。五点不到的岚城，阴沉沉的，好似在酝酿暴风雨。

栩如笙走到河边，寻了片草地，席地而坐。

河面倒映着高楼，在粼粼波光中，鳞次栉比。不远处的河岸，有一片芦苇，随着风飘来荡去。水鸭子成群地从芦苇荡中游出，在平静的水面划出涟漪。

对岸有人在画画，有人在拍照，有人在散步，有人在谈笑。

栩如笙远远望去，觉得这样的画面，和谐得像一幅画，美好得不真实。让她既安宁，又心慌。

“往常这个时间，还能看到夕阳呢。”

栩如笙觉得，如果加上夕阳，那么“最后一天”将很完美。

“我好想你……”栩如笙喃喃自语。

她并不害怕离开，她怕的是再也见不到沈山南。

栩如笙去IDEA公司的第一天，对沈山南一见钟情，自此后，便魔怔一般。当她发现自己在梦里拥有着不同寻常的能力时，她很害怕，害怕被人当成怪物，害怕因此失去正常的生活，失去身边的朋友。

可是，当她一次次利用自己的能力拯救沈山南，一点点接近沈山南后，她却很庆幸自己有帮助他的能力。也因为他的存在，她不再惧怕自己的特异之处。

在沈家老宅，她清楚地记得沈山南说——

“只要你没事，你做什么我都不生气。”

沈山南原谅了她曾经的欺瞒。可她还是想当面跟他道歉，和他解释所发生的一切。然而，过了这么久，她却依旧没能开口。

她有时候会听到沈山南呼喊她，他让她赶紧醒来，声音真切得犹如就在身边，可是她怎么都无法找出声源。

“嘎——嘎——”

一排大雁往南飞去，发出整齐的叫声。

栩如笙抬头看天，天空依旧阴沉，她笑笑，看来今天是等不到夕阳了。

清风拂面，栩如笙闭上眼，感受这一刻的安逸和平静。她脑海中浮现出沈山南的模样：他生气的样子，他微笑的样子，还有他傲娇的样子。每一个他，都镌刻在她的心上。如果有朝一日还能见到他，她一定要告诉他，小助理栩如笙和兔子小姐栩如笙，爱的都是他。

“栩如笙，住手！”

栩如笙疑惑地睁开眼，虽然平时偶尔会听到沈山南的声音，但是这么清晰、这么真实，还是头一次。

“栩如笙，你要是敢死，我就敢把你忘了。”

她不可置信地循声望去，看到不远处有一个熟悉的身影，缓缓走向她。

一阵风过，吹得芦苇飘扬，吹得枯叶簌簌。吹散了她心头的阴霾，也吹散了阴沉的黑云。

乌云逐渐散去，第一束光，穿透云层，照耀着他。

他踏着夕阳而来，每一步，都带着光明。

栩如笙慢慢起身，鼻头发酸，凝望着他，心中有万千说不出口的委屈和难过。

“沈山南，我没有……”

两个孩子打闹着冲撞到栩如笙，她话还没说完，便被打断。她想说的是，她没有想死，因为她舍不得他，她相信他会找到她。

沈山南一步并两步，眼疾手快地扶住了她。

小女孩一脸稚气骄傲，对男孩说道：“我不和你玩，我的意中人，是位盖世英雄，有一天他会踩着七彩祥云来接我的。”

男孩不服气，追着女孩到处跑。

沈山南将她搂进怀里：“对不起，我来晚了。”

宽厚而温暖的怀抱中，是她所熟悉的味道，令她瞬间心安。

她的英雄，踏着夕阳而来，将她带出了深渊。

（全文完）

图书在版编目（CIP）数据

我在梦里拯救你 / 木小木著 . — 南京 : 江苏凤凰
文艺出版社 , 2022.1
ISBN 978-7-5594-6254-1

Ⅰ . ①我… Ⅱ . ①木… Ⅲ . ①言情小说 – 中国 – 当代
Ⅳ . ① I247.5

中国版本图书馆 CIP 数据核字 (2021) 第 180018 号

我在梦里拯救你

木小木 著

责任编辑　白　涵
特约监制　燕　兮
策划编辑　曹若飞
营销支持　胡小雨　姚　瑶
设计统筹　呆桃君
插图支持　陶　然　容那个容　想画画的 Lin
编务统筹　唐一超
责任印制　刘　君
出版发行　江苏凤凰文艺出版社
　　　　　南京市中央路 165 号，邮编：210009
网　　址　http://www.jswenyi.com
印　　刷　北京美图印务有限公司
开　　本　880 毫米 ×1230 毫米 1/32
字　　数　223 千字
印　　张　8
版　　次　2022 年 1 月第 1 版
印　　次　2022 年 1 月第 1 次印刷
书　　号　ISBN 978-7-5594-6254-1
定　　价　42.00 元